菲茨杰拉德(1937)

菲茨杰拉德与妻子泽尔达

菲茨杰拉德与
女儿斯科蒂

《末代大亨》最后拟定的写作大纲

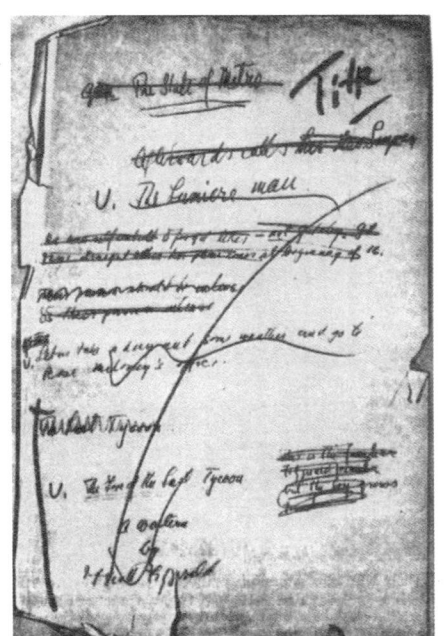

菲氏的一页笔记,可能是关于《末代大亨》。

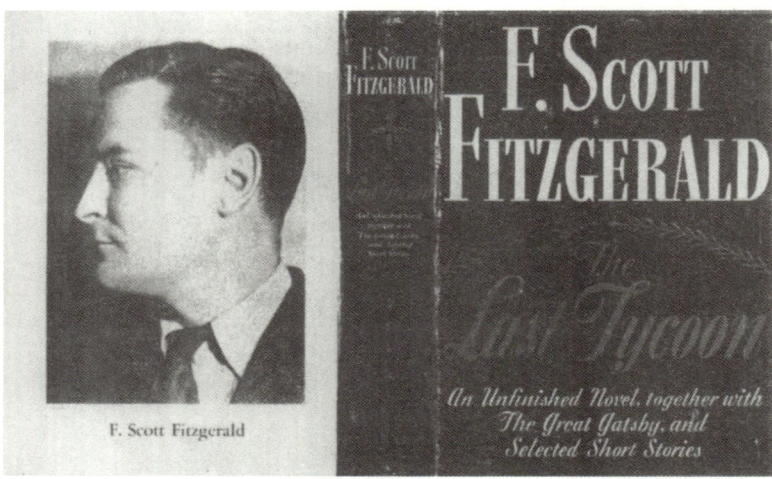

《末代大亨》初版护封。这是菲氏未竟之作。

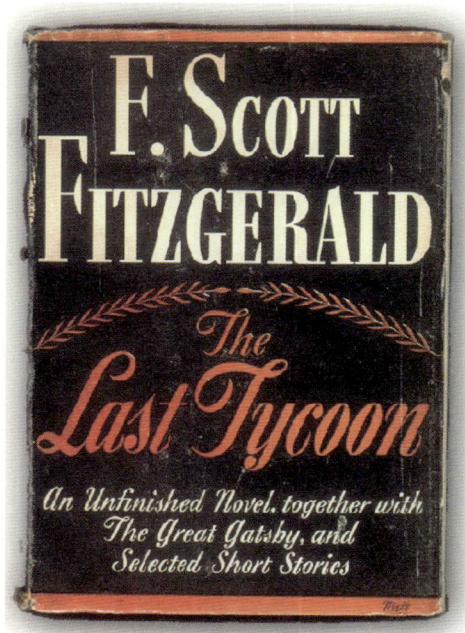

《末代大亨》初版封面（1941）

F.S. Fitzgerald

THE LOVE OF THE LAST TYCOON

末代大亨

〔美〕F.S.菲茨杰拉德 著　吴建国 主编　陈庆勋 译

人民文学出版社
PEOPLE'S LITERATURE PUBLISHING HOUSE

F. S. Fitzgerald
The Love of the Last Tycoon

Simplified Chinese edition copyright © 2017 by Shanghai 99 Readers' Culture Co., Ltd.
All rights reserved.

图书在版编目(CIP)数据

末代大亨/(美)F.S.菲茨杰拉德著;吴建国主编;
陈庆勋译.—北京:人民文学出版社,2017
(菲茨杰拉德作品全集)
ISBN 978-7-02-012719-1

Ⅰ.①末… Ⅱ.①F… ②吴… ③陈… Ⅲ.①长篇小说-美国-现代 Ⅳ.①I712.45

中国版本图书馆 CIP 数据核字(2017)第 085914 号

责任编辑　卜艳冰　邱小群
封面设计　汪佳诗

出版发行　人民文学出版社
社　　址　北京市朝内大街 166 号
邮政编码　100705
网　　址　http://www.rw-cn.com

印　　制　莱芜市圣龙印务有限责任公司
经　　销　全国新华书店等

开　　本　890 毫米×1240 毫米　1/32
印　　张　9.25
字　　数　205 千字
版　　次　2017 年 11 月北京第 1 版
印　　次　2017 年 11 月第 1 次印刷

书　　号　978-7-02-012719-1
定　　价　38.00 元

如有印装质量问题,请与本社图书销售中心调换。电话:010-65233595

对经典的呼唤
——《菲茨杰拉德作品全集》总序

一 引 言

"经典"(canon)一词,源自希腊文 kanon,原为用于丈量的芦苇秆,后来其意义延伸,表示尺度,并逐渐演化为专指经书、典籍和律法的术语。随着人类文明的发展,经典开始进入文学、绘画、音乐等范畴,成为所有重要的著作和文艺作品的指称。如今人们所说的文学经典,一般指得到读者大众和批评家公认的重要作家和作品。

文学经典的形成(canonization),始于柏拉图和亚里士多德提出的对文学原理以及史诗和悲剧的界定。由于文学经典边界模糊,不确定因素颇多,随着时代的发展,会不断有新的优秀作家和作品纳入其中,已被认定为经典的作家和作品则永远会受到时代的挑战,有些会逐渐销声匿迹,有些则会被重新发现并正名为经典。二十世纪后半叶以来,尤其在文化多元化的氛围下,人们对文学经典和对"入典"标准的质疑,已成为批评界热衷讨论的重要话题。事实上，文学经典的形成往往会经历一个复杂而又漫长的过程，会受到特定时代的意识形态、文化模式、读者情感诉求等诸多因素的介入和影响，"一部作品或一个作家能否真正成为经典，需要经历起码一个世纪的时间考验"①。美国小说家F.司各特·菲茨杰拉德（Francis Scott Key Fitzgerald，1896—1940）的批评接受史，便在一定程度上印证了这一界说。

"在美国现代小说家中，司各特·菲茨杰拉德是排在福克纳和海明威之后的第三号人物。"② 然而大半个世纪以来，菲茨杰拉德的文学声誉却经历了一个从当初蜚声文坛，到渐趋湮没，到东山再起，直至走向巅峰的演变过程。二十世纪五六十年代美国文坛掀起的"菲茨杰拉德复兴"（Fitzgerald Revival），终于将他稳稳推上了经典作家的高位。他的长篇小说《人间天堂》（This Side of Paradise，1920）、《漂亮冤家》（The Beautiful and Damned，1922）、《了不起的盖茨比》（The Great Gatsby，1925）、《夜色温柔》（Tender Is the Night，1934）和《末代大亨》（The Last Tycoon，1941），以及他的四部短篇小说集：《新潮女郎与哲学家》（Flappers and Philosophers，1920）、《爵士乐时代的故事》（Tales of the Jazz Age，1922）、《所有悲伤的年轻人》（All the Sad Young Men，1926）和《清晨起床号》（Taps at Reveille，1935），已被列入文学经典之列。如今，人们已不再怀疑，菲茨杰拉德是二十世纪世界文坛上的一位杰出的社会编年史家和文学艺术家。

---

① 转引自《西方文论关键词》，赵一凡等主编，外语教学与研究出版社，2006年版，第282页。
② 董衡巽语，引自《菲茨杰拉德研究·序》，吴建国著，上海外语教育出版社，2006年版，第1页。

回望菲茨杰拉德在我国的批评接受史的发展走向，我们不难看出，这位在美国极负盛名的小说家，在我国却经历了一个从全盘否定，到谨慎接受，再到充分肯定的曲折过程，这其中所包含的诸多错综复杂的原因，值得我们认真分析和反思，从中找出经验或教训，供后人记取。

二 被"误读、曲解"的一代文豪

如果我们以美国文学评论家 M. H. 艾布拉姆斯所提出的"文学四要素"，即世界、作家、作品、读者，及其所构成的关系作为参照，来考量文学作品的接受状况，即可看出，实用主义文学观在中外文学史上长期占据着主导地位。实用主义文学观强调的是作品与读者之间的效用关系，即作品应当是达到某种目的的手段，从事某种事情的工具，并以作品能否达到既定目的作为判断其价值的标准，即所谓文学的功能应当是"寓教于乐，既劝谕读者，又使他喜欢，才能符合众望"[①]。各文化群体对外族文学作品的取舍和译介也概莫能外。

我国对美国现当代文学的译介已有百年历史。自"五四运动"以降，尤其在二十世纪三四十年代，就已有不少作品被翻译成中文出版，杰克·伦敦、德莱塞、马尔兹、萨洛扬、刘易斯、海明威、斯坦贝克等作家，都是我国读者较熟悉的名字，他们的作品曾对我国新文化运动的开展和民族救亡斗争起过一定的促进作用。然而菲茨杰拉德

---

① 《诗学·诗艺》，亚里士多德、贺拉斯著，杨周翰等译，人民文学出版社，1962年版，第155页。

却一直未能引起我国学人的注意,菲茨杰拉德的作品在那战火纷飞的岁月里也未能在中国找到合适的市场。从总体上说,在新中国成立以前,菲茨杰拉德的作品在我国几乎没有译介,这位作家的名字在我国读者中较为陌生。

上世纪五十年代初,刚刚摆脱了连年战祸的新中国百废待兴,恢复经济建设、重整社会秩序是这一年代的主基调,对美国现代文学的译介和研究则相对较为迟缓。但是,在不少有识之士的努力下,我国五十年代中、后期和六十年代初期在美国现代文学研究方面仍取得过突破性的成绩。然而受当时主流文化的影响和历史条件的制约,菲茨杰拉德在中国受到的依旧还是冷遇。虽有不少通晓美国文学的专家、教授开始关注这位作家,但尚无评介文章出现,他的作品也没有正式出版的中文译本,他的代表作《了不起的盖茨比》甚至被称为"下流的坏书"。著名学者巫宁坤由于将他从美国带回中国的英文版《了不起的盖茨比》借给学生,竟受到了严厉批判,并背上"腐蚀新中国青年"的黑锅近三十年。菲茨杰拉德当年在我国的接受状况由此可见。

一九六六年至一九七七年这十余年间,我国对美国现代文学的译介和研究基本处于停顿状态。一九七八年后,美国文学中的一些重要作品开始重返我国学界。但及至上世纪七十年代末,菲茨杰拉德的作品在中国大陆仍无中译本,他的文学声誉在我国很低迷。受"极左"思想的束缚,我国学术界对这位作家依然持批判、否定的态度,他的作品在一定程度上被误读、曲解了。例如,在一部颇具权威性的学术专著中,就有如下这段评述:

……二十年代文艺作品日趋商业化和市侩化，当时的畅销书有菲茨杰拉德的小说《爵士乐时代的故事》(1922年出版)，内容是宣扬资本家的嗜酒、狂赌和色情生活，他的另一作品《伟大的盖茨比》(1925年出版)，把这个秘密酒贩投机商吹捧成英雄人物，加以颂扬。菲茨杰拉德是二十年代垄断资本御用的文艺作者的典型代表，是美化美国"繁荣"时期大资本家罪恶勾当的吹鼓手。及至一九二九年严重经济危机爆发，使美国经济的"永久繁荣"落了空，也暴露了菲茨杰拉德的丑恶灵魂。①

这一评说在当时的中国学界具有一定的代表性。客观地说，在那个非常时期，人们或许也只能以这种方式来点明菲茨杰拉德"资产阶级文艺作者典型代表"的身份，姑且先简略介绍一下他的代表作和"畅销书"。至于这位作家本身以及他的作品所包含的思想性和艺术性，只好留待后人去分析和评说。这其中的缘由与苦衷是十分微妙的。在三十多年以后的今天来看，这种现象自是荒诞无稽，但我们仍能感觉到当年意识形态领域里的"非常政治"对学术的严重干预和影响。

三 对经典的呼唤

法国启蒙主义思想家德尼·狄德罗曾说："任何一个民族总有些偏见有待抛弃，有些弊病有待革除，有些可笑的事情有待排斥，并且

---

① 《美国通史简编》，黄绍湘著，人民出版社，1979年版，第536—537页。

需要适合于他们的戏剧。假使政府在准备修改某项法律或者取缔某项习俗的时候善于利用戏剧，那将是多么有效的移风易俗的手段啊！"①

一九七八年后，在"洋为中用"思想的指导下，我国文艺理论界卓有见识的学者们认真审视了过去几十年我国在外国文学批评领域的得失，详细制定了今后的研究计划、路径和方法，使我国的外国文学研究得以迅速而健康地开展起来。在此同时，我国学界对菲茨杰拉德的评价也已有所转变。一些学者撇开仍很敏感的政治话题和过去已形成的定论，以新的视角对菲茨杰拉德的创作思想和艺术特色进行了实事求是的讨论和分析，其中最值得关注的是董衡巽的观点和研究方法。早在学术研究刚刚开始复苏的一九七九年初，董衡巽就指出："外国现代资产阶级文学，像外国古典文学一样，有它的价值，有它的思想意义。不过，我认为除了这两条，还应该承认它在艺术上的成就。我们所说的思想是通过一定的艺术形式表现出来的思想；我们所说的艺术是指包含一定思想内容的艺术。它们难能分家。""评价外国文学，最好两头都能照顾到，既分析思想内容，又顾及艺术特征……"②董衡巽分析了菲茨杰拉德的创作思想和文体风格，第一次在中国大陆为这位美国作家恢复了他应有的声誉和地位：

一位作家之所以不会被读者忘记，是因为他有自己的特色。如果说他在思想上没有告诉我们新的东西，艺术形式沿用老一

---

① 《论戏剧艺术》，狄德罗著，转引自童庆炳著《维纳斯的腰带》，中国人民大学出版社，2009年版，第7页。
② 《艺术贵在独创》，董衡巽著，刊《外国文学集刊》(第一辑)，中国社会科学出版社，1979年版，第60—61页。

套，那么他凭了什么活在读者的记忆中呢？菲茨杰拉德的作品不多，可是当代美国人喜欢读，他的代表作《了不起的盖茨比》已经成了一部现代文学名著。人们通过他的作品重温美国绚丽奢侈的二十年代，那种千金一掷的挥霍、半文不值的爱情，那种渴望富裕生活却又幻灭的心情，清醒了又无路可走的悲哀……引起读者的共鸣。今天的美国，贫富的鸿沟依然存在，凡是存在贫富悬殊的地方，"富裕梦"总是有人做的，但是，幻灭恰似梦的影子，永远伴随着做梦的人们。菲茨杰拉德去世将近四十年，他的作品在美国还是那么走红，除了这个思想上的原因，他那优美而奇特的文体也是美国读者不能忘怀的一个因素。①

可以这样说，在菲茨杰拉德研究中，我国最具权威的学者当数董衡巽。他是中国大陆研究和介绍这位美国作家的第一人。他的观点、研究思路，以及他的若干专论，对我国的菲茨杰拉德研究具有重要而深刻的影响。

一九八三年，由巫宁坤翻译的《了不起的盖茨比》正式出版，与菲茨杰拉德的八篇短篇小说一同收录在《菲茨杰拉德小说选》里。这是中国大陆首次正式出版的这位美国小说家的中译本，是上海译文出版社推出的"二十世纪外国文学丛书"的一种，为我国的美国现代文学研究填补了一项空白，使我国读者对这位"迷惘的一代"的代表作家有了直接的感性认识。巫宁坤在译本"前言"里高度评价了菲茨杰

---

① 《艺术贵在独创》，董衡巽著，刊《外国文学集刊》(第一辑)，中国社会科学出版社，1979年版，第72页。

拉德的艺术成就和他的作品所包含的思想意义，称他是"二十世纪最重要的美国小说家之一"。①

一九八六年出版的《美国文学简史》，是一部具有开创意义的史学著作。董衡巽在这部专著中第一次向我国读者全面评述了菲茨杰拉德的文学生涯、创作思想和艺术特色，同时也阐明了对这位作家展开研究的意义所在。从此，我国对菲茨杰拉德的译介和研究正式拉开了序幕。

上世纪整个八十年代期间，我国正式发表的专题评论菲茨杰拉德的文章并不多，且大都集中在《了不起的盖茨比》上，但我国学者已从他的作品中发现了远比他所描绘的那个年代更为重要的价值，认为他既是战后美国年轻一代的典型代表，又是"喧腾的二十年代"的批判者。他的创作标志着十九世纪浪漫主义传统向二十世纪现代主义文学的过渡，他的《了不起的盖茨比》是为"美国梦想"和"爵士乐时代"奏起的一首无尽的挽歌。"他是美国小说家中最精湛的艺术家。他的最佳作品在内容上体现了高度的精确性，在语言上表现了高度的简练性。"② 在这一时期，我国出版的各类美国文学教材，也使菲茨杰拉德走进了高校课堂，并成为不少院校的学位课程。至上世纪八十年代后期，全国已有近十篇以菲茨杰拉德为研究对象的硕士学位论文，如刘欣的《菲茨杰拉德〈人间天堂〉及〈了不起的盖茨比〉中对幻想破失与灭败的社会批评》(1986)、左晓岚的《论〈了不起的盖茨比〉

---

① 《菲茨杰拉德小说选》，巫宁坤等译，上海译文出版社，1983年版，第1页。
② 《当代美国文学——概述及作品选读》(上册)，秦小孟主编，上海译文出版社，1986年版，第62页。

中象征手法的作用》(1989)等。这充分表明，这位作家已开始引起我国学人的高度关注。

及至上世纪九十年代末，菲茨杰拉德在我国的接受状况已大有改观。最为明显的例证是，《了不起的盖茨比》在中国大陆出版了八种中文译本和两种中文注释或中英文对照本；《夜色温柔》有五种中文译本。除此之外，还有三本《菲茨杰拉德短篇小说选》译本问世。我国学者在这十余年间发表的专论菲茨杰拉德的文章在数目上也有明显增加。我国在这一时期出版的美国文学专著，如王长荣的《现代美国小说史》(1992)、常耀信的《美国文学史》(1995)、史志康的《美国文学背景概观》(1998)等，也都对菲茨杰拉德予以了高度的肯定。杨仁敬在《二十世纪美国文学史》中指出："菲茨杰拉德的作品，作为'荒原时代'的历史记录，今天已显得越来越重要了。"[1] 这是我国学界在沉寂多年之后对这位经典作家的呼唤。

四 关于菲茨杰拉德作品的译介与研究

1. 关于《了不起的盖茨比》。至上世纪七十年代初，台湾已有四种中文译本。由于种种原因，这些译本很少为大陆读者所知。一九八二年，我国首次出版了这部小说的注释本《灯绿梦渺》。注释者在此书"前言"中说："书名有译《伟大的盖茨比》者，似乎失之平淡；有译《大亨小传》者，但实非传记体，盖茨比也算不得大亨。

---

[1]《二十世纪美国文学史》，杨仁敬著，青岛出版社，2000年版，第247页。

仔细读来，盖茨比的经历颇富传奇性，小说情节又类'言情'，作者用意当在批判，注释者姑译为《灯绿梦渺》。"① 注释者还指出了作者独具匠心的象征手法的运用："绿色实为盖茨比毕生梦想的象征。绿色代表生机，绿色使人欢快，绿色又是万能的美元钞票的颜色。出身农家的盖茨比抵抗不住财富和美色的诱惑，走上了一条典型的美国式的奋斗道路。黛西则象征着财富和美色的结合。此种象征手法书中屡见不鲜……但其着力点不在机械地比附，而在气氛的烘托……书尾处的安慰激励之词亦不能稍减其渺茫之感。盖茨比凄凉的下场是美国生活的悲剧。"② 在评价这部小说的语言特色时，注释者说：

> 作者遣词造句朴素真挚，极少十九世纪小说中的冗长繁缛，也没有当时已萌芽的现代主义的奇奥艰深。可是他行文并不单调平直。他时而后退三步，描绘中夹着若隐若出的讽刺和淡淡的幽默；他时而又置身其中，情不自禁地激昂动情；他时而又诗意盎然，不乏华丽之词，是浪漫气质的自然流露。③

注释者还将此书与中国古典名著《红楼梦》作了比较，认为："这本书绝不仅是'负心女子痴情汉'的恋爱悲剧。从中读者可以触摸到美国社会生活的脉搏，可以看到美国一个历史阶段的文艺画卷。"④ 这些话语足见注释者的慧眼识金和对这部小说的喜爱。他的观

---

① 《灯绿梦渺》，菲茨杰拉德著，周敦仁注释，上海译文出版社，1982年版，第1页。
② 同上，第1页。
③④ 同上，第2页。

点也代表着我国读者对这位美国作家的接受态度。

巫宁坤也在《了不起的盖茨比》"译后记"中指出：

> 菲氏并不是一个旁观的历史家。他纵情参与了"爵士乐时代"的酒食征逐，也完全融化在自己的作品之中。正因为如此，他才能栩栩如生地重现那个时代的社会风貌、生活气息和感情节奏。但更重要的是，在沉湎其中的同时，他又能冷眼旁观，体味"灯火阑珊，酒醒人散"的怅惘，用严峻的道德标准衡量一切，用凄婉的笔调抒写战后"迷惘的一代"对于"美国梦"感到幻灭的悲哀。不妨说，《了不起的盖茨比》是"爵士乐时代"的一曲挽歌，一个与德莱塞的代表作异曲同工的美国的悲剧。[1]

随着研究的不断深入，我国学者对这部经典之作的叙事艺术和文本结构的挖掘也在深化。例如，程爱民认为："从叙述的角度看，叙述者尼克的故事似乎是条主线，从头至尾时隐时现地贯穿于整个小说；而盖茨比的故事只是尼克的故事的一部分。但从故事的内容和重心来看，盖茨比的故事实际上才是小说的主体。如果采用'红花绿叶'比喻的话，那盖茨比的故事毫无疑问是红花，尼克的故事只是扶衬的绿叶。因此，小说的叙述主线只是作为一个背景，一个舞台，实际上演的是盖茨比的'戏'。这种叙述手法的安排及产生的艺术效果是颇具匠心的。""这部作品并不局限在使用单一视角上……小说不时

---

[1]《了不起的盖茨比·夜色温柔》，菲茨杰拉德著，巫宁坤等译，译林出版社，1999年版，第125页。

地变换叙述视角和叙述者，有时还采用视角越界等手段，使得叙述呈多元化展开。不同的侧面展示组合在一起，仿佛不同镜头的变换，构成了一幅反映盖茨比故事的立体图像。"[1] 程爱民还分析了菲茨杰拉德与亨利·詹姆斯之间在叙述者和人物设计上的相同和不同之处："菲茨杰拉德的独特或高明之处，就在于他创造了尼克这个'一半在故事里、一半在故事外'的存在，并利用这一人物的特殊位置把（作者自己的）两种不同的看法统一在了《大人物盖茨比》这部作品之中……起到了传统的第一人称叙述或第三人称全知叙述均不能起到的作用，产生了独特的艺术效果。"[2]

时至今日，我国已出版五十余种《了不起的盖茨比》的中译本（包括台湾地区）。我国研究者在各类学术刊物上发表的专论《了不起的盖茨比》的文章已达一百三十余篇；以这部作品为研究对象的硕士和博士学位论文有四十余篇。由此可见我国读书界对这部经典作品的接受程度和研究的深度。

2. 关于《夜色温柔》。《夜色温柔》是一部"令人越读越感到趣味无穷的小说"（海明威语）[3]，但中文译本一九八七年才在中国大陆首次出现，然而我国学者对这部曾经受到冷遇的作品的艺术构造和思想意义的解读却颇有独到之处。王宁等认为："若是将小说的结构与福克纳的《喧哗与骚动》以及乔伊斯的《尤利西斯》的结构相比，我们

---

[1]《英美文学研究论丛》（第一辑），虞建华主编，上海外语教育出版社，2000年版，第184—185页。
[2] 同上，第188页。
[3] Carlos Baker, ed., *Ernest Hemingway: Selected Letters, 1917—1961*, New York: Scribners, 1981, P.483.

便不难发现,《夜色温柔》仍是一部以现实主义传统手法为主的小说,远没有前两位意识流大师那样走极端。因此,若想从结构上来贬低这部小说的重大价值,看来是难以令人接受的。"①

陈正发等在论及这部作品错综复杂的叙事结构时也指出:"我们完全可以把它看作是作者颇具匠心的艺术处理……菲茨杰拉德善于在叙述中一而再、再而三地中断,或是场面骤然更替,而内中又有逻辑上的必然联系。这样读者便可渐渐不受作者的主观影响,化被动为主动,独自对作品做出自己的阐释。"②

不管这些评论是否准确,都足以表明,我国学者对这部作品已有自己的认识和理解,并在学术上开始逐渐走向了成熟。

继《了不起的盖茨比》后,《夜色温柔》也引起了我国读者浓厚的兴味。如今,《夜色温柔》在我国已有十六种中文译本(包括台湾地区);从不同角度探讨这部作品的专题研究论文有三十余篇,以这部作品为研究对象的硕士和博士学位论文近二十篇。目前,我国学者对这部作品的研究仍在不断深入。

3. 关于菲茨杰拉德的短篇小说。 上世纪九十年代后期是我国菲茨杰拉德译介和研究规模空前的时期。在这一时期,我国出版了三部《菲茨杰拉德短篇小说选》的中文译本,他的一百六十多篇短篇小说中,有二十三篇被翻译成中文正式出版。不少研究者认为,他的短篇小说"情节生动,遣词造句流畅舒展,字里行间充满诗情画意,艺术感极强……塑造和记录了生活在已逝去的那个特定时间和特定空间

---

① 《夜色温柔》,菲茨杰拉德著,王宁等译,山东文艺出版社,1999年版,第7页。
② 《夜色温柔》,菲茨杰拉德著,陈正发等译,安徽文艺出版社,1996年版,第3—4页。

里的一批特定的人物……弥漫着一种梦幻色彩，充满敏感和颖悟，令读者不得不紧张地同他一起去品味和感受人生与世界。"[①] 他"是美国二十世纪二十年代最具代表性的作家"，[②] 是"第二次世界大战前美国主要短篇小说家""他的作品在风格上与欧·亨利很接近""会使人想起克莱恩的嘲讽手法和藏而不露的用语技巧""《重访巴比伦》的叙事技巧可说是天衣无缝，炉火纯青，思想上也很有深度。这使它成为传世之作"。[③]

时至今日，菲茨杰拉德的四部短篇小说集已有三部被译成中文，尽管受各种条件所限，目前的研究尚不够深入，评价的方法和观点仍可进一步商榷，我国学人对他的短篇小说的阅读和研究兴趣正在与日俱增。

五 "回声嘹亮"

"文学作品并不是对于每一个时代的每一个观察者都以同一种面貌出现的自在的客体，并不是一座自言自语地宣告其超时代性质的纪念碑，而像一部乐谱，时刻等待着阅读活动中产生的、不断变化的反映。只有阅读活动才能将作品从死的语言中拯救出来，并赋予它现实生命。""文学作品的历史生命力没有接受者能动的参与是不能想象的。"[④]

[①]《菲茨杰拉德短篇小说选》，菲茨杰拉德著，曹合建译，湖南文艺出版社，1998年版，第4页。
[②]《爵士乐时代的代言人——菲茨杰拉德短篇小说选》，菲茨杰拉德著，吴楠译，外文出版社，2000年版，第3页。
[③]《现代美国小说史》，王长荣著，上海外语教育出版社，1992年版，第306—307页。
[④]《接受美学与接受理论》，（德）H.R.姚斯、（美）R.C.霍拉勃著，周宁等译，辽宁人民出版社，1987年版，第24、26页。

纵观我国对菲茨杰拉德的批评接受史，我们可以看出，我国对这位美国小说家的译介和研究相对较晚，真正意义上的研究高潮期出现在本世纪以来这十余年间，以《菲茨杰拉德研究》(2002)为标志。据文献检索，仅在近十年来，《了不起的盖茨比》在我国就有四十二种风格各异的中译本，《夜色温柔》有十五种中译本，《人间天堂》有四种中译本，《漂亮冤家》有四种中译本，各类短篇小说集有十八种；我国学者发表的各类学术论文有二百四十一篇，硕士和博士学位论文七十二篇。在近十年出版的美国文学论著中，如王守仁等的《新编美国文学史》(2002)、虞建华等的《美国文学的第二次繁荣》(2004)等，都以较大篇幅评述了菲茨杰拉德的文学生涯，分析了他的创作思想和艺术成就，并肯定了"菲茨杰拉德和海明威作为青年文化的文化英雄的历史地位"[1]。这位小说家如今已受到我国越来越多的读者的喜爱和评论家的广泛重视。虽然现有的译文质量参差不齐，某些论文或论著也有拾人牙慧之嫌，但目前在我国读书界出现的"菲茨杰拉德研究热"却足以表明，我国对这位经典作家的研究正方兴未艾。

就总体而论，我国对菲茨杰拉德的译介和研究远不及对海明威等同时代作家的研究那样有深度和体系化，譬如，我国学界对《人间天堂》《漂亮冤家》及"巴兹尔系列小说""约瑟芬系列小说""帕特·霍比系列小说"等作品的评论文章，目前仍不多见，对这位作家复杂的文学生涯、创作思想、语言艺术、文学性等方面的深层特征，以及对他何以成为经典作家的文化和社会历史背景的剖析，也有待从理论上

---

[1]《美国文学的第二次繁荣》，虞建华著，上海外语教育出版社，2004年版，第202页。

进一步深化。

作为"爵士乐时代"杰出的代言人和忠实的"编年史家",菲茨杰拉德对他所处的那个特定历史时期原生状态社会生活和精神风貌的主要特征的准确把握、他独具匠心的叙事艺术、他那富有隐喻和象征意义的优美的语言风格,以及他隐埋在作品话语结构中的真切的感受、真挚的情感和真诚的理念,最大限度地拉近了作者——文本——读者之间的时空距离,使他作品中的那些人格被异化了的男女主人公的形象和虚幻的故事情节呈现出真实的人生历练和历史的可感性,能激发起读者对现实生活的联想和对人生意义的思考,在人们的心灵上产生共鸣。他的作品中所表现出的高度的艺术真实、所传达的精神价值取向和道德判断要素,具有一种令评论家难以还原到概念上来的持久的艺术张力。在大半个世纪已经过去的今天,在中国这个特定的文化语境下,我们发现,当今这个时代所出现的许多事物,当今这个世界所存在的诸多问题,早已在他那些优秀的作品里被生动形象地记录和描绘过了,因此,我们在重读经典时,依然能感到他的作品十分清新,具有历史理性与人文关怀之间的张力。他的作品的生命力已在中国这片大地上得到了延伸。

六　并未终结的结语

文学从来就是生活和时代的审美反映。一个作家以什么样的姿态来从事创作,他的作品究竟能否真实地反映现实生活和时代精神,要看这位作家是否真正走进了现实生活,获得了真切的体会,发现了真正闪光的思想和真正有血有肉的人物形象。作家光凭着自己极高的天赋、满腔的热情、良好的愿望是远远不够的。他必须站在时代潮流的前列，以高度的使命感和强烈的忧患意识去贴近现实、观察社会、感受人生，以自己独特的写作姿态和艺术形式去如实反映人与社会、人与自然、人与自我的关系，去揭示和描绘时代的变迁对社会道德、文化习俗和人的个性发展所产生的深刻影响。唯有这样，才能写出"像样的"、有深度的、经得起时代考验的经典之作来。这是菲茨杰拉德留给我们的启示。

锐意进取，不断创新，羞于重复，格外重视个人的文体风格和独特的创作个性，这是名作家们之所以名不虚传的一个重要原因。"文体风格如同作家的专有印记，刻下了他独特的创作个性。"[1] 凡是严肃的、对艺术有所追求的作家，都会以十足的劲头去探索新的艺术表现形式和具有个性特点的写作风格，而绝不会与他人雷同。菲茨杰拉德与海明威、福克纳、沃尔夫、多斯·帕索斯等作家生活在同一个历史时代，但菲茨杰拉德笔下的世界一眼望去，便知是菲茨杰拉德的，绝不会与其他作家所创造的世界相混淆。这是因为他一生都在执着地追求具有自己独特个性的写作技巧和文体风格，力求以自己的方式来描绘现实，表现人物的精神面貌和性格特征，"像奴隶一样对每句话都进行艰苦细致的推敲"，"在每一篇故事里都有一滴我在内——不是血，不是泪，不是精华，而是真实的自我，真正是挤出来的"。[2] 正

---

[1] 《艺术贵在独创》，董衡巽著，刊《外国文学集刊》(第一辑)，中国社会科学出版社，1979年版，第69页。

[2] Matthew J. Bruccoli, ed. *F. Scott Fitzgerald On Authorship*, South Carolana: University of South Carolana Press, 1996, P.178.

因如此，他笔下的人物才那样栩栩如生，他创造的那个艺术世界才那样富有魅力，感人至深。这是他的作品之所以会引起历代读者和评论家兴趣的原因之一。

菲茨杰拉德在我国的批评接受史，恰好是对二十世纪文学史上出现的"菲茨杰拉德现象"的有力补充。在当前世界各地出现的"菲茨杰拉德研究热"中，相信我国学者对这位经典作家的研究将会有自己的声音，将会与国外学者的研究同步，得出更加深入、更加令人信服的成果来。"菲茨杰拉德有福了，他将以他不朽的诗篇彪炳千秋"。[1]

吴建国
2013年12月29日
于上海维多利书斋

---

[1] 巫宁坤语，见《了不起的盖茨比·夜色温柔》，巫宁坤等译，译林出版社，1999年版，第128页。

目录

总序   1

前言   1

第一章   1

第二章   29

第三章   41

第四章   75

第五章   103

第六章   177

笔　记   203

一部振聋发聩的旷世之作——评菲茨杰拉德长篇小说《末代大亨》   249

前　言

一九四〇年十二月二十一日，F. 司各特·菲茨杰拉德刚写完这部小说第六章的第一节就突然心脏病发作，第二天就去世了。在此刊印的是作者已经做过相当多重写的一部稿子，不过这绝不是一部已经完成的稿子。几乎每一小节的空白处，菲茨杰拉德都写下了评注——其中有少数几则评注编入了后面的笔记之中——这表明他对这些章节还不甚满意，或者表明他还将进行修改。他的本意是要写一部像《了不起的盖茨比》那样凝练和构思精巧的小说，通过删改和润色，他无疑会使我们眼前看到的这些章节中的大多数地方在效果上获得显著的提升。他本来计划将这部小说写成六万词左右的篇幅（大致相当于汉字十八万字），但到他去世时他已经写了七万了，而从他的提纲可以看出，他的故事才写了一半。他开始写时是预留了一万字左右供删改的，但似乎可以肯定这部小说的篇幅会超过原来预计的六万词。这部小说的题材比《了不起的盖茨比》中的复杂——与长岛上吃喝玩乐的背景相比，好莱坞制片厂的画面需要更多的空间来呈现，人物性格也需要更多的空间来发展。

《末代大亨》的这一稿本表明这是一部富有艺术匠心之作，作家已经将自己的写作素材收集和组织停当，对小说的主题也已有了牢固的掌握，所欠缺的是尚未进行最后的对焦。在此情形之下，小说却已经具备了如此感人的力量，施塔尔这个人物的性格已经如此饱满和真实地塑造出来，这是相当了不起的。这位好莱坞制片商是如此的柔肠百转与穆穆煌煌，他肯定是菲茨杰拉德通过了深思熟虑而完整地构思出来的，而且是他理解至深的主要人物形象之一。他所做的关于这个人物的笔记表明，这个形象已经在他脑海中活了三年多了，他一直在搜寻施塔尔的个性化的语言和罗织他与那个行当中各个部门的关系网。艾默里·布莱恩和安东尼·帕奇是作者自己的浪漫投射，盖茨比和迪克·戴弗则塑造得多少还算客观，只是开掘得还不是非常深。门罗·施塔尔的形象则是从作家内心深处塑造出来的，而此时他通过对自己心智的审视已经对此信心满满，知道如何在一个更为宽广的层面上将他安排到一个合适的位置上去。

所以，尽管还不完整，《末代大亨》却是菲茨杰拉德最成熟的作品。这是作者第一次对一个行业进行严肃的审视，这也使得这部作品与他的其他小说有显著的不同。菲茨杰拉德早期的作品刻画的都是那些初入社会的人物和大学生，描写的是上世纪二十年代那些挥霍无度的人放浪形骸的生活。在那些小说中，人物的重要活动，以及他们为之而活着的理由，就是那些他们像烟花一样绽放，而且很可能使他们因之而灰飞烟灭的盛大宴会。但是在《末代大亨》中宴会是少有的，而且是无关紧要的;门罗·施塔尔不同于菲茨杰拉德塑造的其他主要人物,他已经密不可分地融入了他作为缔造者之一的那个行业之中,他的悲剧也暗示出了这个行业的前途命运。这部小说近距离地审视了美国电影业,对它进行了仔细而集中的研究,而且在对它进行戏剧性描写的过程中所体现出来的敏锐才智比所有其他描写同一题材的小说加起来还要多。《末代大亨》是我们迄今读到的描写好莱坞的作品中最为精彩绝伦的一部,而且是能带我们走进其内幕的唯一一部。

将《了不起的盖茨比》与《末代大亨》结合起来阅读是有意义的,因为菲茨杰拉德在后面这部作品中也的确怀有这样的目的。如果说他在构思《夜色温柔》的题材时改变了自己的创作路径,使得那部充满魅力的小说的各个部分不再全部环环相扣,那么在这部小说中他又回到了《了不起的盖茨比》中出现过的那种目的单一、技艺精准的状态之中。通读作者为创作这部小说而写下的卷帙浩繁的草稿与笔记,再次肯定和加深了我们心中的观点,我们认为菲茨杰拉德是他那个时代的一流作家之一。无论是从戏剧性的角度看,还是从散文文体的角度看,《了不起的盖茨比》最后的那几页都堪称我们这代人创作的小说中最优秀的文字。T. S. 艾略特曾经评价这本书说,自从亨利·詹姆斯以来,菲茨杰拉德为美国小说迈出了重要的第一步。尽管壮志未酬,但可以肯定,在那些被奉为圭臬的作品中,《末代大亨》有它自己的一席之地。

埃德蒙·威尔逊

第一章

虽说我从没上过银幕，我却是在电影里长大的。鲁道夫·瓦伦蒂诺[①]还来参加过我五岁的生日宴会呢——他们跟我说大概是这样的。我把这些记录下来只是想说明，即使在我还不谙世事的年龄，我在所处的位置上就可以纵观时代的滚滚车轮了。

我以前本打算写一本回忆录的，书名就叫《制片商的女儿》，可是在十八岁那个年龄哪有时间来干这些事呢？没写也好——写出来也会像洛莉·帕森斯[②]的专栏文章一样，索然寡味。我父亲是从事电影业的，这就跟别人是从事棉花业或者钢铁业的一样，我淡然处之。无论好莱坞怎么糟糕，我大不了像被指派到闹鬼的屋子里去的鬼怪，逆来顺受就是了。我知道你会怎么想，可我偏偏害怕不起来。

[①] 鲁道夫·瓦伦蒂诺（Ludolph Valentino，1895—1926），意大利出生的著名美国影星，主演过《茶花女》《酋长》《碧血黄沙》等，相貌俊美，被称为默片时代"倾国倾城"的拉丁情人。
[②] 洛莉·帕森斯（Lolly Parsons，1881—1972），著名影评家，赫斯特报业集团的专栏作家。

这话说起来容易，可要别人理解就难了。我在本宁顿学院①上学的时候，那里的一些英文老师装得对好莱坞和那里制作的电影漠不关心，实际上却恨死它了。这种仇恨是如此之深，就好像好莱坞会要了他们的命似的。甚至在此之前，当我还在修道院里上学时，就有一位和蔼可亲的小个子修女向我索要过一个电影脚本，她说，她是怎么教学生们写散文和小说的，她就要"怎么教她们写电影剧本"。我把那个脚本给了她，我猜想她左也为难，右也为难，不过她在课堂上从没提起过这个事，后来她满脸惊慌，恼火地把本子还给了我，没做一句评论。我想我下面要讲的这个故事的际遇也会相差无几吧。

你可以跟我一样想当然地认为好莱坞就是好莱坞，你也可以采取我们对待所有不理解的东西的态度，对它鄙夷不屑。其实好莱坞还是可以理解的，只不过有点模糊和闪烁罢了。真正能把解答电影之谜的整个方程式记在脑子里的人不会超过半打。也许对一个女人来说，真实地了解好莱坞的运行机制的最佳方法，莫过于去了解这其中的一个男人。

我是在飞机上开始了解这个世界的。从中学到大学，父亲一直让我们乘飞机飞来飞去。我上大学三年级时姐姐去世了，此后我就独自一人飞来飞去，这样的旅程总是让我想起她，使我心中有几分沉重和抑郁。有的时候我会在飞机上遇到我认识的电影界的人，偶尔还会遇到令人心仪的男大学生——不过在大萧条时代这样的机会并不多。飞行途中我很少真的睡着，由于心中想着埃莉诺姐姐，加上东海岸到西海岸之间那种强烈的割裂感——所以，至少在我们离开田纳西那些孤

---

① 本宁顿学院（Bennington College），美国佛蒙特州的一所贵族女子大学，以艺术等人文科而闻名。

零零的小机场之前,我是不会入睡的。

这次飞行颠簸得非常厉害,乘客们早早地分成了两拨,一拨是那些立马就睡觉的,另一拨是那些压根儿就不想睡觉的。在我对面有两个乘客就属于后一拨,而且从他们断断续续的谈话中我非常肯定他们是从好莱坞来的——其中一个看样子就知道,他是一个中年犹太人,一会儿紧张而兴奋地说着话,一会儿悲伤而沉默地在那里蹲坐着,好像随时准备从飞机上跳下去;另一个是个脸色苍白、相貌平平、身体健壮、三十岁开外的男子,我敢肯定我以前见过他。他也许去过我们家吧。但他去的时候可能我还是个小孩子,所以他没认出我来,我也没生气。

女乘务员个儿高挑,长得俊俏,皮肤黑得发亮,正是人们趋之若鹜的那种类型——她问我是否可以帮我整理一下铺位。

"对了,亲爱的,你是要一颗阿司匹林,"她靠在座椅的边上,随着六月的飓风不由自主地来回摇晃,"还是要一颗宁比泰?"

"不用了。"

"我一直在忙着照顾别人,还没来得及问你。"她在我身边坐下,扣上我们俩的安全带,"要口香糖吗?"

听她这么一说,我才想起我嘴里的一块已经嚼了几个小时,早该吐掉了。我撕下一页杂志将它裹起来,丢进了自动烟灰缸里。

"懂规矩的人我一眼就分得出来,"乘务员称赞说,"只要看他们是不是先把口香糖包起来再放进去。"

我们在半明半暗、摇摇晃晃的机舱坐了一会。机舱里就像午饭与晚饭之间的黄昏时分的一家时髦餐馆。我们都在消磨时间——而又没有明确的目的。我想即使是乘务员也不得不时刻提醒自己为什么会来到这个地方。

她和我聊起了一个我认识的女演员,两年前她曾经跟她一道飞往西部。当时正值大萧条步入低谷,年轻女演员不停地望着窗外,那聚精会神的样子使得乘务员生怕她想跳下去。不过看起来她害怕的不是贫穷,而只是革命。

"我知道妈妈和我准备干什么去,"她对乘务员说了真心话,"我们准备去黄石公园,我们去那里仅仅是为了等这场风暴过去。然后我们再回来。他们不杀害艺术家的——你说对吧?"

这一说法让我高兴起来。眼前浮现出一幅优美的画面,善良的托利熊们给女演员和她妈妈拿来了蜂蜜供她们食用,温顺的小鹿们也从鹿妈妈那里拿来了他们吃不完的奶,到了晚上就依偎她们身边,给她们当枕头。接着,我也告诉乘务员说,在那段美好的日子里的一个晚上,律师和导演把他们的计划告诉了父亲。如果补助金大军[①]占领了华盛顿,律师在萨克拉门托河里藏了一条小船,他们可以逆流而上,去上游躲避几个月再回来,"因为发生革命之后,总是需要律师来处理那些法律事务的。"

导演心中则多一些失败情绪。他准备好了一套旧外套、旧衬衫和旧鞋子——他从没说过这些东西是他自己的,还是从道具部门拿来

[①] 补助金大军(Bonus Army),指1932年约15000名由于20世纪30年代的经济大萧条而失业的一战退伍老兵和他们的家属在华盛顿国会附近搭帐篷住了一个多月,要求把原定于1945年兑现的抚恤金马上发给他们。迈克阿瑟和艾森豪威尔在胡佛总统同意下出动坦克驱散20000名老兵和家属,艾森豪威尔有些犹豫,但迈克阿瑟说背后有共产党,坚决主张开枪,结果造成惨案。

的——他准备乔装打扮成普通百姓。我记得父亲对他说:"可是他们会检查你那双手啊。他们一看就知道你好多年没干过体力活了。他们还会检查你的工会卡。"我至今还记得导演的脸变得多么惨白,记得他吃甜点时心情是多么的沮丧,记得他说的那些话是多么的滑稽和可怜。

"你父亲是演员吗,布拉迪小姐?"乘务员问道,"我肯定听到过这个名字。"

听到布拉迪这个名字,过道那边的那两个男子抬起头来。斜眼看人——这就是好莱坞人的眼神,这眼神好像永远是从肩膀上投过来的。接着,那个苍白、壮实的年轻人解开了安全带,站在我们旁边的过道里。

"你是塞西莉亚·布拉迪吧?"他用责怪的口吻质问,好像我一直在瞒着他似的,"我刚才还在想我认识你。我叫怀利·怀特。"

他顶好省掉这句——因为就在此时,另一个声音说道:"走路小心,怀利!"只见另一个男子在过道里与他擦肩而过,朝驾驶舱方向跑去。怀利·怀特愣了一下,回过神来朝着他背后顶了一句:

"我只听从机长的命令。"

这时我才意识到这是好莱坞的权贵与随从之间打趣的话。

乘务员责备他说:

"请别这么大声,有乘客在睡觉。"

这时我看到过道对面的另一个男人——就是那个中年犹太人——也已经站立起来,睁大充满情欲的眼睛色迷迷地瞪着刚才走过去的那个男人。或者不如说是瞪着那个人的背影,那人头也不回地打了个再见的手势,从我的视野中消失了。

我问乘务员:"他是副机长吗?"

她解开我们身上的安全带,准备把我扔给怀利·怀特。

"不是。他是史密斯先生。他有一个叫'新娘套间'的私人客舱——归他一个人乘坐。副机长向来都是穿制服的。"她站起身来说,"我得去看看我们是不是要在纳什维尔降落。"

怀利·怀特惊呆了。

"为什么啊?"

"密西西比河谷里起风暴了。"

"这就是说我们得在这里待一通宵了?"

"如果风暴不停息的话!"

飞机突然向下一沉,这表明风暴不会停息。怀利·怀特身子一倾,倒在我对面的座位上,乘务员被猛地朝驾驶舱方向抛去,那个犹太人则被抛得坐了下来。在故作镇静地叫喊着表达了一阵不满之后,我们这些热爱乘飞机的人又安静了下来。接下来是一阵相互介绍。

"布拉迪小姐,这位是施瓦茨先生,"怀利·怀特说,"他也是你父亲顶要好的朋友。"

施瓦茨先生使劲点着头,我几乎能听见他在心里说:"这是真的。上帝可以作证,这是真的!"

也许在他一生之中他曾经有过机会把这句话直截了当地说出来——可是他显然是个曾经沧海的人。你遇到他时,他就像你的一个朋友,在一场拳击或者斗殴中被打得趴下了。你瞪着你这位朋友说:"你怎么了?"而他牙齿被打落了,嘴唇也被打肿了,做出的回答模糊不清。他甚至没法告诉你到底是怎么回事。

施瓦茨先生其貌不扬；那夸张的波斯人鼻子和偏斜的眼影，就像我父亲那微微翘起的鼻孔周围有一种爱尔兰人特有的红润一样，是天生的。

"纳什维尔啊！"怀利·怀特叫道，"那就是说我们得去住旅馆了。我们要等明天晚上才能到西海岸——这么说来。我的上帝！我就出生在纳什维尔。"

"我还以为你会想回老家去看看呢。"

"绝不——我已经逃离那个地方十五年了。我希望永远也不会再回那里去。"

可是他会去的——因为飞机明白无误地在往下面降啊，降啊，降啊，就像爱丽丝掉进了兔子洞里一样①。我手搭凉棚，贴在窗玻璃上，眺望着左边遥远的地方那个模模糊糊的城市。自从我们飞进风暴中以来，"系好安全带，禁止吸烟"的绿色灯光一直亮着。

"你听见他说的话了吗？"施瓦茨从一阵沉默中怒冲冲地爆发出来，朝过道这边说。

"听到什么？"怀利问。

"听到他管自己叫什么吗？"施瓦茨说，"史密斯先生！"

"为什么不行？"怀利问。

"哦，没什么，"施瓦茨立即说，"我只是觉得有点滑稽，史密斯。"我从来没有听到过比这更缺少笑意的笑声："史密斯！"

我想自从有了航空中转站以来，从来没有哪个地方像机场——如此的孤寂，如此的忧郁和安静。这些由红砖老屋构成的补给站就建在

---

① 这是英国作家刘易斯·卡罗尔的童话小说《爱丽丝梦游奇境记》中的情节。

以这些城镇命名的镇上——除了住在这里的人，别人是不会从这些与世隔绝的机场里起飞的。不过机场就像沙漠中的绿洲，就像那些伟大的贸易路线上的驿站，引领你回想起遥远的历史。每当看到乘坐飞机的乘客三三两两地在午夜的机场里溜达，任何一个晚上都会招来一小群人围观。年轻人围观飞机，年纪大的则满腹狐疑地看着那些乘客。在这些飞越大洲的大飞机里，我们是来自沿海的富人，我们这些腾云驾雾的人不经意间降落在美利坚的中部。我们中间可能就有玩命的冒险家，只是乔装打扮成了电影明星。但是在大多数情况下并非如此。我总是热切地希望我们的样子比实际的更招人喜爱一些——正如我时常出席电影首映式时的情形一样，影迷们满脸讥讽地看着你，因为你不是明星。

着陆之后怀利和我突然成了朋友，因为我从飞机里下来时他伸出手臂来搀扶了我。打那以后他就对我穷追猛打——而我也不在意。从我们走进机场的那一刻起事情就明摆着了，如果我们是搁浅在这里，那我们也是两个人一道搁浅在这里。（就像我失去男朋友的时候那样——当时他和那个叫雷娜的女孩在本宁顿学院一座新英格兰式的小农舍里弹着钢琴，我终于认识到我是多余人了。收音机里播放着盖依·隆巴尔多管弦乐团演奏的《高帽子》和《脸贴着脸》，她在一边教他弹奏那曲子。琴键就像树叶一般纷纷飘落，她教他弹一个黑键时伸出来的手贴到了他的手上。那时我还在读大学一年级）

当我们走进机场时，施瓦茨先生也跟我们走到了一起，但他好像在梦里。我们不断地去咨询台打听，想得到确切的消息。他目不转睛地盯着通向停机坪的那扇门，就好像唯恐他还没登机飞机就飞走了。

后来我有事离开了几分钟,其间发生了什么事情我没看见,可是当我回来时,只见他和怀特紧挨着站在一起,怀特在说着话,施瓦茨的脸色则比刚刚被一辆大卡车碾过还要难看得多。他眼睛没再盯着通往停机坪的那扇门。我只听到了怀特的话尾巴。

"我说了要你闭嘴吧。你活该。"

"我只是说——"

当我走过来问他有没有听到新的消息时,他停住了。当时是凌晨两点半。

"有一点儿,"怀利·怀特说,"他们认为无论怎样我们在三小时之内都没法动身,所以有些软蛋要去宾馆了。不过我想带你们去参观'退隐居',那是安德鲁·杰克逊总统的故居。"

"这么黑咕隆咚的我们怎么看得见啊?"施瓦茨问道。

"去你的,不到两小时天就亮了。"

"你们两个去吧。"施瓦茨说。

"好吧——你乘巴士去宾馆吧。车还在那里等着呢——他在那里。"怀利的话音里带着奚落,"兴许这还是件好事呢。"

"不,我还是跟你们一道去。"施瓦茨连忙说。

我们乘上一辆出租车出了机场,四周的乡野突然一片漆黑,他似乎一下子兴奋了起来。他拍了拍我的膝盖以示鼓励。

"我应该一道去,"他说,"我应该当陪伴监督人。很久很久以前,在我家财万贯的时候,我有一个女儿——一个漂亮的女儿。"

他那口气就好像是在说一笔有形资产,被卖给债权人抵债了。

"你还会有一个的,"怀利宽慰他说,"失去的都会回到你身边来

11

的。命运的轮盘再转一圈,你就回到塞西莉亚爸爸的位置上了,是这样吧,塞西莉亚?"

"那个退隐居在哪里啊?"施瓦茨过了片刻说,"该不会走了大老远还不知道在什么地方吧?我们会不会误了飞机?"

"不要紧的啦,"怀利说,"我们应该带着那个乘务员跟你一起走。你不喜欢那个乘务员吗?我觉得她挺招人喜欢的。"

我们的车在开阔平坦的乡间开了好长时间,一条路,一棵树,一座农舍,又一棵树,接着突然一个拐弯就来到了一片树林中。甚至在一片黑暗之中我也能感觉到林中的树木郁郁葱葱——这与加州那种布满灰尘的橄榄色迥然不同。又过了一段路,我们从一个前面赶着三头奶牛的黑人身边经过,当他将奶牛赶到路边时,牛"哞"地叫了一声。这些可是实实在在的奶牛,肚子上暖洋洋,毛茸茸,鼓鼓囊囊的,而那黑人的容貌也渐渐在黑暗之中清晰起来,他睁大一双褐色的大眼睛贴在车边瞪着我们,这时怀利给了他一个硬币。他连声说着"谢谢你,谢谢你"便站住了。当我们驱车而去时,奶牛又在黑暗中发出阵阵的"哞哞"声。

我想起了我记忆中第一次见过的羊群——上百头的绵羊,以及当我们的汽车突然撞进老拉姆勒制片厂[①]后院的羊群中的情景。拍电影让羊群大受惊扰,而跟我们一起坐在汽车里的男人却还在不停地说:

"太棒了!"

"这下正中你下怀了吧,迪克?"

[①] 老拉姆勒制片厂,德籍美国电影制片商卡尔·拉姆勒于1914年在好莱坞附近所建,是当今世界最大的电影制片厂"环球影城"的前身。

"这不是太棒了吗？"那个叫迪克的男子一直站在车里，俯瞰着银灰色的羊毛浪涛滚滚，就好像他是科尔特斯[①]或者巴尔沃亚[②]似的。就算我当时知道他们在拍的是什么电影，现在也早已忘记了。

我们开了一个小时。我们从一座上面铺着木板吱嘎作响的老铁桥上跨过一条小河。这时阵阵公鸡打鸣的声音传来，每当开过一幢农舍时都能看到有蓝绿色的身影在晃动。

"我跟你说了天很快就会亮的吧，"怀利说，"我就是在这附近出生的——是一贫如洗的南方穷人的儿子。我们家住过的房子现在用作户外厕所了。我们家有四个仆人——我父亲，我母亲和我的两个姐姐。我不肯加入互助协会，所以就去孟菲斯闯事业，可如今却闯进了死胡同。"他伸过胳膊来搂着我说："塞西莉亚，你嫁给我，让我跟你一起分享布拉迪家的万贯家财好吗？"

他的话完全消除了我的戒备，于是我把头靠在他肩膀上。

"你做什么工作，塞西莉亚，还在上学吗？"

"我在本宁顿上学。大三。"

"哦，请你原谅。我本来应该知道的，可我从来都没有机会上大学接受训练。可是上大三——我看过《绅士》杂志，上面说大三没什么东西要学的啊，塞西莉亚。"

"为什么大家都认为上大学的女孩子——"

"别辩解了——知识就是力量。"

[①] 科尔特斯（Hernando Cortez，1485—1547），西班牙冒险家，1518 年率领探险队开辟美洲新的殖民地，后征服墨西哥，曾登高眺望墨西哥。
[②] 巴尔沃亚（Vasco Balboa，1475—1519），西班牙探险家，1513 年登上巴拿马一座山峰向西眺望，发现了太平洋。

"听你说话的口气,你应该知道我们是在朝好莱坞进军吧,"我说,"好莱坞总是落后于时代好多好多年。"

他假装大吃一惊。

"你是说东部的女孩子就没有私生活了?"

"这正是关键。就是因为她们有私生活。你烦死人了,挪过去点。"

"我不能挪。这样会把施瓦茨弄醒来的,我想这是几个星期以来他第一次睡觉。听我说,塞西莉亚,我跟一个制片商的老婆有过一段情。很短的一段情。那件事过去之后她对我说得斩钉截铁,她说:'不许你跟任何人提这件事,否则我会叫人把你从好莱坞扔出去。我丈夫的权势可要比你大多了!'"

这时我又喜欢他了,不一会出租车拐进了一条长长的小路,一路上金银花和水仙花香气扑鼻,然后在安德鲁·杰克逊的故居那座灰色的大宅前停了下来。司机转过头来,想给我们做一番介绍,怀利嘘了一声拦住了他,指了指施瓦茨,然后我们踮起脚尖下了车。

"你们现在进不了官邸。"司机彬彬有礼地对我们说。

怀利和我走上前去,靠着阶梯边宽大的柱子坐了下来。

"施瓦茨这个人怎么样?"我问,"他是什么人?"

"施瓦茨倒霉透了。他做过一家集团公司的头头——是第一国立制片公司[①]?派拉蒙[②]?还是联美影业[③]?现如今贫困潦倒了。不过他会东山再起的。除非你吸毒或者酗酒,你进了电影界就休想退

[①] 第一国立制片公司(First National),好莱坞制片公司,创立于1917年,后被华纳公司收购。
[②] 派拉蒙(Paramount),好莱坞著名制片厂商,成立于1912年。
[③] 联美影业(United Artists),好莱坞制片厂商,成立于1919年。

出来。"

"你不大喜欢好莱坞吧?"我试探着说。

"不,我喜欢的。我肯定喜欢。哎呀!怎么在杰克逊总统故居前的台阶上说这些东西——一大清早的。"

"我喜欢好莱坞。"我执拗地说。

"好了,好了。那是安乐乡的一块宝地行了吧。这话是谁说的来着?我说的。那里是强者的天堂,可我是从佐治亚的萨凡纳那个小地方去的。到那里的第一天我就去参加了一个花园酒会。主人跟我握握手后就把我晾在了一边。那里真是应有尽有——游泳池、两美元一寸的绿苔、娇柔美女、玉液琼浆,其乐无穷——

"——可是没有一个人搭理我。鬼都不理。我跟五六个人搭讪,可他们都不接茬。这样持续了一个小时,两个小时——然后我从坐的地方站起身来,疯子似的一溜小跑就逃了。直到我回到旅馆,服务员递给我一封上面写着我名字的信时,我才感觉到自己有一个合法的身份。"

自然,我没有过这样的经历,但回想我参加过的那些酒会,我知道这样的事是有可能发生的。在好莱坞我们是不大跟陌生人交谈的,除非他们身上贴着标签标明他们的斧头早已在别的地方磨得豁豁亮,无论如何也用不着到我们脖子上来磨了——也就是说,除非他们是名流。即便如此,也还是小心为妙。

"你应该超脱点,"我暗自庆幸地说,"别人对你这么无礼时针对的其实并不是你——而是针对他们以前遇到过的人。"

"好一个漂亮姑娘——说出来的话都这么漂亮。"

东方的天空中透出一丝光亮,这时怀利才把我的模样看得真切——身材细挑,五官清秀,风情万种。此时我在想,五年前的那个时候我在晨曦中是何等模样。衣衫有些许的凌乱,脸色有一点点苍白吧?我想。不过人在那个年龄都有一份年少的天真,认为绝大部分冒险都是美好的,我只需洗一个澡,换一身衣服,就能挺过好几个小时。

怀利用充满真情实意的倾慕眼光凝望着我——可就在此时我们的两人世界突然被打破了,施瓦茨先生充满歉意地撞进这片美景之中。

"我摔了一跤,撞在一个巨大的金属把手上。"施瓦茨先生摸着眼角说。

怀利跳了起来。

"来得正是时候,施瓦茨先生,"他说,"参观刚刚开始。这里是'老山核桃'——第十届美国总统,新奥尔良的战胜者,国立银行的反对者,分赃制的发明者的故居。"

施瓦茨就像看着陪审团似的看着我。

"你面前站着一位作家,"他说,"他什么都知道,又什么都不知道。"

"这话什么意思啊?"怀利气愤地说。

我最初也隐约觉得他是位作家。虽说我喜欢作家——因为如果你问他们什么问题,你通常都会得到一个答案——可是在我眼里我依然觉得这贬低了他。确切地说作家不是人。换句话说,如果说他们有什么长处,那就是他们竭尽所能地把一大帮子人变成一个人。这就好比演员,他们忧伤得尽量不去照镜子,他们拼命地往后仰——不料却在枝形吊灯里照见了自己的脸。

"作家不是这样吗，塞西莉亚？"施瓦茨问，"我并不想替他们说什么。我只知道这是真话。"

怀利看着他，心中的怨气在慢慢凝聚起来。"这种话我早听腻了，"他说，"你瞧，曼尼，我无论什么时候都比你实际得多！我坐在办公室里看见一个神秘兮兮的家伙昂首阔步地来来回回走了几个小时，听他滔滔不绝地讲着废话，这些话足够把他送到疯人院去，去哪里都行，只要别待在加利福尼亚——可是到头来他居然还说他是多么实际，说我是梦想家——说什么劳我大驾走开点，去好好琢磨他话里的意思。"

施瓦茨先生的脸变得更加扭曲难看，斜着一只眼睛仰视着高耸的榆树的上方。他抬起手，无趣地咬着食指上的硬皮。一只鸟在绕着屋子上方的烟囱飞，他的眼神跟着鸟儿转。鸟儿落在烟囱管帽上，像只乌鸦，施瓦茨先生的眼睛仍然紧紧盯着它，说："我们进不去的，现在你们俩该回飞机上去了。"

天仍然没有完全破晓。退隐居看上去就像一个漂亮的白色的大箱子，一百年过去了，却依旧显得有点孤单和寂寥。我们朝出租车走了回去。我们俩上了车，施瓦茨先生出其不意地把我们关在车里，这时我们才意识到他并不打算跟我们一道回去。

"我不打算回西海岸去了——我醒来时就打定主意了。所以我就待在这里，等司机把你们送过去后再回来接我。"

"回东部去吗？"怀利吃惊地说，"就因为——"

"我已经决定了，"施瓦茨说，露出一丝淡淡的微笑，"我以前跟平常人一样是一个果断的人——你会觉得奇怪吧。"出租车司机发动汽车预热时他将手伸进了口袋，"请你把这张条子交给史密斯先生好吗？"

"我两小时之后回来行吗？"司机问施瓦茨。

"嗯……好吧。我可以开开心心地到处走走看看。"

回机场的路上我一直在想着他——试图想象出那么一大早的，他在那么个地方会是什么样的情景。他从一个犹太区千里迢迢来到这个荒芜的圣地。曼尼·施瓦茨和安德鲁·杰克逊——这两个名字难以放在同一个句子里描述。当他在四周转悠时他是否知道安德鲁·杰克逊是什么人也令人怀疑，不过他也许猜得出来，既然人们把他的旧居保留了下来，安德鲁·杰克逊肯定是个高大、仁慈和善解人意之人。在人生的两个起始端点上人都需要滋养：一个是乳房——一个是陵墓。当无人再需要他，将一颗子弹射进他的脑袋后，总需要有个他可以长眠之地。

当然，我们是过了二十小时之后才知道这些的。当我们到达机场告诉乘务长施瓦茨先生不继续乘坐飞机之后，我们就把他忘记了。风暴已经移到了东田纳西州，受高山的拦阻而减弱了下来，不出半小时我们就要起飞了。睡眼惺忪的旅客们从旅馆里出来，我靠在一个用来当作沙发的铁衣架上打了一会盹。慢慢地，在我们被冲得七零八落的旅途之上，一次凶险之旅再次被构思了出来：一位新的女乘务员手里拎着手提箱轻快地从我们身边走过，她高挑，俊俏，皮肤黑得发亮，除了红蓝相间的法式制服换成了泡泡纱以外，与前面那个几乎一模一样。等候飞机之时，怀利就坐在我身边。

"那张条子你给史密斯先生了吗？"我半睡半醒地问。

"史密斯是什么人？我猜是他搅坏了施瓦茨先生的旅行。"

"这是施瓦茨的错。"

"我向来讨厌那种颐指气使的人，"我说，"我父亲就试图在家里颐指气使，我就告诉他要颐指气使就到他的制片厂里去。"

我不知道这么说是否有失公允，在早晨这样的时候语言是最苍白无力的。"尽管如此，他还是颐指气使地要我上了本宁顿学院，为此我还一直对他感恩不尽。"

"如果颐指气使的布拉迪遇上了颐指气使的史密斯，"怀利说，"那就会有一场恶斗了。"

"史密斯先生是我父亲的竞争对手吗？"

"不完全是。应该说不是。如果他是竞争对手，那我就知道该上哪里挣钱了。"

"从我父亲那儿？"

"恐怕不是。"

这么一大早就为家族利益而战似乎太早了点。机长和事务长坐在桌子边，当看到一个乘客模样的人朝电动留声机里投进两个镍币，然后醉意蒙眬地躺在一条长凳上与睡魔作战时，机长摇了摇头。他挑选的第一首歌《迷茫》将整个屋子都震得轰隆响，唱完之后稍微停顿了片刻，他挑的第二首歌《失去》又开始唱了，歌声同样是那么的执着和绝望。机长断然地摇了摇头，朝那位乘客走去。

"恐怕不能带你乘这趟航班了，老兄。"

"什么？"

那醉鬼坐起身来，一脸的惶恐，不过也有几分可爱，虽然他意气用事选了不该选的曲子，我还是有点为他难过。

"回旅馆去睡会儿觉吧。今晚还有一趟航班的。"

"我就要上天。"

"这趟不行,老兄。"

失望之中醉汉从长凳上摔了下来——这时比留声机更响亮的高音喇叭响了,招呼我们这些可敬之人出去登机。在机舱门口的过道里,我和门罗·施塔尔撞在了一起,一头栽倒在他怀里,也不知是有意还是无意。就是有这样的男人,不管他有没有挑逗,任何姑娘都会趋之若鹜。我绝没有受到挑逗,不过他是喜欢我的,直到飞机起飞他都一直坐在我对面。

"我们都去把我们的机票钱要回来吧。"他建议说。他那双深色的眼睛令我痴迷,我真想知道他坠入恋河时它们会是什么样子。那双眼睛善良、超脱,虽然它们经常在温柔地打量你,显示出些许的优越感。如果说这双眼睛见多识广,那也不是它们的过错。他娴熟地围绕着"普通小伙"这个角色里里外外地穿梭——可总的来说我觉得他并不是普通人中的一员。但是他知道怎么保持沉默,怎么退隐到背景中去,怎么倾听。他站立在那里(尽管他个子不高,却显得鹤立鸡群),审视着周遭世界里芸芸众生的纷繁杂事,犹如一个心高气傲的年轻牧羊人,对他来说白天和黑夜毫无二致。他天生不需要睡眠,既没有休息的天分,也没那个欲望。

我们默默地坐着,但并不觉得尴尬——自从他十几年前成为父亲的合伙人开始我就认识他了,那时候我七岁,他二十二岁。怀利坐在过道对面,我在考虑该不该介绍他们认识一下,可是施塔尔一直在出神地转动着手上的戒指,这使我觉得自己太稚嫩,像个透明人,不过我不在乎。我既不敢把眼神移开他太远,又不敢直视他,除非我觉得有什么要紧的话要跟他说——而且我也知道他就是用这种方式去感染许多其他人的。

"我会把这枚戒指给你的,塞西莉亚。"

"我没听明白。我没想到我还——"

"像这样的我有五六枚。"

他将戒指递给我,那是一枚上面镌刻着阳文的"S"字母的纯金戒指。我一直在想,他的手指就如同他身体的其他部位,如同他细瘦的脸庞,弯弯的眉毛和深色的鬈发一样纤细,戴着这么大一个金疙瘩,显得多么古怪啊。有时候他看上去显得很空灵,但他实际上是个斗士——某个熟悉他的过去,知道他是布朗克斯一个少年团伙中的一员的人曾经这样跟我描述过他:他走在团伙的最前面,那么弱不禁风的一个孩子,竟然时不时得甩过头来撇撇嘴角,朝大伙发号施令。

施塔尔将我手心里放着戒指的手握拢,站起身来,对怀利说:

"到新娘套房里来,"他说,"待会见,塞西莉亚。"

在他们的声音还没有完全消失时,我听见怀利问:"你看过施瓦茨的条子了吗?"

施塔尔回答:"还没有。"

我肯定是脑子迟钝,因为直到此时我才意识到原来施塔尔就是史密斯。

后来怀利告诉了我条子上写的内容。条子是在出租车车灯边写的,字迹模糊得几乎无法辨认。

亲爱的门罗，你是他们所有人中最优秀的，我一直都很钦佩你的才华，所以当你转过来跟我作对时我知道一切都完了！我肯定毫无用处了，所以我不想继续这次旅行。让我再次提醒你当心点！我什么都知道。

你的朋友

曼尼

施塔尔看了两遍，抬起手摸了摸下巴上早晨刚刚长出来的胡茬。

"他这是脑子坏了，"他说，"没得救了——绝对没救了。我抱歉以前那么粗暴地对待他——可是我不喜欢别人跑过来对我说他那样做是为了我。"

"也许是真心的呢。"怀利说。

"这是拙劣的伎俩。"

"我倒是巴不得，"怀利说，"我跟女人一样虚荣。假如有人假装对我感兴趣，我求之不得。我喜欢别人的忠告。"

施塔尔厌恶地摇了摇头。怀利继续拿他开玩笑——享受这一特权的人为数不多，他便是其中之一。

"总会有某些溜须拍马的方式你会喜欢的，"他说，"比如那种'宽矮子拿破仑的心'之类的。"

"令人恶心，"施塔尔说，"不过总比假装来帮你忙好。"

"如果你不喜欢听别人建议，那你出钱雇我干吗？"

"这是生意问题，"施塔尔说，"我是商人。我想拿钱买你脑子里的主意。"

"你算不上商人,"怀利说,"我以前做广告员的时候认识的商人多了去了,我赞成查尔斯·弗朗西丝·亚当斯①的观点。"

"他的什么观点?"

"那些大商人他全认识——古尔德,范德比尔特,卡内基,阿斯特,等等——他说那些人当中他见过第一次之后,没有一个想见第二次的。怎么说呢——就是见过之后他们没一点改观,这就是我说你算不上商人的原因。"

"亚当斯大概是个怪物,"施塔尔说,"他自己想做头头,可是他既没有那个判断力,又没有那个人格魅力。"

"他有脑子啊。"怀利刻薄地说。

"仅仅有脑子是不够的。你们这些作家和艺术家挖空心思,却把什么都搞得一团糟,得找个人来帮你们理理思路了。"他耸了耸肩膀,"你们看问题似乎全凭个人喜好,恨一个人就恨死了,崇拜一个人就崇拜死了——总是把人看得太重要——尤其是把你们自己。你们被人家吃喝来吃喝去,那是自讨的。我喜欢别人,我也喜欢别人喜欢我,但是我把自己的心放在上帝放的地方——放在肚子里。"

他突然打住了。

"我在机场跟施瓦茨说过什么?你还记得吗——准确地说?"

"你说,'不管你想得到什么,答案都是:不!'"施塔尔沉默了。

"他完蛋了,"怀利说,"不过我笑哈哈地让他好受了一点。我们带比利·布拉迪的女儿去转了一圈。"

---

① 查尔斯·弗朗西丝·亚当斯(Charles Francis Adams, 1835—1915),美国南北战争时期的将军,后任联合太平洋铁路公司总裁。

施塔尔揿了一下铃，把乘务员叫了过来。

"那个机长，"他说，"会不会介意我到他那里去跟他坐一会儿？"

"这是违反规定的，史密斯先生。"

"那就请他有空的时候到这里来一下。"

施塔尔整个下午都坐在前舱。其间我们飞过了广袤无际的沙漠，越过了五颜六色的高原，那高原就像我孩提时代玩过的染过色的白沙。接近黄昏时分，层峦叠嶂——宛若锯齿的皑皑雪峰——在我们飞机的螺旋桨下徐徐滑过，我们快到家了。

从瞌睡中醒来时，我在想，我要嫁给施塔尔，我要让他爱上我。啊，真是痴心妄想啊！我能给他什么呢？可是那个时候我可不是这么想的。我有着年轻女子身上的那股傲气，这股傲气来自于"我不比她差"的这么一种极端的想法。为此，我要跟那些肯定已经向他投怀送抱过的大美人一样尽显娇美。我脑子里闪现的一点点智慧的灵光肯定能使我成为任何沙龙里耀眼的明星。

现在我知道这样的想法太荒谬。虽然施塔尔所受的教育不过是夜校里的一门速记课程，但是很早以前他就已经穿过了人迹罕至的认知的荒野，进入了鲜有人能够企及的境界。可是在我那不着边际的幻想中，我觉得我的灰色眼睛和他的褐色眼睛一样狡黠，正好匹配；我那打高尔夫和网球的年轻的心也配得上他的心，他的心由于多年的过度劳累，肯定已经跳不了那么快了呢。于是我计划着，谋划着，密谋着——这是任何女人都能告诉你的，可这些都无果而终，这些以后你会知道的。直至如今，我依然认为，假如他是个穷小子而且跟我年纪相近，那么我的事兴许就成了，可事实上，我提供不了任何他没有的东西；我那些更为罗曼蒂克的想法事实上是从电影里学来的——比如《四十二街》①对我就产生了很大的影响。现在的我很有可能就是在施塔尔亲自演出的那些电影的影响下塑造出来的。

所以这是挺无望的事。至少，从情感上说，人生在世总不能己所不欲而施于人吧。

可是在那个时候情况就不一样了，父亲也许帮得上忙，那位乘务员也帮得上忙。她可以走进驾驶舱对施塔尔说："假如我在哪里见到过爱情，爱情就在那个姑娘的眼睛里。"

机长可以帮我说："伙计，你瞎了吗？为什么不回到她身边去？"

怀利·怀特可以帮我——而不是站在过道里用怀疑的眼光看我到底是睡是醒。

"坐下，"我说，"有什么事吗？——我们这是在哪儿？"

"在天上飞。"

"哦，是这样啊。坐下吧。"我尽量乐呵呵地表示对他感兴趣，"你在写什么呢？"

"老天保佑，我正在写一个童子军的故事——《童子军》。"

"这是施塔尔的主意吗？"

"我不知道——他叫我研究研究。他可能在我前面后面张罗了十个作家在写，这套体系是他精心设计出来的。这么说你爱上他了？"

"没有的事，"我气愤地说，"我从小就认识他。"

"绝望了，是不？这样吧，如果你发挥你所有的影响力帮我一把，

---

① 《四十二街》(*42nd Street*)，1933年好莱坞著名音乐片，由劳埃德·培根导演。

我来帮你安排吧。我想组织一支人马。"

我闭上眼睛，不知不觉地睡着了。当我醒来时，乘务员正在给我盖毯子。

"快到了。"她说。

我朝窗外望去，只见夕阳之下我们周围已是一片绿色的大地。

"我刚刚听到了一件好笑的事，"她自告奋勇地说，"在驾驶舱里——那位史密斯先生——又叫施塔尔先生——我不记得见过他的名字——"

"他的名字从来不在电影里出现。"我说。

"哦，这样啊，刚才他问了驾驶员们许多与飞行相关的问题——我是说他真的感兴趣吗？你明白吗？"

"我明白。"

"我的意思是说他们当中有一个驾驶员告诉我说，他肯定能在十分钟之内教会施塔尔先生单独驾驶飞机。他这个人脑子太灵光了，他是这么说的。"

我开始不耐烦了。

"那么，好笑的是什么？"

"呃，最后有个驾驶员问史密斯先生喜不喜欢他的事业，史密斯先生说，'当然，我当然喜欢。一帽子的核桃全敲碎了，只剩下我这只核桃完好无损，那感觉真好。'"

乘务员笑得腰都弯了——我恨不得啐她一口唾沫。

"我是说他竟然把那些人都比作帽子里的核桃。我是说比作敲碎了的核桃。"这时她的笑声意想不到地戛然而止，板着脸站起身来，

"好了，我得去填写日志了。"

"再见。"

显然，施塔尔将那帮飞行员跟他一起捧上了帝王宝座，让他们跟他一起当了片刻的统帅。几年以后在一次旅行中我遇到了这次航班上的一个飞行员，他把施塔尔说过的一件事告诉了我。

当时他正俯视着群山。

"假如你是个修铁路的，"他说，"你必须修一条铁路通到某个地方。瞧，你收到了勘测报告，你发现铁路要穿过三四条，甚至五六条深沟大壑，没有哪一条线路比另一条好。你总得做出抉择啊——依据是什么呢？你没法测试哪条线路是最佳选择——除非干起来。所以你就放手去干吧。"

飞行员觉得自己遗漏了点什么。

"你这话是什么意思？"

"你选择哪条路没有任何理由——就因为那座山是粉红色的或者那幅蓝图的蓝色更漂亮。你明白了吗？"

飞行员觉得这句话是金玉良言。可是他怀疑他会不会有机会得到那样一个地位将它付诸实施。

"我想知道的是，"他沮丧地对我说，"他是怎么成为施塔尔先生的。"

我想施塔尔恐怕是永远也回答不了这个问题的；因为人在娘胎里是没有记忆的。不过我倒是答得上来一二。他年轻的时候就已经乘着强健的翅膀飞上了九重霄。他高飞在九天之上，俯瞰万国，目光炯炯，能洞穿太阳。他奋力地——最后是疯狂地——拍打着翅膀，他在蓝天上停留的时间比我们大多数人都要长久，然后，当他将他在蓝天上看到的一切都熟记于心，他才渐渐地降落到大地上来。

　　飞机发动机停了，我们的五种感官开始自我调节以适应着陆。我能看到一溜的灯光照亮着前方和左侧的长滩海军基地，右边则是圣莫妮卡市闪烁的万家灯火。加利福尼亚的月亮出来了，大大的，黄澄澄的，高挂在太平洋上。然而，我只是偶然之间才感触到这些东西的——毕竟它们给人一种到家了的感觉——而且我也知道施塔尔的感触肯定比我多得多。这些是我第一次睁开眼睛时就看到的东西，就像老拉姆勒电影厂后院里的羊群一样；但是这就是施塔尔在经历了这次非常具有启迪意义的飞行之后所降落的地方，在这次飞行中他看到了我们该往何处去，该怎么走，以及这样做是何等的重要。你可以说这是一阵风不经意地把他吹到了这里，但我不这么认为。我倒是觉得，这是他在一个"长镜头"中找到了一种测度我们飘忽不定的希望、优雅的欺骗和难以启齿的忧伤的新方法，觉得他是出于自愿选择来到这里跟我们一起走完一生。就像飞机降落到格伦代尔机场，降落到温暖的黑暗之中。

第二章

七月的一天夜晚，九点时分，制片厂对面的杂货铺还聚着一些临时演员——我看到他们正在埋头玩跳棋，当时我在停车。"老"约翰尼·斯旺森[①]穿着一身牛仔似的服装站在一个角落里，神情忧郁地凝望着月亮。以前他跟汤姆·米克斯[②]和比尔·哈特[③]一样，在电影界大红大紫——可如今跟他说话都是件让人伤心欲绝的事，于是我匆忙穿过街去，进了大门。

　　制片厂里永远都不会有绝对安静的时候。实验室和录音室里总是有技术人员在上夜班，还有维护人员到食堂里来用餐。不过传来的声音各不相同——轮胎沉闷的摩擦声，细细的发动机空转的突突声，女高音歌手在沉沉夜色中对着麦克风不加掩饰的尖叫声。在拐角处我遇到一个穿着橡胶靴子的男子正借着一道明晃晃的白光在洗车——在死气沉沉的工业化的阴影中

[①] 约翰尼·斯旺森是美国影星哈利·凯利（1878—1940）塑造出来的电影形象。凯利在默片时代大红大紫，而在有声电影时代沦为了性格演员。
[②] 汤姆·米克斯（Tom Mix, 1880—1940），美国演员，以演美国牛仔出名。
[③] 比尔·哈特（Bill Hart, 1870—1946），美国演员，以演美国牛仔出名。

这简直是一道清泉。当我看到马库斯先生在行政楼前被扶上车时,我放慢了脚步,因为他无论说什么话都太慢吞吞了,哪怕是一句晚上好——就当我在那里等的时候我意识到原来那个女高音是在一遍又一遍地唱那句"来吧,来吧,我只爱着你";我至今还记得这个是因为在地震发生的时候她不停地唱的就是这句歌词。她唱完才五分钟,地震就来了。

父亲的办公场所设在旧楼里,外面有长长的阳台和铁护栏,寓有永远如临深渊之意。父亲的办公室在二楼,一边是施塔尔的办公室,另一边是马库斯先生的——这天晚上一溜的办公室里全都亮着灯。走进施塔尔的办公室时我心里不由得一沉,不过随即又掌控自如了——回家以来这一个月里我还只看到过他一次。

说起父亲的办公室,那真是怪事多多,不过我只简要说说。在办公室的外间里,有三个端着一副扑克牌脸的秘书,自从我开始记事起她们就像巫婆似的一直坐在那里了——一个叫波迪·彼得斯,一个叫毛德什么的,还有一个叫罗斯玛丽·施米尔;我不敢肯定她是不是叫这个名字,但她是这三个人中的头头,也可以说,她的办公桌下有一把脚踢锁,打开了它你才能进入父亲的金銮殿。这三位秘书全是资本主义的热烈信奉者,波迪独创了一条规矩,那就是,假如在一个礼拜之内有两次发现两个打字员在一起吃东西,那么就得卷铺盖走人。那个时候制片厂都害怕暴民统治。

我继续朝里面走了进去。现在所有的大老板都有轩敞的会客室,但在那时候我父亲还是头一个。而且那还是第一个在巨大的法式落地窗里装有单向透明玻璃的会客室,我还听到过一个故事,说地板上有个机关，可以让不受欢迎的访客落到下面一个秘密牢房里去，不过我相信那是瞎编的。里面还在醒目的位置挂着一幅威尔·罗杰斯[1]的巨大画像，我想这是有意为之，是为了显示父亲是这位好莱坞的方济各的嫡亲。另外还挂着一张施塔尔的亡妻明娜·戴维斯的签名照片，公司其他明星的照片，以及妈妈和我的巨幅铅笔肖像画。今晚那几扇单向透明的落地窗敞开着，一轮硕大的泛着月晕的火红的明月，无助地镶嵌在一扇玻璃窗里。父亲，雅克·拉·波维兹，还有罗斯玛丽·施米尔围坐在办公室顶头的一张大圆桌边。

父亲是个什么样子的人呢？除了有一次在纽约跟他不期而遇的样子，我难以描述，我当时看到一个身材魁梧的中年男子，样子有点脑腆，我希望他再走近点——然后我才看清真的是父亲。后来回想起父亲给我的这种印象令我震惊。父亲本来是很有魅力的——他有着宽厚的下巴和爱尔兰人特有的微笑。

至于雅克·拉·波维茨，我还是饶了大家吧。就这么说吧，他是个制片助理，就是个政委那样的角色，就此打住了。施塔尔是从哪里捡来的这样没脑子的死鬼，还是别人强行要他收下的——尤其是他要这样的人有什么用处，这一直让我困惑不解，也使那些刚从东部来的攻击他们的人感到困惑不解。雅克·拉·波维茨有他的长处，这毋庸置疑，可是亚微原生动物也有啊，四处找母狗找骨头的公狗也有啊。雅克·拉——哦，我的天哪！

看他们的表情我就可以肯定他们在谈论施塔尔。施塔尔是命令他

---

[1] 威尔·罗杰斯（Will Rogers，1879—1935），美国轻歌剧演员，幽默大师，社会评论家和电影演员，在20世纪30年代是世界名流。

们做什么了,还是禁止他们做什么了,还是跟父亲顶嘴了,还是把拉·波维茨拍的片子给废了,还是发生什么天大的事了,反正他们结成一伙在那里静坐示威,表示反抗和无奈。罗斯玛丽手拿记事本坐在那里,好像是准备随时把他们发泄的情绪记录下来。

"我死活都要开车把你接回去,"我告诉父亲说,"所有的生日礼物都在盒子里发烂呢!"

"生日!"雅克连忙充满歉意地叫道,"多少岁了?我还不知道呢。"

"四十三。"父亲干脆利落地说。

他不止这个年龄——大了四岁——雅克知道的;我看到他在记事本上记了下来,以备不时之需。此时那些记事本正拿在手里摊开着。上面记录的那些内容一目了然,根本不用看他嚅动嘴唇默读,罗斯玛丽·施米尔是被迫在记事本上记录着。正当她擦掉那些记录时,我们脚下的地面开始震动了。

我们这边的震感没有长滩那边那么剧烈,在那边,商铺两层以上房子就像是呕吐在街心里,小旅馆则漂到海里去了——整整一分钟的时间,我们的五脏六腑和地球的五脏六腑都搅到一起了——就像一场噩梦试图把我们的脐带重新接上,然后一把就将我们推回到创世之时孕育我们的混沌之中去。

母亲的相片从墙上掉了下来,露出一个小保险箱——罗斯玛丽和我疯狂地伸手抓住对方,尖叫着在房间里转圈,就像在跳奇特的圆舞曲。雅克晕倒了,至少是不见人影了,父亲抓住办公桌大声叫道:"你们没事吧?"窗外,那个歌手正好将那首《我只爱你》唱到了高潮，唱了片刻，然后又从头开始，我敢发誓这是真的。或许他们是在放录音机让她跟着唱吧。

房间仍然没倒，只是有点摇晃。我们朝门边走去，突然冒出来的雅克跟我们走到了一起，头晕目眩，跟跟跄跄地穿过前厅，来到围着铁栏杆的阳台上。几乎所有灯光都熄灭了，我们能听到处处有叫喊声传来。我们站在那里时刻等待着第二次地震的到来——接着，就像是同时一个激灵，我们一齐冲向施塔尔的门口，进入了他的办公室。

这间办公室挺大，不过没有父亲那间大。此刻施塔尔正坐在沙发的一端揉着眼睛。地震发生时他睡着了，所以他不敢肯定是不是梦见发生地震了。当我们告诉他这是真的时他觉得挺可笑的——就在这时电话铃响了。我观察着他，尽量不让他察觉。他在接听电话和传话机时满脸疲倦，面色发青，可是当他听过汇报后，眼睛又开始闪闪放光了。

"有两根主水管爆了，"他对父亲说，"——他们正在往外景摄影场赶。"

"格雷正在法国村拍摄。"父亲说。

"'车站'那一带，还有'丛林'和'街角'，都水漫金山了。真是见鬼了——还好没有人受伤。"他顺带握了握我的手严肃地说，"你上哪儿去了，塞西莉亚？"

"你打算到那边去吗，门罗？"父亲问。

"等所有情况都汇总了再说吧。还有一条电力线也断了——我叫人去找鲁滨逊了。"

他让我跟他一起在沙发上坐下再说说地震的事。

"你看起来有点累了。"我摆出一副慈母般的架势说。

"是啊,"他应道,"晚上我没地方去,所以我干脆干活算了。"

"我来给你安排一些事情晚上消遣消遣吧。"

"在我没结婚以前,"他若有所思地说,"我经常跟一帮子人打扑克牌的。可是他们全都喝得烂醉如泥。"

他的秘书杜兰小姐走了进来,又带来了新的坏消息。

"等罗比来了以后他会把所有事情都料理好的,"施塔尔答应着父亲。他朝我转过身来。"眼下只有一个人——那就是鲁滨逊。他是个解决麻烦的能手——当年在明尼苏达那场暴风雪中就是他修的电话线,没有什么事情能难倒他。他一会儿就到——你会喜欢他的。"

他说这话的口气就好像把我们撮合到一起是他今生今世的愿望,就好像这场地震是他安排的,他安排这场地震的唯一目的就是撮合我们。

"是的,你会喜欢罗比的,"他重复说,"你什么时候回学校?"

"我才刚回家呢。"

"你整个暑假都在这里?"

"对不起,"我说,"我想尽早回学校。"

我迷茫了。我脑海里不是没有闪现过这样的念头,觉得他可能对我有点意思,可是就算如此,令人恼火的是,那还刚刚有点苗头——我还只是"一件不错的道具"。在那个时刻,这样的想法似乎对我没有多大的吸引力——就像嫁给一个医生一样。他很少在晚上十一点之前离开制片厂。

"她还要多久,"他这样问过我父亲,"才从大学毕业。我只是随便问问。"

现在想来，假使我根本就不用回学校去了，那我会高兴得唱起歌来，我受的教育已经够多了——就在这时，那个被人奉若神明的鲁滨逊进来了。他是个螺旋腿，红头发的年轻人，已经全副武装，只等出发了。

"这位就是罗比，塞西莉亚，"施塔尔说，"来吧，罗比。"

就这样我跟罗比认识了。我不能说这就像是命——可这就是命。因为正是罗比后来告诉我说，施塔尔就是在那天晚上找到了自己的恋人。

皓月当空，占地三十英亩的外景摄影场就是一个童话世界——并不是因为这些场地真的像非洲丛林、法国城堡、抛锚了的纵帆船和夜色中的百老汇，而是因为它们就像儿童时代撕破了的小人书，像露天篝火里翩翩起舞的残缺不全的故事。我从没住过带阁楼的房子，但外景摄影场肯定有几分相似，当然是在夜晚，就像施了魔法似的扭曲变形了，这一切都变成真实的了。

当施塔尔和罗比赶到时，人们已经用一簇簇灯光将洪水中危险的部位都标示出来了。

"我们要用水泵把水抽到第三十六街的沼泽里去，"过了片刻罗比说，"这是市里的共有地——可是这么做不是顺乎天意吗？哎呀——看那儿！"

一座湿婆像的巨大头顶上，趴着两个女子，顺着猛涨的河水漂了下来。那个偶像是从一群缅甸佛像中冲下来的，它急切地顺着河水蜿蜒而下，时而停下来蹒跚浮动，时而在浅水处跟水里的其他杂物碰撞一下。那两个落水者一直抓着佛像光头上的一绺鬈发，总算逃过了一劫，乍一看，就像是观光巴士上的两位兴致盎然的观光客，在欣赏着滔滔洪水中的景色。

"你看那儿呀，门罗！"罗比说，"看那两位夫人！"

那两个女子拖着沉重的脚步蹚过突然形成的沼泽，朝河岸边走去。这时他们才看清了那两个女子，样子有点惊慌，可是看到即将得救时又面露喜色。

"我们应该让她们漂到那根排水管里去的，"罗比暗献殷勤地说，"可是德米尔下周要那个佛头拍电影。"

他是一个哪怕苍蝇也不忍伤害的人，此时他已蹚入了齐腰深的水中，拿着一根杆子使劲往水里伸，想把她们捞起来，结果却只在水里划出令人头晕目眩的水圈。援兵到了，很快就有消息传开了，有人说那两个女子中有一个十分漂亮，还有人说她们两个都是要人。可她们不过就是落难的人，就在他们把那个佛头控制住捞上岸来时，罗比厌恶地在一边等着准备把她们臭骂一顿。

"把那个佛头放回去！"他冲她们叫道，"你们以为那是送给你们的礼品啊？"

其中的一个女人顺溜地从佛头的脸颊上滑了下来，罗比接住她将她牢牢地放到岸上；另一个犹豫了一下便跟着滑了下来。罗比转过身来请示施塔尔。

"她们两个咋办，头儿？"

施塔尔没有回答。在他眼前不到四英尺远的地方，一张面孔在朝他淡淡地微笑着，那简直就是他那死去的妻子的脸，甚至连笑容都几乎一模一样。隔着四英尺的月光，那双他熟悉的眼睛转过头来望着他，一缕头发在那熟悉的前额上被风微微吹起；笑容久久地停留在脸上，随形附神，芳唇微启——太像了。一阵可怕的恐惧感传遍他全身，他都快要惊叫出来了。仿佛又回到了当年那个死寂阴冷的房间里，悄无声息地朝前滑行的豪华柩车，撒满了花朵的柩车，又在黑暗中浮现了出来——可眼前这副面孔却温暖而容光焕发。河水在他身边奔涌而去，巨大的探照灯一会儿朝他扑来，一会儿从他身上移开——就在此时他听到一个声音说话了，可那不是明娜的声音。

"对不起了，"那个声音说，"我们是跟在一辆卡车的后面穿过大门进来的。"

一群人围拢了过来——电工、布景工、卡车司机，等等，罗比像牧羊犬似的开始轰他们去干活。

"……把大水泵架到四号台上的箱子上去……拿根大绳子去套住那个佛头……用两个二乘四的木筏子把它拖上岸去……先把'丛林'里的水抽干，天哪……别动那根 A 号管，快放下……那玩意都是塑料的……"

施塔尔站在一旁，望着那两个女子跟在一个警察的后面蹚着水朝大门走去。这时施塔尔试着挪动了一步，想看看发软的腿是否有了一点力气。一台轰隆隆的拖拉机跌跌撞撞地开进了烂泥里，人们开始在他身边川流而过——每一秒钟都有一个人抬头望他一眼，笑着对他说："你好，门罗……你好，施塔尔先生……晚上路滑，施塔尔先生……门罗……门罗……施塔尔……施塔尔……施塔尔。"

当人们在黑暗中从他身边鱼贯而过时,他一边回话一边挥手致意,我想,那样子有几分像拿破仑大帝跟他的近卫军依依惜别[1]吧。这世界上没有了英雄就不成其为世界了,而施塔尔就是这样的英雄。绝大多数人已经在这个世界上活得太久太久——经历了开始肇端,度过了风风雨雨,有声电影来了,三年大萧条来了,他看到那些人毫发无损。现如今,那些长久以来的效忠者开始动摇了,处处都是摇摇欲坠的泥足[2];但唯独他依然是他们的主宰,是最后一位王子。他们从他身边走过时的招呼声就是一种对王者的低声的欢呼。

---

[1] 拿破仑退位时在皇宫枫丹白露发表告别演说,与近卫军惜别。
[2] 根据《圣经·但以理书》第2章31—35节,尼布甲尼撒网梦见一个大雕像,头和上身都是金银铜铁做的,但脚却是半铁半泥,一块石头就把它的脚砸碎了,于是金银铜铁都一同化为齑粉。故泥足常喻指英雄的致命弱点。

第三章

从我回到家里到地震发生,这期间我观察到了许多情况。

就拿我父亲来说吧。我爱父亲——这份爱是一幅不规整的曲线图,充斥着许许多多的下降曲线——但他的坚强意志并不足以弥补他的缺陷使他成为一个合格的男人。他所取得的大多数成就归根结底还是由于他的精明。他靠着运气与精明在一个蓬勃发展的竞技场上打下了四分之一的江山——这是跟年轻的施塔尔一道打下来的。这是他一辈子的心血——在此之后他只能凭着本能守住这片江山。当然了,他跟华尔街的那些人谈起来会含糊其辞,把拍电影说得如何如何的神秘莫测,可父亲就连录音甚至剪辑的基本常识都不懂。他对美国的了解还远不及一个巴里海根的酒吧服务生,他对故事情节的感觉还不及一个旅行推销员[①]。但另一方面,他又从不掩饰诸如××之类的麻痹瘫痪;他中午

[①] 旅行推销员(drummer)以说一些粗俗的诱奸故事来吸引人见长。

之前来到制片厂上班，内心的疑惑就像肌肉一样发达，任何事情想要瞒过他是很难的。

施塔尔是他的幸运星——但施塔尔又不仅仅是他的幸运星。他跟卢米埃尔[①]、格里菲斯[②]和卓别林一样，是这个行业里的标杆性人物。是他引导着电影远远超越了剧院的范围与影响力，来到了一个黄金时代，直到禁映开始。

他的领导地位在围绕他进行的那些窥探事件上得到了证明——不但从他那里打探内幕消息和专利程序方面的机密——而且窥探他对潮流走向的审美判断，以及他对时事发展的揣度。躲避如此等等的图谋耗费了他太多的精力。这使得他的工作在某种程度上只能秘密进行，通常是迂回曲折，进展缓慢——就像将军的作战方略一样难以描述，其中的心理因素太过微妙，最后我们能做的仅仅是把他的胜败累加起来。但是我还是决意让大家一睹他的所作所为，从而也为我讲述下面的故事找个借口。这个故事部分取自我在大学里写的一篇文章《制片商的盛年》，部分出自我自己的想象。故事中那些平凡的事件大多是我自己虚构出来的，而那些具有传奇色彩的则是真实的事件。

洪水过后的第二天清晨，一个男子登上了行政大楼外的阳台。据一位目击者说，他在那里徘徊了一段时间，然后爬上了铁栏杆，纵身一跃，头朝下摔在人行道上。结果受伤了——一条胳膊断了。

[①] 奥古斯特·卢米埃尔（Auguste Lumiere, 1862—1954），法国人，与其弟弟一起发明了电影器材，是最早的电影制片人。
[②] 大卫·格里菲斯（David Griffith, 1875—1948），美国第一代电影导演。

这是九点钟的时候施塔尔给秘书杜兰小姐打电话时她告诉他的。他在办公室里睡着了,没有听到外面的那一阵喧闹。

"皮特·扎夫拉斯!"施塔尔惊叫道,"那个摄影师?"

"他们把他送到医生那里去了。不会登报的。"

"这事糟透了,"他说,"我知道他情况不妙——可我不知道这是为什么。两年前我们用他的时候他还是好好的——他干吗要到这里来?他是怎么进来的?"

"他是用老制片厂里的通行证混进来的。"凯瑟琳·杜兰说。她是个冷面的鹰派人物,一位助理导演的妻子。"这件事也许跟这场地震有关吧。"

"他是这座城市里最好的摄影师。"施塔尔说。当他听说长滩那边死了好几百人时,他脑海里仍然萦绕着清晨那场未遂的自杀。他吩咐凯瑟琳·杜兰去追查一下那件事。

传话机里的第一批留言透过温暖的早晨传了出来。他一边刮胡须,喝咖啡,一边回话,听留言。罗比在留言里说:"如果施塔尔先生找我,让他见鬼去,我还在床上呢。"一个演员生病了,或者是觉得自己生病了;加州州长准备举办一个晚会;一个监制因为电影拷贝的事打了老婆,必须将他"贬为编剧"——处理这三件事是父亲的工作,除非那个演员是私下跟施塔尔签的合同。加拿大的某个地方雪下得早,而剧组已经到那个地方了——施塔尔浏览着电影剧本,看能不能找到挽救的办法。没办法。施塔尔呼叫了凯瑟琳·杜兰。

"我有事要跟昨晚将那两个女人带出摄影场的那个警察说说。我记得他的名字叫马龙。"

"好的，施塔尔先生。乔·怀曼先生来过电话了——关于裤子的事。"

"你好，乔，"施塔尔说，"听着——有两个看新片试映的人抱怨说，在整部电影中，摩根裤子上的门襟有一半时间是张开着的……当然，他们有点夸大其词，不过就算只在十英尺的片子里……不行，我们找不到人，但是我要求你们把片子反复放几遍，一定要把那些镜头找出来。多找些人到放映室里去——总会有人发现的。"

    Toute passe. — L'art robuste
    Seul a l'éternité.①

"还有那位丹麦王子来了，"凯瑟琳·杜兰说，"他长得很英俊。"然后她又不得要领地补充了一句，"——对一个高个子男人来说。"

"谢谢，"施塔尔说，"谢谢你，凯瑟琳，我很高兴这会儿我是厂子里最英俊的矮个子男人。叫人带王子去各个摄制场转转，告诉他，我一点钟请他吃饭。"

"还有乔治·博克斯利来过——看样子很生气，英国人那一套。"

"我会抽十分钟跟他见面的。"

在她走出办公室时，他问："罗比来过电话吗？"

"没有。"

"听听录音电话，如果他打电话来过，就给他打电话，问问他这

---

① 引自法国诗人泰奥菲尔·戈蒂耶（Théophile Gautier, 1811—1872）《艺术》一诗，大意是"万物俱逝去，醇美的艺术才永恒"。该诗常被视为法国"为艺术而艺术"的唯美主义思想的宣言。

件事。问问他这件事——他有没有听到昨晚那两个女人的名字？两个当中任何一个都行。不论是什么，只要能找到她们就行。"

"还有别的事吗？"

"没了，不过告诉他这件事很重要，趁他现在还记得。她们是什么人？我是说她们是什么样的人——也问问他这个。我是说她们是不是——"

她一边等，一边看也不看地在记事本上潦草地记下他的话。

"对了，她们是不是——有点可疑？她们是演戏的吗？算了，别问这个。就问问他怎样才能查找到她们。"

那个叫马龙的警察一无所知。那两个女子，他一定强逼过她们了，肯定的。她们当中有一个受辱了。哪一个呢？二者之一。她们开着一辆车，一辆雪弗兰——他想过要抄下她们的车牌号。是——那个相貌漂亮的受辱了吗？反正是二者之一。

不是那一个——他什么都没看到。在这个摄制场上就连明娜都被人遗忘了。仅仅三年啊。所以这件事，罢了罢了。

施塔尔朝乔治·博克斯利微笑着。正是施塔尔少年老成地形成的这种善良的、慈父般的微笑，将他推到了高位。最初，这是一种对他的前辈表示尊敬的微笑，后来随着他自己主见迅速增长并取代了那些前辈，这种微笑就是为了免得让他们察觉到——最后就演变成了如今的模样：一种慈祥的微笑——有时显得有点仓促和敷衍，但总是挂在脸上——对那些一时半会无法赞成他的人。或者是对那些他不想毫无遮掩地大加攻击的人。

博克斯利先生并没有报以微笑。他进来时的那副神态就好像他是被强拉硬拽来的,尽管显然没人对他动过一根手指。他站在椅子前,然后靠着椅边,就像被两个无形的侍卫架住双臂强行摁倒在椅子上。他闷闷不乐地坐在那里。即使在他点燃施塔尔递过来的香烟时,那火柴也好像是被一股他不屑于掌控的外力控制着伸过来的。

施塔尔彬彬有礼地看着他。

"有什么事情不大顺利吗,博克斯利先生?"

这位小说家以暴风雨前的沉默回了他一眼。

"我看过你的来信了。"施塔尔说。年轻校长般和蔼可亲的语气不见了。他好像是在跟一个平辈说话,语调里有了一丝似尊似侮的模棱两可。

"我不记得我在信里写了些什么了,"博克斯利爆发出来了,"你们倒是全都人模人样,可那是阴谋。你派过去跟我搭档的那两个雇佣文人表面上是我说什么他们听什么,但实际上他们败事有余——他们斗大的字也认识不了一箩筐。"

"那你为什么不自己写呢?"施塔尔问。

"我写了。送过一些给你了。"

"但那只是一些对话,一来二去的,"施塔尔温和地说,"对话是有趣,可是没别的了。"

此时那两位影子侍卫能做的就是将博克斯利深深地摁在椅子里了。他挣扎着想站起来;只听见他低沉地狗吠式地咳嗽了一声——那声音有点像笑,但与愉快无干——然后说道:

"我觉得你手下人不读书。进行对话的时候那两个人在决斗呢。最后其中的一个掉进了井里,不得不用一个桶把他吊上来。"

他又咳嗽了一声，然后便平静了。

"你是不是会把这些写进一本书里，博克斯利先生？"

"什么？自然不会。"

"你会觉得那样太掉价了。"

"电影的标准是不相同的。"博克斯利搪塞说。

"你看过电影吗？"

"没有——几乎从来没有。"

"该不是因为老是看到有人决斗或掉进井里吧？"

"是的——而且老是板着脸，说一些令人难以置信的话，对话一点都不自然。"

"先把那些对话搁一搁，"施塔尔说，"就算你写的对话比那些雇佣文人写的要优雅——这正是我们请你出山来到这里的原因啊。不过让我们暂且假设一下糟糕的对话和跳进井里之外的东西。你办公室里有没有用火柴点火的炉子？"

"我想有吧，"博克斯利不自然地说，"——不过我从来没有用过。"

"假设你在你办公室里。你已经打了一整天的架或者写了一整天的东西，累得再也打不动或者写不动了。你就坐在那里瞪着眼睛——发呆，我们有时候谁都会那样的。这时一位你以前见过的漂亮速记员走了进来，你望着她——懒洋洋地。她却没有看见你，虽说你离她很近。她脱下手套，打开手提包，砰的一声把里面的东西全倒在桌子上——"

施塔尔站起身来，将钥匙圈一把扔在办公桌上。

"她有两个角币和一个分币——还有一盒火柴。她将分币留在桌

49

子上，把角币放回手提包里，拿起黑色手套来到炉子前，打开炉子，然后把手套扔进炉子里。火柴盒里只剩一根火柴，她跪在炉边开始点火。你注意到有一股强风从窗外吹进来——可是就在这时你的电话铃响了。那女孩提起电话喂了一声——然后听着——然后故意朝电话里说，'我一辈子都没有过什么黑手套。'她砰的一声挂了电话，又在炉边跪下，就在她把火柴点燃时你突然转过头去看到办公室里还有另一个男人，把那女孩的一举一动都看在眼里——"

施塔尔停下来。他拾起钥匙放进口袋里。

"接着说，"博克斯利微笑着说，"后来怎么了？"

"我不知道，"施塔尔说，"我不过是在编电影。"

博克斯利感觉到自己被误导了。

"那只是闹剧而已，"他说。

"那不一定，"施塔尔说，"不管怎么说，没有谁有什么激烈的行动，也没有掉价的对话，更没有任何表情描写。这里面只有一句写得不好，就需要你这样的作家来修改。你还是感兴趣的。"

"那个分币是干吗用的？"博克斯利顾左右而言他。

"我也不知道，"施塔尔说，突然他大笑起来，"哦，对了，那个分币是拍电影用的。"

那两位隐形侍卫好像放开了博克斯利。他一下轻松了，往后一躺，靠在椅子上笑了起来。

"你聘用我到底是为了什么啊？"他问道，"我对这些玩意可一窍不通。"

"你会知道的，"施塔尔笑吟吟地说，"否则你就不会问起那个硬币了。"

当他俩出来时,一个眼睛睁得滚圆的黑皮肤男子正在外面的办公室里等候。

"博克斯利先生,这位是迈克·凡·戴克先生,"施塔尔介绍说,"有什么事,迈克?"

"没什么,"迈克说,"我过来只是想看看你是不是真人。"

"那你为什么不去干活?"施塔尔说,"我这些天忙得连笑的时间都没了。"

"我害怕精神崩溃。"

"你有点正形好不好,"施塔尔说,"拿出点真家伙来给咱们瞧瞧。"他转过头去对博克斯利说,"迈克是个喜欢搞笑的家伙——我还在摇篮里的时候他就已经出道了。迈克,你演一套'大鹏展翅'、'老鹰捕鸡'和'驴打滚'给博克斯利先生瞧瞧。"

"在这儿?"迈克问。

"就这儿。"

"这儿地方太小了。我来是想问问你——"

"这儿地方够大的了。"

"好吧,"他环顾四周目测了一下,"你来鸣枪发令。"

杜兰小姐的助理凯蒂拿来一个纸袋将它吹开。

"这是套路了,"迈克对博克斯利说,"从启斯东时代[①]开始就是

[①] 启斯东(Keystone),美国电影公司,成立于1912年,以拍摄滑稽默片著称。

51

这样的。"他转过身来对施塔尔说,"他知道套路是什么吗?"

"套路就是表演,"施塔尔解释说,"比如乔治·杰赛尔[1]演的'林肯在葛底斯堡演说套路'。"

凯蒂举起那只吹起来的纸袋,将收口的那一端放在嘴上顶着。迈克背对着她站着。

"准备好了吗?"凯蒂问。她放下双手,放在两侧。迈克立即双手捧着屁股,高高跃起,一前一后叉开双腿滑了下去,然后双腿保持不动,双手像鸟的翅膀一样扑腾了几下——

"大鹏展翅。"施塔尔说着便逃出了由勤杂工为他开着的纱门,经过阳台后的窗户,消失了。

"施塔尔先生,"杜兰小姐说,"汉森先生从纽约给您打电话来了。"

十分钟后他撳了一下传话机,杜兰小姐走了进来,说有一位男影星在外面的办公室里等着要见他。

"你告诉他我走阳台出去了。"施塔尔提示她说。

"那好吧。这个礼拜他都来过四次了。他样子很着急的。"

"他有没有暗示过他要干什么?是不是找布拉迪先生能解决的问题?"

"他没有说。您随后有个会议。梅洛妮小姐和怀特先生在外面等着呢。布罗卡先生在隔壁瑞蒙德先生的办公室里。"

"叫罗德里格兹先生进来吧,"施塔尔说,"告诉他我只能见他一分钟。"

---

[1] 乔治·杰赛尔(George Jessel,1898—1981),美国喜剧演员。

当那位英俊的男演员进来时,施塔尔还站在那里。

"什么事情这么迫不及待啊?"施塔尔和蔼可亲地说。

男演员很小心,等杜兰小姐出去后才开口说话。

"门罗,我完了,"他说,"我必须见你。"

"完啦!"施塔尔说,"你看过《综艺大观》[①]吗?你演的电影在洛克希[②]一直很卖座,上周在芝加哥还斩获了三万七呢。"

"最糟糕的就是这个了。这正是悲剧所在。我想要的一切我都得到了,可如今却一文不值了。"

"哦,接着说,解释一下。"

"埃丝特和我之间的事全完了。再也没戏了。"

"吵架了。"

"哦,不是——更糟——我都不忍心提起了。我脑子里乱成一团了。我疯子似的到处瞎撞。我的戏份都像是在梦里演完的。"

"我没注意到,"施塔尔说,"你在昨天的样片中演得很棒啊。"

"是吗?那只能说明谁都懒得去猜测。"

"你是想告诉我你跟埃丝特要分手了?"

"我想迟早会到那一步的。是的——无法避免——肯定会。"

"这话怎么说?"施塔尔不耐烦地问,"她没敲门就闯进你房间了?"

"哦,房间里没别人。只是——我——我完了。"

施塔尔突然明白了过来。

"你是怎么知道的?"

[①] 创办于 1905 年的美国娱乐周刊,后改为日报,至今仍然是美国娱乐业影响力较大的刊物。
[②] 位于纽约等地的连锁电影院。

"已经确定六个礼拜了。"

"这只是你的想象,"施塔尔说,"你去看过医生吗?"

男演员点了点头。

"我什么办法都试过了。我甚至——有一天我绝望透了,甚至去了——去了克拉丽丝①。可还是没用。我完蛋了。"

施塔尔心里有个念头挥之不去,那就是叫他去找布拉迪想办法。这种公共关系方面的事情全归他处理的。莫非这属于私人关系?他转过身去,控制住脸上的表情,然后又转过身来。

"我已经去找过帕特·布拉迪了,"影星说,好像揣测到了他的心思,"他给我出过好多馊主意,我统统试了一遍,却没一样管用的。吃饭的时候埃丝特跟我面对面坐着,可我都不敢抬头看她。她对这个事倒是一直心平气和的,可是我害臊啊。我一天到晚都感到难为情。我想《雨天》这部片子的毛收入在得梅因达到了两万五,在圣路易斯打破了所有票房纪录,在堪萨斯市达到了两万七。我的影迷来信堆成了山,我晚上不敢回家,也不敢睡觉。"

施塔尔开始觉得心里有一丝压抑。这位演员刚进来时,他原本打算带他去参加一个鸡尾酒会,可现在似乎很不合适了。心里老想着这些东西,能指望他去鸡尾酒会上做什么呢?在他想象之中他能看到他手里端着一杯鸡尾酒,脑子里估算他那两万七千美元,在客人之间游来游去。

"所以我就来找你了,门罗。我从来就没有见过有你解决不了的

---

① 可能是当地的一家妓院。

问题。我对我自己说：就算他建议我去自杀，我也要去问问门罗。"

施塔尔办公桌上的蜂音器响了——他揿了一下传话机，听到了杜兰小姐的声音。

"五分钟了，施塔尔先生。"

"对不起，"施塔尔说，"我还要几分钟。"

"五百个女孩子从中学出发朝我家里走来，"男演员郁闷地说，"我只得躲在窗帘后面看着她们。我连门都出不了。"

"你坐下，"施塔尔说，"我们多花点时间，好好谈谈这个事。"

在外面的办公室里，两个前来开会的人——怀利·怀特和简·梅洛妮已经等候了十分钟。后者是个五十岁左右，金发碧眼，体形干瘪的小个子女人，在好莱坞你能听到人们给她取的绰号五花八门，不下五十种——"矫情的呆子""好莱坞瞎编的最佳写手""老手""那个老雇佣文人""摄影场里最聪明的女人""业内最聪明的剽窃能手"；当然了，除此之外还有女色鬼、处女、破鞋、同性恋、贞洁烈妇等等。虽说她并不是老处女，但她跟大多数白手起家的女人一样，的确很有几分老处女气。她患有胃溃疡，年薪超过十万。在她"值不值"这么多钱，还是值更多，还是一文不值这个问题上，足够写出深奥的长篇大论。她的价值就在于她拥有这么一些普普通通的，差不多是明白无误的事实：她是一个女人，适应能力强、反应敏捷、忠实可靠、"懂得游戏规则"，而且不自私自利。她曾经是明娜的知心朋友，施塔尔花了好几年才克服了心中那种近乎强烈的生理的厌恶感。

她和怀利默默地等待着——偶尔跟杜兰小姐搭一句讪。每过几分钟，监制瑞蒙德就从他办公室里打个电话来询问，他和导演布罗卡在他办公室里等着；就在此时施塔尔和那个演员从办公室里走了出来，施塔尔还挽着他的胳膊。现在他兴奋不已，当怀利·怀特问他感觉如何时，他张开嘴巴就开始向他倾诉起那些往事来。

"哦，我这段时间过得真是糟透了。"他说，但是施塔尔立即把他的话打断了。

"不，你没有的。好了，你去吧，就照我跟你说的办法去演吧。"

"谢谢你，门罗。"

简·梅洛妮一言不发地望着他离去的背影。

"是有人在他身上捉苍蝇吧？"她问——这句话的意思是抢镜头。

"对不起，让你们久等了，"施塔尔说，"快进来吧。"

时间已是正午，与会人员刚好占用了施塔尔一小时的时间。不能更短了，因为这样的会议只能因为导演手头的拍摄工作实在脱不了身才能中断；也很少能开得更长，因为每过八天公司就必须发行一部跟莱恩哈特的《奇迹》[①]一样剧情复杂、耗资巨大的电影。

有的时候，施塔尔要为某一部电影而通宵达旦地工作，不过现在没有五年前那么频繁了。但是经过这样一场疲劳战之后，他几天都会觉得精疲力竭。倘若他能一个接一个地解决问题，每一次过度疲劳之后，他都会某种程度地重新焕发生机活力。就像那些可以随心随意地

[①]《奇迹》(Miracle)是福尔默勒（Karl Vollmoller，1878—1948）编著，奥地利著名导演莱恩哈特（Max Reinhardt，1873—1943）执导的一部话剧，1911年首演，后又三次改拍成电影，首部亦由莱恩哈特执导，是最早采用声道录音技术的电影之一。

从睡梦中醒来的人一样,他把他的生物钟设定为每小时敲响一次。

剧组成员到齐了,除了编剧,还包括最受欢迎的监制瑞蒙德,本片导演约翰尼·布罗卡。

乍看之下,布罗卡浑身上下都像个工程师——身材高大,处事沉着,寡言少语,果敢坚定,受人欢迎。他是个冥顽不灵之人,他一遍接一遍地做同样的事情时经常被施塔尔逮住——他所有的电影里都会出现一个富家小姐做同样的动作、同样的事情的场景。一群壮硕的狗进入房间,围着那位小姐蹦跶。后来那位姑娘去了马厩,朝着一匹马的屁股上拍了一巴掌。要解释这种现象很可能用不着搬出弗洛伊德的理论;更有可能是在他青年时代某个苦闷的时刻,他透过栅栏看到过一位牵着狗和马的漂亮姑娘。作为一种魅力的象征,这个场面在他脑海里打下了永久的烙印。

瑞蒙德是一个年轻英俊的投机分子,受过良好的教育。起初他还是个有点个性的人,后来,由于不称心的职位所逼,他日复一日地行为和思想都陷入了歧途。大家都说他现在是坏人了。他已到而立之年,可是美国人和犹太人的文明教化中认为值得景仰的那些优美品德他身上一样都没有。不过他制作的片子倒是准时完成的,加上他对施塔尔又表现出一种近乎同性恋的依恋,使得施塔尔那种惯有的敏锐都似乎钝化了。施塔尔喜欢他——认为他是个多面手,是个好人。

怀利·怀特呢,无论在哪个国家他当然都会被认为是个二流的知识分子。他举止文雅,能说会道,既简单又敏锐,半糊涂半迟钝。他对施塔尔的嫉妒只有在他没有戒备的时候才会闪现出来,而且还跟仰慕甚至爱慕交织在一起。

"这部片子的制作日期从本周六算起,为期两周,"施塔尔说,"我觉得基本上还算可以——比以前强多了。"

瑞蒙德和两位编剧相互递了个眼色以示祝贺。

"不过有一点,"施塔尔若有所思地说,"我看不出有任何理由要制作这样一部片子,所以我决定放弃它。"

那一刻大家都震惊得说不出话来——接着是一阵咕咕哝哝的抗议声和伤心的议论声。

"这不能怪我,"施塔尔说,"我认为这里面缺少了一点该有的东西——就这个理由。"他遗憾地望了瑞蒙德一眼,犹豫了一下说,"太可惜了——这是一部好片子。我们已经为此支付了五万块。"

"这是怎么回事啊,门罗?"布罗卡硬生生地问。

"好了,还去讨论这个好像已经没什么意义了。"施塔尔说。

瑞蒙德和怀利·怀特都在考虑这一事件对他们事业产生的影响。瑞蒙德这一年有两部片子要负责拍摄——可是怀利·怀特要重返电影业却还需要积累资本。简·梅洛妮则睁着一双骷髅似的小眼睛紧紧地望着施塔尔。

"你能不能给我们透露点内情,"瑞蒙德问,"这个事给我们的打击太大了,门罗。"

"如果换了我,我就不会把玛格丽特·沙利文拉进来,"施塔尔说,"也不会要科尔曼。我觉得不该要他们来演——"

"说具体点,门罗,"怀利·怀特乞求道,"你不喜欢的是什么?场面?对白?情调?还是结构?"

施塔尔从办公桌上拾起脚本,然后任其洒落下来,就好像它真的沉重得让他扛不动似的。

"我不喜欢这些人,"他说,"我不愿意跟他们打交道——假如我知道他们会往东,我就往西。"

瑞蒙德微微一笑,可是眼睛里却充满了忧虑。

"哎呀,这样的批评也太过分了,"他说,"我觉得这些人挺讨人喜欢啊。"

"我也是的,"布罗卡说,"我觉得艾姆挺有同情心的。"

"真的吗?"施塔尔厉声问,"我简直没法相信她还是个活人。我看到结尾的时候问我自己,'这都是些什么啊?'"

"肯定有办法补救的,"瑞蒙德说,"自然,这一点上我们是觉得不好。这个结构却是我们商量好的——"

"可是商量好的故事不是这样的,"施塔尔说,"我跟你说过好多次了,我决定要不要,首先要看那是不是我要的那种故事。其他任何方面我们都可以改,但一旦定下来,每一句台词,每一个动作,都得不折不扣地去做。这一个不是我要的那种故事。我们买下的那种故事有亮点,有激情——是快乐的故事。而这个却充满了怀疑和犹豫。男主角和女主角因为一些鸡毛蒜皮的小事而相互不爱了——然后又因为一点鸡毛蒜皮的小事而重新相爱了。这些场景过来之后就没有人会在乎她是不是永远不会再见到他,或者他会不会见到她。"

"那个事情怪我,"怀利突然说,"你瞧,门罗,我认为现在的速记员不会像在一九二九年那时候一样那么傻乎乎地爱慕她们的老板了。她们被炒鱿鱼了——她们发现她们的老板也紧张得要死。这个世界在进步,就这样!"

施塔尔不耐烦地看着他,简微微地点了下头。

"现在要讨论的不是这个,"他说,"这个故事的前提是这个女孩偏偏这样傻乎乎地爱慕她的老板啊,如果要用你的话来说。而且没有一点证据表明他有任何紧张。如果你让她怀疑他,那故事就不相同了。或者不如说什么故事都没了。这些人物都性格外向——把这点明白无误地表现出来,而且我要他们从头到尾都是性格外向的人。假如我想要的是尤金·奥尼尔那样的剧本,我去买一本就是了。"

简·梅洛妮的眼睛片刻也不曾从施塔尔的身上移开,她知道现在已经不会有什么事了。假如他真的准备放弃这部片子,他就不会这样来谈这么多了。她在这个游戏里混的时间比其他任何人都长,只有布罗卡除外,二十年前她还跟他有过三天的露水情。

施塔尔朝瑞蒙德转过身来。

"看看角色选派你就应该明白,瑞尼,我需要的是什么样的故事。我开始把那些柯里丝和迈克尔维不可能说得出来的台词画了出来,画得我都不耐烦了。以后请你记住这一点——如果我定购的是豪华大轿车,那就非那种车不可。随便是你见过的跑得多快的微型赛车都不行。好了,"他望了一下四周,"我们还要继续谈下去吗?我都已经告诉你们我压根儿就不喜欢这种类型的片子了,我们还要谈下去吗?我们只剩两个礼拜的时间了。到时候是要我让柯里丝和迈克尔维演这样的片子还是演别的东西——这样值当吗?"

"嗯,当然了,"瑞蒙德说,"我认为值当。我觉得现在这个样子是不大好。我早该提醒怀利的。我还以为他有什么好主意呢。"

"门罗说得对,"布罗卡硬生生地说,"我一直觉得这样不妥当,可我就是找不出是哪里不妥当。"

怀利和露丝[①]轻蔑地看了他一眼，相互递了个眼色。

"你们几位编剧觉得你们还能再使把劲吗？"施塔尔不无和善地问，"还是要我另请高明？"

"我想重拍一遍。"怀利说。

"你呢，简？"

她稍微点了下头。

"你觉得那姑娘怎么样？"施塔尔问。

"呵呵——我自然是对她有点偏心了。"

"你最好忘掉这个，"施塔尔警示他说，"如果她就这样走上银幕的话，千百万美国人会对她向下竖大拇指。我们这部片子有一小时二十五分钟——而三分之一的时间里你们都在演一个女人不忠于一个男人的戏，所以你们给人家的印象是她三分之一是婊子。"

"这个比例很大吗？"简狡黠地问，他们哈哈大笑。

"对我来说大，"施塔尔沉思着说，"就算对海斯办公室[②]来说不算大的话。如果你们想在她背上烙一个红字[③]，那也没问题，但那是另一个故事了。而不是这个故事。她还要为人妻为人母呢。可是——可是——"

他用铅笔指了指怀利·怀特。

"——这个片子跟我桌上的那部奥斯卡获奖片一样充满激情。"

[①] 此处原作中前后不一，"露丝"应为"简"。
[②] 海斯办公室（Hayes Office），美国制片人与发行人组织，即电影行业的自律组织的办公室。威尔·海斯（1879—1954）是该组织的主席，曾于1930年编订《制片章程》。
[③] 即烙一个表示女子通奸的"A"字母，可参阅霍桑的小说《红字》。

"见鬼了！"怀利说，"她充满激情。那她为什么要走到——"

"她够放纵的了，"施塔尔说，"——不过不说这个了。剧本里有个场面比你们编造的所有内容都要好，你们却把它删掉了。就是她换掉自己的手表想让时间过快点的那段。"

"那段好像不大合适。"怀利充满歉意地说。

"好了，"施塔尔说，"我已经有了快五十种主意。我得叫杜兰小姐了。"他揿了一下按钮，"——如果你们还有什么不明白的地方，说出来——"

杜兰小姐几乎是神不知鬼不觉地溜进来了。施塔尔迅速地踱着步，开腔了。首先他要告诉他们她是个什么样的女孩——或者说在这里他首肯的是哪种女孩。在这部戏里她是个略有瑕疵的极品女孩，不过她是极品女孩并不是因为公众要她成为那样的人，而是他施塔尔喜欢看到她在这类片子中成为那样的人。明白了吗？这不是一个性格角色。她是健康、活力、雄心壮志和爱情的代表。这部戏的重点完全在于给予她一个发现自己的环境。她掌握着一个影响许多人命运的秘密。有一种做法是对的，有一种做法是错的——刚开始的时候哪个对哪个错并不清楚，但一旦清楚了，她就立马去做了。这种故事就应该是这样的——简洁、利落、明快，没有任何悬疑。

"她从来没有听到过劳资矛盾这个字眼，"他叹息说，"她就像生活在一九二九年。明白我想要的是哪种女孩了吗？"

"非常明白了，门罗。"

"现在来说说她做的事情，"施塔尔说，"从头到尾，每时每刻，只要她在银幕上出现在我们视野里，她都想跟肯·威拉德睡觉。清楚了吗,怀利?"

"非常非常明白。"

"不管她做什么,目的就是为了跟肯·威拉德睡觉。如果她是在街上走路,她是为了走过去跟肯·威拉德睡觉;如果她在吃饭,那是为了有力气跟肯·威拉德睡觉。可是你们给人的印象是,在他们没有明媒正娶之前,她好像想都没想过要跟肯·威拉德睡觉这回事。我真感到害臊,这种幼儿园里的孩子都懂的事你们还要我来教,可是这些东西不知怎么从故事里遗漏掉了。"

他打开脚本,开始一页一页地翻阅。杜兰小姐做好记录,然后一式五份打印出来分发给他们,但是简·梅洛妮自己做了记录。布罗卡抬起手捂着半睁半闭的眼睛——他还记得那个"导演是这儿的头头"的时代,编剧只是写些插科打诨的段子,或者浑身酒气,心里充满渴望或者腼腆的年轻记者——那时候全由导演说了算。没有监制——没有施塔尔。

当听到自己的名字时,他一下惊醒了。

"约翰尼,假使你能把那个男孩安排在那尖屋顶上,让他在那儿走来走去,镜头一直对准他,那多好啊。你可能会收到一种很好的感觉——不是危险,不是悬念,也不暗示什么——一大早看到一个孩子在屋顶上。"

布罗卡将自己的心思拉回了房间。

"好吧,"他说,"只是有点危险的感觉。"

"不尽然,"施塔尔说,"他还没开始从屋顶上往下掉啊。立刻把镜头切换到下一个场景中去了。"

"通过窗户，"简·梅洛妮建议说，"他可以爬进他姐姐的窗户里去。"

"这个切换办法不错，"施塔尔说，"正好切换到写日记的场景中去。"

此刻布罗卡完全清醒过来了。

"我要对他进行仰角拍摄，"他说，"让他从镜头里移开。只从远处对他进行定点拍摄——让他从镜头里移开。不要跟拍。然后取个近景让他重新出现，再让他移开。镜头要对着整个屋顶和天空，不要把注意力集中在他身上。"他喜欢这种拍法——如今拍摄方法都由导演决定，而不是写在每一页脚本上了。他还可以用升降机拍摄——这种拍法说到头，比在地上建一个屋顶再用人工方式与天空合成起来造价还要便宜。施塔尔就讲究这个——认为人工合成的天空总归是有局限的。他跟犹太人合作过很久，根本就不相信犹太人舍不得花钱的那种鬼话。

"在第三组镜头里让他去打牧师。"施塔尔说。

"什么！"怀利惊叫道，"那些天主教徒会跟我们没完的。"

"我跟乔·布林谈过这个事。牧师被打的事有的是。这不会让他们觉得丢脸。"

他一直在平静地谈着话——当杜兰小姐的眼神瞥向时钟时他霎时停了下来。

"下周一之前干完这些活是不是太多了？"他问怀利。

怀利看了一眼简，她也回望了他一下，连头都懒得点一下。他知道他们这个周末要泡汤了，不过跟他刚进来时相比他就像换了个人。

你一周拿了一千五的报酬，遇到紧急情况要你救火时你就马虎不得，你拍的片子受到了威胁时也是一样。怀利做"自由栏"作家时就是因为不够用心而失败了，可是在这里却是施塔尔在费心思，替他们所有人费心思。这次事件的影响不会随着他离开办公室——也不会随着他离开这家制片厂围墙之内的任何地方而消失。他感受到了他的良苦用心。刚才施塔尔高调说出的这些话中凝聚着常识、充满智慧的鉴赏力、戏剧创造力，和某种不乏天真的有福同享的观念，激励着他去尽职尽责，去砌好他自己这块石头，哪怕这番努力的结果注定是要失败的，哪怕砌成的房子是一座了无生气的金字塔。

简·梅洛妮望着窗外流向餐厅的人流。她想在办公室里用餐，在午饭送来之前她还可以编几行文字。送餐人会在一点十五分到，他身上喷着从墨西哥边境走私过来的法国香水。走私也算不上什么罪过——就像禁酒一样。

布罗卡则在一旁看着瑞蒙德在向施塔尔讨好卖乖。他感觉到瑞蒙德已经走上了升迁之路。他领着七百五的周薪，手里却有点权力，可以支使那些比他拿钱多的导演、编剧和影星。他穿着一双从比佛利山威尔希尔酒店附近买来的廉价英国鞋，布罗卡真希望这双鞋会挤坏他的脚，不过用不了多久他就会在皮尔店里订购名牌，扔掉他那顶插着羽毛的绿色登山小帽了。他在战争中立下过不少军功，但是自从艾克·富兰克林叉开手掌扇过他耳光之后，他觉得自己已经今非昔比了。

房间里烟雾缭绕，在烟雾后面，在那张巨大的办公桌后面，施塔尔退缩得越来越远，完全是出于礼貌，他才仍然一边用左耳朵听瑞蒙德讲话，一边用右耳朵听杜兰小姐讲话。会议已经结束了。

（此后施塔尔应该是会见了丹麦王子艾格，他"想从头开始学习电影"，在作者的人物之中他被描述为"早期的法西斯分子"。）

"马库斯先生从纽约来电话了。"杜兰小姐说。

"你什么意思？"施塔尔问，"哎呀，我昨晚还在这里跟他见过面呢。"

"哦，他正在线上——是从纽约打来的电话，雅各布斯小姐的声音。是他办公室的电话。"

施塔尔笑了起来。

"我今天吃午饭时要跟他见面，"他说，"没有飞机能那么快就把他飞到那里去。"

杜兰小姐回去接电话去了。施塔尔停留在一边，想听听到底怎么回事。

"搞清楚了，"过了片刻杜兰小姐说，"是个误会。是今天早上马库斯先生给东部的人打过电话，告诉他们摄制场这边地址和洪水的情况，好像是他打电话要他们问问你。秘书是个新手，没有听明白马库斯先生的意思。我想她是搞混了。"

"我想她是搞混了。"施塔尔严厉地说。

他们两个的话艾格王子都没听明白，只不过他却要雾里看花，觉得这些美国人的话里有什么东西胜过自己一筹。马库斯先生的住所就在街对面，他打电话给他纽约的办公室，要他们问问施塔尔洪水情况如何了。这位王子却把这其中的关系想象得错综复杂，他没有意识到这番交流完全是在马库斯先生的脑子里发生的，他那平日里聪明绝顶、机灵无双的脑瓜这次却百密一疏,出纰漏了。

"我想她是个刚到的新秘书,"施塔尔重复说,"还有别的事吗?"

"鲁滨逊先生来过电话了,"杜兰小姐一边说一边动身去餐厅,"那两个女人中有一个告诉过他名字,不过他记不清楚了——他不记得是叫史密斯,布朗,还是琼斯。"

"这就帮上大忙了。"

"他还记得她说过她刚搬来洛杉矶不久。"

"我记得她有一条银腰带,"施塔尔说,"上面雕着一些星星。"

"我还在想办法多了解一些关于皮特·扎夫拉斯的情况。我跟他妻子谈过了。"

"她怎么说?"

"哦,他们有过一段很艰难的时候——房子也卖了——她一直生病——"

"眼睛没法治好吗?"

"她好像对丈夫眼睛的情况一无所知。她甚至不知道他快要瞎了。"

"真滑稽。"

他在去吃午饭的路上还在想着这个事,可是就像早上那个演员遇到的麻烦一样不得其解。有人生病了这好像超出了他的职责范围吧——他从来没有为自己的健康着想过。走进餐厅边的一条小路上时他退了回来,因为路被一辆从摄影场里开过来的电车堵住了,车上挤满了身穿摄政时期的花花绿绿的戏服的姑娘。戏服迎风招展,那些涂脂抹粉的年轻脸蛋好奇地望着他,他微笑着望着电车离去。

十一个男子和他们的客人艾格王子正坐在制片厂餐厅的包间里吃午餐。他们是有钱人——他们是统治者;没有客人在场的时候,他们吃饭时是会不时打破沉默的,有时候是问问彼此老婆孩子的情况,有时候是宣泄一下郁积在心中最令人难受的那种专注。十个人中有八个是犹太人——五个出生在外国,包括一个希腊人和一个英国人;而且他们已经相互认识很长时间:这群人是有等第之分的,老马库斯地位最高,老里恩鲍姆最低,他买中了这一行业中最好的一只股票,却从未获准在一年之内使用一百万以上的制片费。

老马库斯依旧在尽力履行着自己的职能,其适应能力令人有点不安。某种永不退化的本能警示他注意危险,注意别人拉帮结派地反对他——他最危险的时候莫过于别人认为他遭到围攻的时候。他那铁青的脸都僵直了,即便那些看惯了他眼内角的反光的人也再也看不见那反光。那眼角的余光被自然生长出来的一些小白须遮盖掉了,这时候他身上的铠甲才齐全了。

由于在这群人中他是最年长的,施塔尔是最年轻的——在今天看来相差也没有很多岁,不过在当时他初次跟他们这些人平起平坐时他还是个二十二岁的少年奇才。跟现在相比,他那时候算得上是投资家中的投资家。那时候无论什么投资成本他都在脑子里算得一清二楚,计算的速度和准确度令他们吃惊——因为虽说在人们的观念中犹太人都是理财能手,他们却并非这方面的奇才,甚至行家也不是。他们大多数人获得成功各有不同的原因,也各有互不通融的本领。作为一个群体,这帮不怎么内行的人一直保持着一个传统,他们乐意看到施塔尔施展出超凡的理财才华，享受着某种辉煌，就好像这种辉煌是他们自己创造出来的，就像足球比赛中的啦啦队一样。

而施塔尔呢，正如大家很快就将看到的，已经成熟起来，超越了那种特殊禀赋，虽说那一禀赋永远在他身上留驻。

艾格王子坐在施塔尔和公司的法律顾问莫特·弗雷夏克之间，对面坐着剧院老板乔·坡坡洛斯。他跟大多数人一样心中对犹太人隐隐地怀有一份敌意，他曾经想治愈自己这个毛病。作为一个脾气火爆、又曾在外籍兵团里服役过的人，他觉得犹太人太过迷恋他们自己的皮肤了。不过他倒是愿意退一步想，他们到了美国这个不同的环境里也许就改变了；当然，他认为施塔尔无论从哪方面说都算得上一个人物。至于其他人——他觉得所有商人都是些没劲的家伙——说到最后，他永远都会提到他血管里流淌着的贝纳多特[①]家族的高贵血液。

我的父亲——我想叫他布拉迪先生，艾格王子跟我说起那次午餐时就是这么称呼他的——正在为一部片子发愁，里恩鲍姆提前离席时，他就走过来在施塔尔对面的位子上坐下。

"你觉得去南美拍片子的那个主意怎么样，门罗？"他问。

艾格王子看到大家眼睛一眨，注意力一齐集中到他们俩身上来了，十余双扑闪的眼睫毛就像鸟翅膀，拍打得啪啪作响。接着又是一片寂静。

"我们正在拍呢。"施塔尔说。

"还是按原来的预算？"布拉迪问。

[①] 贝纳多特（Bernadotte），法国贵族姓氏，1810年让·贝纳多特（Jean Bernadotte）元帅被选为瑞典王位继承人，与拿破仑、挪威、丹麦等国的王室有姻亲。

施塔尔点了点头。

"投入和产出是不会成比例的,"布拉迪说,"在这个不景气的时候是不会有奇迹发生的——《地狱天使》和《宾汉》那样的片子再也不会有了,那时候你尽管扔钱进去,总是收得回的。"

这次发难很可能是有预谋的,因为那个希腊人坡坡洛斯接过话头,说了一通含糊其辞的话。

"这是没法采纳的,门罗,因为我们采纳一个方案是要根据情况而变化的。全面繁荣的时候行得通的事情到了现在却几乎想都没法想象了。"

"你认为怎么样,马库斯先生?"施塔尔问。

所有的眼睛都跟着他的眼睛朝桌子的那一头望去,可是,就像是未卜先知似的,马库斯先生早已朝他身后的私人服务生示意他要起身了,此时,服务生双手操着他的椅子,他就像在一个篮子里。他看着他们时那满脸的无助使人很难相信,他有时候晚上还会跟他那年轻的加拿大女友跳舞呢。

"门罗是我们的制片天才,"他说,"我相信门罗,而且非常仰仗他。我没看见发过灭世洪水啊。"

他离开时房间里一阵沉默。

"现在全国上下都找不到一部毛收入有两百万美元的电影了。"布拉迪说。

"没有的,"坡坡洛斯表示赞同,"即便你揪住观众的头把他们推进电影院去,也没那么多。"

"可能没有吧。"施塔尔应道。他顿了一下,仿佛想看看是不是所有人都在听他说话，"我认为新片专场特映能赚一百二十五万。加起来也许有一百五十万。国外有二十五万。"

又是一阵沉默——这次多了一份困惑，多了一份不解。施塔尔转过头去叫服务生接通他办公室的电话。

"可是你的预算呢？"弗雷夏克说，"你的预算是一百七十五万，我知道的。你的预期收入全部加起来也就那么多，没有利润。"

"这不是我的预期收入，"施塔尔说，"我们不敢肯定能超过一百五十万。"

房间里没有一丝响动，艾格王子甚至听得见长长的一段灰白色烟灰从半空中掉落下来的声音。弗雷夏克惊愕得脸都僵直了，正要开始说话，一只电话筒却从他肩膀后伸了过来。

"您办公室来的，施塔尔先生。"

"哦，好的——喂，你好，杜兰小姐。扎夫拉斯的事情我搞清楚了。那是个卑鄙的谣言——我敢拿我的衬衫打赌……哦，你做好了啊。好的……好的。现在你就这么办：今天下午就把他送到我的眼科医生——约翰尼·肯尼迪医生——那里去，叫他写一份诊断报告，复印一份——你听明白了吗？"

他挂了电话——转过头来看着满桌子的人，脸上露出一丝激动。

"你们当中有没有人听说过皮特·扎夫拉斯眼睛要瞎了这件事？"

有两个人点了点头。但是在场的大多数人都悬着一颗心在那里大气也不敢出，不知道刚才施塔尔透露出来的数字是不是真的。

"全是胡说八道。他竟然说他一次眼科医生都没去看过——从不知道制片厂为什么要跟他过不去，"施塔尔说，"也许是有人不喜欢他，也许是有人说了他太多坏话，他都一年没工作了。"

大家习以为常地咕哝了几声表示同情。施塔尔签好支票，挪动了一下好像要起身。

"对不起，门罗，"弗雷夏克不依不饶地说，而布拉迪和坡坡洛斯在一旁看着，"我还刚来这里，可能有些弦外之音和言下之意我都还没听明白。"他说话的速度很快，不过由于用上了从纽约大学学来的这些夸夸之谈，他自豪得额头上的青筋都暴露出来了，"你的意思是说你预期的收入比你的预算还少了二十五万，我理解得对不对？"

"这是一部高质量的片子。"施塔尔佯装不明就里地说。

现在大家都听明白了，可是他们依旧觉得这里面有什么玄机。施塔尔是真心认为这部片子会赚钱的。没有人像他那样——

"两年来我们一直在求稳，"施塔尔说，"现在是我们拍一部亏钱的片子的时候了。好片子有亏必有赢——这样会给我们赢得新客户的。"

他们当中仍然有人以为他的意思是说这是笔投机买卖，而且有利可图，可是他又没留给他们半点含糊。

"这片子会亏钱的。"他一边站起来一边说，他的下巴微微朝外翘着，眼睛含着笑意，闪着光，"就算这片子亏了，那也比《地狱天使》更称得上是奇迹。正如帕特·布拉迪在学院奖颁奖晚宴上所说的，我们对公众承担着一份责任。在制片计划中插入一部亏本的片子也是一件好事。"

他朝艾格王子点点头。后者马上连连鞠躬，同时最后一次扫了所有人一眼，想看看施塔尔说的话产生了什么效果，可是他什么也看不出来。他们的眼睛微微朝下，不是注视着桌面上方的某个地方，而是在飘移不定,此刻全都在迅速地眨巴着,可是整个房间里鸦雀无声。

从那间包房里出来后,他们穿过餐厅的一个拐角。艾格王子陶醉了——真开怀。眼前是一片法兰西第一帝国时代的绚丽景象,有吉卜赛人,有市民,也有士兵,有的蓄着连鬓胡子,有的穿着布满饰带的外套。离自己只有咫尺之遥,他们却是一些生活和行走在一百年以前的古人;艾格心想,如果他跟他的同时代人将来一起到哪部古装戏中来当群众演员,那该会是怎样的景象啊。

后来他又看到了亚伯拉罕·林肯,他心中的感受一下子全变了。他是在斯堪的纳维亚半岛上社会主义思潮刚刚兴起的时代长大的人,那时候尼古拉的《林肯传》广为传诵。书中告诉他,林肯是一位他应该仰慕的伟人,可是他却反而厌恶他,因为他是被强加到他头上来的。可此刻,看着他端坐在那里,跷着腿,慈祥的脸凝视着那四十五美分一份的晚餐——还包括甜点。他身上裹着围巾,仿佛是为了抵御飘忽不定的冷风——此时,终于来到美利坚的艾格王子,就像游客凝视着克里姆林宫里列宁的不腐遗容一样凝视着林肯。这么说来,这才是真正的林肯。施塔尔已经远远地走到他前面去了,只得转过身来等他——可艾格仍旧在那里凝视着。

这么看来,他心想,这才是所有那一切的真实的样子了。

林肯突然拿起一块三角形的馅饼塞进了自己嘴里,艾格王子有点害怕,连忙跑过去追上施塔尔。

"但愿你想看到的东西都会看到,"施塔尔说,觉得自己没有重视他,"半个小时之后我们要看一些样片,看过之后随便你想看多少布景都行。"

"我宁愿跟你待在一起。"艾格王子说。

"我先去看看有些什么事情要做,"施塔尔说,"然后我就陪你一起去。"

有一位日本领事要来参加一部间谍片的发布会,这部片子可能会伤害日本人的民族感情。还有一些电话和电报要回。罗比也弄来了一些新的消息。

"现在他记起那个女人的名字来了。他确定她叫史密斯,"杜兰小姐说,"他问过她要不要来摄影场里换一双干鞋子,她回答说不用了——所以她没法找到了。"

"要全部打一遍那还真有点麻烦了——姓'史密斯'的。还是很有帮助的。"他想了一会儿后说,"向电话公司要一份名单,把最近一个月里姓史密斯的新装电话的用户全部列出来。然后全部打过去问一遍。"

"好吧。"

第四章

"你好啊，门罗，"雷德·赖丁伍德说，"你来了我很高兴。"

施塔尔从他跟前走过，穿过巨大的舞台，朝一间明天要用来拍戏的华丽的房间走去。雷德·赖丁伍德导演跟在后面，过了片刻之后他意识到，不管自己走多快，施塔尔总会走在他前面一两步。他知道这表明他心有不快——他自己也是用这种方式来表示不快的。他以前自己也有一家制片厂，这里的一切他也曾经使用过。无论施塔尔迈出怎样的步伐，他都不会吃惊。他的职责是布置场景，在他自己最熟悉的领域里，无论施塔尔的工作做得多么卓有成效，都是无法超越他的。戈尔德温曾经跟他有过一次交手，雷德·赖丁伍德设计让戈尔德温在五十个人面前试演一个角色——其结果不出他所料：他再次树立起了自己的威信。

施塔尔来到那幅华丽的布景前停了下来。

"一无是处，"雷德·赖丁伍德说，"没一点想象力。随便你，把它烧掉我都不会介意——"

"你干吗要打电话跟我说这个事?"施塔尔紧挨着站在他身边问,"你为什么不跟艺术部一起解决?"

"我并没有叫你过来,门罗。"

"你是想自己给自己当监制。"

"对不起,门罗,"雷德·赖丁伍德耐着性子说,"但我没有叫你过来。"

施塔尔突然一转身,朝摄影机那边走了回去。一群看得目瞪口呆的游客此刻将注意力从电影中的女主角身上转移到了施塔尔身上,然后又茫然地回到了女主角身上。游客全是哥伦布骑士会①的会员。他们曾经见到过抬着圣体的游行,可这一次,梦中的圣体变成了肉身。

施塔尔在女主角的椅子边停下脚步。她身穿一件低领长裙,胸脯和后背上的醒目的湿疹都露了出来。每次开镜之前,她那斑斑点点的皮肤上就涂上一层润肤膏,镜头一拍完就立即擦掉。她头发的颜色就像干涸的血液,而且跟血液一样黏稠,不过她眼睛却像拍摄出来的照片里一样绽放出明星的光彩。

施塔尔还没开口说话,就听到身后有人帮他的腔了:

"她真是星光四射啊。绝对星光四射。"

说话的是助理导演,说这话的本意是巧妙地恭维一番。恭维一下女演员,这样她就用不着板着面孔低头挨训了。恭维施塔尔,是说他跟这样一位明星签约了。恭维雷德·赖丁伍德,这方式就更婉转了。

"万事顺心吧?"施塔尔和蔼可亲地问。

---

① 哥伦布骑士会(Knights of Columbus),迈克季文尼牧师1881年在纽黑文创立的一个兄弟会,后成为世界上最大的天主教家庭兄弟会礼拜组织。

"哦，蛮好的，"她应道，"只是那些广告员真他妈的讨厌。"

他微微向她眨了一下眼睛。

"我们会把他们赶走的。"他说。

当时她的名字已经成了"婊子"的代名词了。她大概是按照喜剧片《人猿泰山》①里某个用神秘之术来统治一个黑人王国的女王的形象来塑造自己的吧。她把世界上所有其他人都当作黑人了。把她租借过来就是为了拍这么一部片子，她自然就成了一个恶人的形象了。

雷德·赖丁伍德跟施塔尔一道朝布景里的门边走去。

"事情都很顺的，"导演说，"她已经尽到她的能力了。"

他们已经走到了别人听不到他们说话的地方，这时施塔尔突然停下脚步，用怒火冲天的眼睛瞪着雷德。

"你们在拍的东西是狗屎，"他说，"你知道她在样片中的样子让我想起了什么吗——'饭桶小姐②'。"

"我正在努力拍一部最好的片子——"

"你跟我来。"施塔尔突然说。

"跟你去？要不要我叫他们休息一会？"

"随他们去吧。"施塔尔说着，推开了外门那扇隔音门。

他的汽车和司机在外面候着。大部分日子里都是分秒贵如金。

"进去吧。"施塔尔说。

此时雷德才意识到事情的严重性。他甚至顷刻之间就明白了是怎

---

① 《人猿泰山》(Tarzan)，美国作家伯勒斯（E. R. Buroughs，1875—1950）从1914年起发表的探险小说，讲述一个在非洲丛林里长大的青年的冒险故事，后多次改编成电影。
② "饭桶小姐"（Miss Foodstuffs），出处不详，似为作者虚构，意指该角色在电影中了无生趣。

么回事。自打这姑娘第一天到来起,她就用她那冷酷的刀子嘴把他收拾得服服帖帖。他是个和事佬,宁愿让她把她的戏份草草走个过场也不想招惹麻烦。

施塔尔说出了他的心里话。

"你对付不了她,"他说,"我告诉过你我想要什么了。我要她演得卑鄙——可结果她却演得可恶。我恐怕我们得叫停了,雷德。"

"整个片子?"

"不是。我准备叫哈利上场了。"

"好吧,门罗。"

"对不起,雷德。下次我们找个别的东西试试吧。"

汽车在施塔尔办公室的门前停下。

"要不要我拍完这个镜头?"雷德问。

"已经拍完了,"施塔尔冷冷地说,"哈利已经在那里了。"

"这他妈的——"

"我们出来的时候他就进去了。我昨晚就叫他看过脚本了。"

"你听我说,门罗——"

"今天我很忙,雷德,"施塔尔硬生生地说,"你三天以前就丢分了。"

这可是个丢人的麻烦事了,雷德·赖丁伍德心想。这意味着他的地位会一点点,一小点地失去——这还很可能意味着他不能按原来的计划娶第三个老婆了。就算为这个事吵一架也不会有令人满意的结果的——如果你跟施塔尔意见相左,你可别大吵大闹。施塔尔是他这个行业里最大的主顾,他的看法总是——几乎总是——对的。

"我的外套呢?"他突然问,"我把它落在摄影场的椅子上了。"

"我知道你落下了，"施塔尔说，"在这儿呢。"

他先前一直在竭尽所能地对雷德·赖丁伍德的过失表现得宽厚一些，竟然忘记了手里还拿着他的外套。

"施塔尔先生的放映室"是一座微型电影院，内有四排软垫座椅。首排座椅的前面摆着几张长桌子，上面摆着磨砂灯、蜂音器和电话机。靠墙摆着一架立式钢琴，有声电影刚兴起的时候就放在那儿了。这房间是一年前刚刚翻修的，还换了新椅子，但是由于每天都有人长时间地在此工作，现在已经显得破旧了。

每天下午两点半和六点半，施塔尔都会坐在这里审视当天拍好的所有片段。这种场合往往是极度紧张的——他要面对的是 faits accomplish[①]——几个月里买剧本、策划、写脚本、改脚本、配演员、布景、布置灯光、排练，以及摄制的最终结果——结果可能是辉煌的顶峰，可能是绝望中的慰藉，也有可能是冷漠、阴谋和汗水。到了这个节骨眼上，所有折磨人的艰辛劳作都已经搬上舞台，只等最后拍板——这些片段就像战场上传来的战报。

除了施塔尔以外，到场审片的还有所有技术部门的代表，影片的监制以及与影片相关的各个部门的经理。这种场合下的放映导演是不到场的——表面上说是因为他们的工作已经完成了，而实际上则是因为在这里是不会剪掉几寸胶片的，因为从那个银色的卷盘里流出来的都是钱啊。久而久之就形成了一种顾及情面的回避制度。

---

① 法文，意为"既成事实"。

员工都到齐了。施塔尔走进房间迅速坐到了自己的位置上，叽叽喳喳的说话声逐渐平息了。他身子往后面一仰，细瘦的膝盖往上一抬腿就缩到了椅子里，这时屋子里的灯全熄灭了。后排有人划燃了一根火柴——然后一片寂静。

银幕上，一群法裔加拿大士兵推着独木舟在激流中逆流而上。这个场景是在摄影场里的一个水池里拍的，在每个镜头的末尾，当他们听到导演喊"停"时，银幕上的演员们便放松下来，抹掉额头上的水，有时候还会开怀大笑——池子里的水停止了流动，激流澎湃的假象也消失了。除了从每一组镜头中挑出他喜欢的那个并夸上一句"效果不错"之外，施塔尔不发表任何意见。

后一个场景仍旧是在那激流之中，要求那位加拿大女孩（克劳德特·科尔伯特饰）和那位皮货商（罗纳德·科尔曼饰）进行对白，她站在独木舟里朝下面看着他。刚放完几段片子，施塔尔突然大声说道：

"水池拆掉了吗？"

"是的，先生。"

"门罗——他们要那个地方做——"

施塔尔专横地打断了他的话。

"立即叫人重新搭起来。咱们把第二个镜头重拍一遍。"

少顷，房间里的灯亮了起来。一位部门经理离开自己的座位，走过来站在施塔尔跟前。

"演得这么漂亮的一场戏被糟蹋了，"施塔尔忍住怒气轻声地说，"镜头偏离了中心。摄影机架得太高，克劳德特对白的时候一直在拍她那漂亮的头顶。我们要的就是这样的效果，对吗？观众去看电影想看的就是这个——看一个漂亮女孩的头顶吗？告诉蒂姆，他可以找个替身，这样可以节省点开销。"

灯又熄了。那位部门经理在施塔尔的椅子边蹲了下来，免得挡住了他的视线。那个镜头重新放映了一遍。

"现在你们看清了吧？"施塔尔问，"而且片子里还有一根头发——在右角上，看到了吗？去查查看，头发是在放映机上还是在胶片上。"

这个镜头放到最后，只见克劳德特·科尔伯特缓缓地抬起头来，这才露出了她那双水汪汪的大眼睛。

"我们应该从头到尾都拍成这个样子，"施塔尔说，"她演得也挺好的。你们看看能不能在明天或者今天下午晚些时候弄好它。"

如果换了皮特·扎夫拉斯，他是不会犯这样的错误的。在整个电影业里，你可以完全信赖的摄影师不会超过六个。

灯又亮了，这部片子的监制和制片经理出去了。

"门罗，这些玩意是昨天刚拍的——到昨晚深夜才弄完。"

房间里暗了下来。银幕上露出了湿婆的佛头，硕大而安详，殊不知再过几个小时它就将被洪水冲走了。一群信徒在围着它膜拜。

"你们重拍这个场面的时候，"施塔尔突然说，"放两个小孩子到头顶上去。你们最好去查查看这样做会不会冒犯神灵，不过我觉得没什么的。小孩子是没有什么忌讳的嘛。"

"好的，门罗。"

一条上面刻着星星图案的腰带……是叫史密斯，琼斯，还是布朗……私事——那个系银腰带的女子会不会——？

接下来放的是另一部片子，场景切换到了纽约，讲的是关于一群小流氓的故事，施塔尔突然烦躁了起来。

"这场戏太烂了，"施塔尔突然在黑暗中叫道，"脚本写得糟糕，演员也没选好，简直一无是处。这些造型没一点硬汉形象。他们这样子就像一大堆打扮得漂漂亮亮的棒棒糖——这他娘的咋回事啊，李？"

"这场戏是今天早上在摄制场上赶出来的，"李·卡珀说，"伯顿想把所有这些东西搬到六号台上去拍。"

"反正——就是太烂了。这场戏也是。这样的玩意根本没必要拷贝。她连自己嘴里说出来的话都不相信——卡莉也是一样。居然用特写镜头来拍她说'我爱你'——别人会把你们从屋子里轰出去的！而且那女孩的穿着也太花哨了。"

黑暗中有人打了个手势，放映机停了下来，屋里的灯亮了。满屋子的人都在鸦雀无声地等待着。施塔尔脸上没有一点表情。

"这场戏是谁写的？"他过了片刻之后问道。

"怀利·怀特。"

"他没喝醉吧？"

"肯定没有。"

施塔尔沉思起来。

"找四五个编剧来，今晚就把这场戏弄好，"他说，"看看哪些人在。西德尼·霍华德[①]来了吗？"

"今天早上到的。"

"把这事情跟他说说。跟他说明一下我要这场戏达到的效果。那

[①] 西德尼·霍华德（Sidney Howard，1891—1939），美国剧作家，擅长现实主义创作与心理描写，其代表作《知己知彼》(*They Knew What They Wanted*) 于1925年获普利策戏剧奖。

女演员都快吓死了——话都说不出来了。其实非常简单。人不可能同时产生三种感情。而卡珀却——"

艺术指导从第二排倾着身子凑了过来。

"有事吗？"

"这场戏的布景也有点问题。"

满屋子的人都相互交换了一下眼色。

"怎么了，门罗？"

"应该你们来告诉我啊，"施塔尔说，"太挤了。眼睛都不知道该往哪里看。看上去让人不舒服。"

"没有啊。"

"我知道没有。不是说很严重，但就是有那么一点。今晚就过去瞧瞧。也许是家具摆得太多——可能是款式不对。也许开个窗户会好点。你们就不能给那个大厅增强一点透视感吗？"

"我去看看能想什么办法。"卡珀侧着身子从座位之间挤了出来，看了看手表。

"我得马上去处理好这个事，"他说，"今晚我连夜加班，这样咱们明天早上就可以开拍了。"

"好的。李，你们也可以在那些布景周围拍摄的，对吧？"

"我觉得可以，门罗。"

"这件事的责任我担着。那场打斗戏你拍好了吗？"

"马上就好了。"

施塔尔点了点头。卡珀匆忙出去了，屋子里又暗了下来。银幕上出现了四个男人在地窖里表演的一场难解难分的斗殴戏。施塔尔哈哈笑了。

"你们看特雷西,"他说,"看看他追着那个家伙打的样子。我敢说他这种人难得一见了。"

那些人打了一场又一场。场场都是一成不变。每一场戏的末尾他们总是微笑着看着对方,有时候还会拍拍对手的肩膀表示友好。唯一身处险境的是那个特技演员,一个功夫足以将其他三个人揍死的拳击手。当然,只有当他们不按他教他们的招数乱出拳时,他才会有危险。即便如此,那个年纪最小的演员还是担心自己的脸挨打,导演便巧妙地运用角度和插入将他的畏缩掩盖了过去。

接下来没完没了地演的是当中的两个男人在门口相遇、认出对方,然后往后面演。他们相遇,他们吃惊,他们往下演。

接下来的一场戏是一个小女孩在一棵树下看书,一个小男孩则在她头顶上的树枝上看书。小女孩看书看腻了便想跟男孩说话。男孩不理不睬。他在吃苹果,果核掉下来砸在小女孩的头上。

一个声音在黑暗中说:

"长了一点,是不是,门罗?"

"一点不长,"施塔尔说,"挺好的。感觉挺好。"

"我只是觉得有点长。"

"有时候拍十英尺的胶片也太长——有时候呢,一个场景拍两百英尺也觉得太短。剪辑这个场景之前我得先给剪辑员说一声——这一段是这部片子中应该让人记住的地方。"

又一小时过去了。一段段电影如梦如幻地在房间的另一头呈现出来,经受分析,获准通过——让观众去继续梦想,或者遗弃。作为审片结束的标志的是两位演员的试镜，一位男性格演员和一位女演员。与前面放过的那些节奏紧凑的样片相比，这两段试镜的片子显得流畅而完美；评判员们安安稳稳地坐在椅子里；施塔尔的双脚也悄悄地放到了地上。欢迎大家各抒己见。有个管技术的人告诉大家说他乐意跟那位女演员同居，其他人则漠不关心。

"两年以前就有人送来过这个女演员的试镜片。她肯定是在好好用功——不过她演技没怎么提高啊。不过这个男演员挺好的。我们不能用他来演《大草原》中的那位俄罗斯老王子吗？"

"他本来就是一位俄罗斯老王子，"负责选派演员的导演说，"不过他觉得这是耻辱。他是赤色分子。他说那种角色他可不愿意演。"

"他只能演这种角色。"施塔尔说。

灯又亮了。施塔尔将口香糖用包装纸卷起来放进烟灰缸。他朝他秘书转过身去表示询问。

"二号台上拍的合成片。"她说。

他匆匆地浏览了一下合成片，那是一种别出心裁地用别的影片做背景拍摄的片子。有一次他们曾经在马库斯的办公室里开会讨论过以喜剧结尾的影片《玛侬》的主题，跟以前的情形一样，最后还是施塔尔一言九鼎——这出戏以悲剧结尾已经演了一个半世纪了，一直是赚钱的。他是个固执己见的人——一到下午这个时候他最为口若悬河，持反对意见的人渐渐改变了看法，会议转入了另一个议题；他们打算派十几个明星去义演，筹集资金捐助长滩那些在地震中无家可归的灾民。大家突然善心大发，其中有五位明星当场就慷慨解囊，一共捐出了两万五千美元。他们出手大方，不过跟穷人捐款是不同的，这不单纯是发善心。

回到他的办公室，送皮特·扎夫拉斯前往治疗眼疾的那位眼科医生传来消息说，这位摄影师的视力是 19/20，近乎完好。他在来信中说，扎夫拉斯拿到了检查报告的副本。施塔尔得意扬扬地在办公室里踱着方步，而杜兰小姐则在一旁羡慕。艾格王子顺道进来道谢，感谢他花了一下午的时间陪他参观各个摄制场；正当他们在谈话时，一位监制打来小报告说，有两位叫塔尔顿的编剧"发现了秘密"，他们正准备辞职。

"这些都是出色的编剧，"施塔尔向艾格王子解释说，"咱们这儿就缺优秀的编剧。"

"哎哟，你什么人都聘得起啊！"他的这位客人惊叫道。

"哦，我们是聘啊，可是一旦把他们聘到这里来了，他们就不再是好编剧了——所以我们不得不就地取材。"

"举个例子说说？"

"所有循规蹈矩、有礼有节的人都这样——我们这里什么样的人都有，落魄的诗人、红过一把的剧作家、女大学生——我们把他们编成一对对的，合写一个话题，如果写作速度慢下来了，我们就叫另外两位编剧接在他们后面写。最多的时候我叫三对编剧相互独立地写同一个题目。"

"他们喜欢这样吗？"

"要是知道了就不喜欢了。他们又不是天才——不管用什么别的办法，他们都不可能取得现在这么好的成绩。但是这两位叫塔尔顿的是从东部来的一对夫妻档——相当出色的剧作家。他们还刚刚发现原来不只有他们在写这个故事,这让他们吓了一大跳——用他们的话来说叫作——吓得他们失去了整体感。"

"可是怎么才会产生整——整体感呢?"

施塔尔犹豫了——他脸上表情严厉,只有一双眼睛在闪烁。

"我就是整体感,"他说,"以后再来我们这儿玩吧。"

他见到了塔尔顿夫妇。他告诉他们说他喜欢他们的作品,他看着塔尔顿太太的那样子就好像透过打字稿就能辨认出她的手迹。他和蔼可亲地对他们说,他打算将他们从现在这部电影里抽调出来,委派他们去写另一部,那样他们会压力更小,而且时间更宽裕。正如他大概猜测到的一样,他们恳求留下来继续写第一部电影,即使要跟别人合写,他们也可以更快赢得声誉。他承认,这个制度令人讨厌——粗暴、商业化、令人深恶痛绝。不过有一点他绝口不提——他就是这个制度的始作俑者。

他们走了以后,杜兰小姐神气活现地走了进来。

"施塔尔先生,那位系银腰带的女士来电话了。"

施塔尔独自走进办公室,在他的办公桌前坐下,忐忑不安地提起电话筒。他不知道自己想说什么。和帮皮特·扎夫拉斯治疗眼疾不同,这个事情他从来没有深思熟虑过。起初他只是想知道她们是不是"专业"人士,不知道那个女子是不是个演员故意打扮成明娜的模样,因为他自己就曾经叫一位年轻的女演员打扮成克劳德特·科尔伯特的模样,然后从同样的角度拍摄。

"你好。"他说。

"你好。"

当他搜肠刮肚地寻找着简单而惊人的词语来表达昨晚那一番激动时,一阵恐惧不知不觉中袭上心来,但他还是凭着自己的坚强意志压制住了。

"呃——你好难找啊,"他说,"姓史密斯——还有你最近才搬到这里来的。我们知道的就这么些了。还有一条银腰带。"

"哦,是的,"那声音仍然有点拘谨不安地说,"昨晚我是系着一条银腰带。"

哎呀,下面该怎么说呢?

"你是谁?"那声音说,语调里有惊慌之中带有一丝小资的矜持。

"我叫门罗·施塔尔。"他说。

停顿了一下。这个名字从来没有在银幕上出现过,她似乎难以想起来。

"哦,对了,对了。你是明娜·戴维斯的丈夫。"

"是的。"

这是圈套吗?昨夜的那一幕又全部回到了他眼前——那肌肤焕发着如此别样的照人的光彩,仿佛是涂上了一层磷光,他心里想她该不是从什么地方冒出来设下圈套来勾魂摄魄吧。不是明娜而胜似明娜。一阵风突然吹来,将窗帘吹进了屋里,将他桌子上的纸吹得沙沙作响,窗外明摆着还是青天白日,可他心里还是不由得咯噔了一下。假使此刻他就能这样走出去,假使他再次看得到她,那将是怎样一番光景呢——那犹如蒙着面纱的光闪闪的面容,那坚毅的嘴唇,使人类勇敢的笑容相形见绌。

"我想见见你。请你到制片厂来一下好吗?"

又是一阵犹豫——接着是不留情面的拒绝。

"哦,我觉得我没这个义务。非常抱歉。"

最后一句纯属客套,拒绝得毫不留情,斩钉截铁。常人所具有的那种肤浅的虚荣心这下帮了施塔尔的忙,使他更为迫切地想说服对方。

"我想见见你,"他说,"肯定有原因的。"

"呃——我怕——"

"那我去找你可以吗?"

又停顿了一下,他觉得这次不是由于犹豫,而是在想如何回答。

"有些事情你是不明白的。"她终于开口了。

"哦,你大概已经结婚了吧,"他耐心地说,"跟这方面毫无关系的。我是公开邀请你过来,假如你结婚了就带你丈夫一道来吧。"

"这个——这个是不可能的。"

"为什么呢?"

"我觉得就连跟你通话都是犯傻,可是你的秘书一再坚持——我还以为昨晚我在洪水里掉了什么东西,你们帮我找到了呢。"

"我很想见见你,就五分钟。"

"让我上电影吗?"

"我没那个想法。"

她停顿了好长时间,他还以为得罪她了。

"我在哪里可以见到你?"她出乎意料地问。

"我这里?还是去你家?"

"不行——在外面找个地方吧。"

施塔尔一时间想不出什么地方。他自己家里——找家餐馆?别人见面是在什么地方呢？一个特定的地点？一家鸡尾酒酒吧？

"我找个地方九点钟的时候见你吧。"她说。

"这恐怕不可能。"

"那随便你了。"

"那好吧，就九点，不过能找个离这儿近点的地方吗？威尔谢大道上有一家杂货店——"

六点差一刻。外面有两个男子，他们每天都是这个钟点到，可又每天都被耽搁了。这是一个人人都会疲乏的时候——这两个人的工作既不是重要得非马上解决不可，又不是无足轻重得可以视而不见。所以他又推迟了会见他们，在办公桌前一动不动地坐了一会，想着俄国的那些事。其实他想得多的倒不是俄国那些事，而是关于俄国的那部电影，而这片子哪怕冥思苦想半个小时也是没有结果的。他知道关于俄国的故事太多了，且不提《故事》这部片子吧，他聘用了一大帮编剧和研究人员，花了一年多的时间，可他们写出来的所有故事都有点不对劲。他觉得这个故事可以用北美十三州那样的模式来写，可写出来的东西却总是不同，随新的模式而来的是令人不快的新变化与新问题。他认为他对俄国的态度是非常公平的——他除了想拍一部富有同情心的影片之外没有别的想法，可是让人头痛的问题还是不断出现。

"施塔尔先生，德拉蒙德先生在外面等你，还有科斯托夫先生和科恩希尔先生，是来谈那部俄国电影的。"

"好吧，叫他们进来。"

谈过之后，从下午六点半到七点半，他审查了当天下午拍的样片。要不是跟那个女孩去约会耽搁了时间，他通常傍晚开始就会一直泡在放映室或者配音室里，不过前一天晚上因为地震来了忙到很晚，他决定去好好地吃一顿晚餐。当他穿过办公室的前厅时，看到皮特·扎夫拉斯正在等他，手臂裹在吊带里。

"您是电影界的埃斯库罗斯[①]和欧里庇得斯[②]，"扎夫拉斯心直口快地说，"也是阿里斯托芬[③]和米南德[④]。"

他鞠躬行礼。

"他们都是些什么人啊？"施塔尔微笑着问。

"他们是我们的同胞。"

"我还不知道你在希腊拍过电影呢。"

"你在拿我开玩笑了，门罗，"扎夫拉斯说，"我想说的是你跟他们一样是棒极了的人物。我这条命百分之百是你救的。"

"你现在觉得好点了吗？"

"我手臂没事。觉得就好像有人在亲吻那儿呢。如果这就是要付出的代价，我觉得我做得值。"

"你怎么弄成这样了？"施塔尔好奇地问。

"德尔菲神谕[⑤]在上，"扎夫拉斯说，"奥狄浦斯猜出了那个谜语。哪个狗娘养的写出这样的故事来，我真想揍他一顿。"

---

① 埃斯库罗斯（Aeschylus，前525？—前456？），古希腊三大悲剧家之一。
② 欧里庇得斯（Euripides，前480—前406），亦为古希腊三大悲剧家之一。
③ 阿里斯托芬（Aristophanes，前446—前385），古希腊著名戏剧家。
④ 米南德（Menander，前342？—前291），古希腊剧作家，新喜剧的代表人物。
⑤ 德尔菲神谕（Delphic oracle），古希腊有名的预言，是由女祭师皮提亚（Pythia）在德尔菲城的阿波罗神庙里，在进入一种类似昏迷的通神状态中，由别人问问题，而由皮提亚传达阿波罗神的神谕。此处扎夫拉斯将制片厂的管理者比喻为神，他们的话就像是神谕，其实是讽刺。

"你让我无地自容了,我没文化。"施塔尔说。

"文化值个屁钱,"皮特说,"我在萨龙尼卡拿到了学士学位,你瞧我现在的下场。"

"不一定的。"施塔尔说。

"假使你想把谁的喉咙割了,无论白天黑夜任何时候都行,"扎夫拉斯说,"我的号码就在你电话本里。"

施塔尔闭上眼睛然后又睁开。扎夫拉斯的侧影在夕阳的反衬下显得有点模糊。他背靠着身后的桌子,用平常的语气说。

"祝你好运,皮特。"

房间里几乎黑了,但他还是挪动着脚步,按部就班地进了自己的办公室,等门咔嗒一声关上之后,手才朝药片伸去。盛水的细颈瓶咔嚓一声撞在桌子上,瓶子破了。他在一张大椅子上坐下,等苯丙胺[①]见效以后再去吃饭。

施塔尔从餐厅往回走的路上,见一辆敞篷车里伸出一只手来朝他打招呼。从车里露出的后脑勺,他认出来那是一个年轻男演员和他女友,他望着他们驶出了大门,融入了夏日余晖之中。他已经逐渐地不对这种景象触景生情了,此时,仿佛那种痛楚也已经随明娜而去;他对飞黄腾达的渴望也在逐渐消退,永世哀伤如今已是一种奢求,不久就将离他而去。他幼稚地认为明娜就是他的人间天堂,当他回到办公室,他叫人把他的敞篷车开出来,这还是今年第一次。这辆豪华大轿

[①] 苯丙胺(Benzedrine),一种刺激中枢神经的肾上腺素,兴奋剂的一种。

94

车似乎载满了难忘的交谈和疲惫的睡意，显得十分沉重。

离开制片厂后，他依旧神情紧张，不过这辆敞篷车拉拢了夏日黄昏的暮色，他抬眼望去，林荫大道的尽头，一轮明月低悬，而如果说明月年年有，夜夜月不同，那是一个美丽的错觉。自从明娜死后，其他光亮依旧在好莱坞闪耀：在露天市场上，柠檬、葡萄、青苹果斜着眼睛不时朝大街上投来迷离的一瞥。在他前面，一辆汽车的尾灯眨着紫色的眼睛，开到另一个交叉路口，他看到它又在眨眼睛了。处处灯如潮水，扫过夜空。在一处空旷的街角，两个神秘的男子舞动着一面鼓，鼓上闪烁的微光在天空中画出道道莫名的弧线。

在一家杂货铺里，一个女子站在糖果柜台前。她个子高高的——几乎跟施塔尔一样高，神情局促不安。很显然，对她来说这是一种尴尬的处境，要不是施塔尔那样望着她——投去最体贴和最礼貌的眼神，她也许就无法摆脱这种尴尬。他们相互问候了一声，便一起走了出来，再也没说一句话，甚至没有看对方一眼——然而还没走到停车的路边施塔尔就已经明白：这不过就是一个漂亮的美国女人，仅此而已——绝非明娜那种绝色佳人。

"我们去哪儿？"她问，"我原来以为会有司机的。没关系——我是个出色的拳击手。"

"拳击手？"

"这话听起来不大礼貌，"她挤出了一个微笑，"但是你们这些人据说很恐怖的。"

听到自己被当成了歹徒，施塔尔心中不由得乐了——紧接着他又突然觉得乐不起来了。

"你为什么想见我?"她一边问一边坐进了车里。

他一动不动地站在那里,真想叫她马上下来。可是她已经稳稳当当地坐下了,他知道这种倒霉的局面是他自己一手造成的——于是他咬咬牙,绕到车子的另一边坐了上去。街灯照射在她的整个脸庞上,他很难相信这就是昨天晚上遇到的那个女孩。他看不出她跟明娜有任何相似之处。

"我开车送你回去吧,"他说,"你家住在哪儿?"

"送我回去?"她很吃惊,"用不着这么急啊——如果是我冒犯你了,我很抱歉。"

"没有。你能过来是一片好意。我做了一件蠢事。昨晚我以为你跟我的一个熟人简直是一模一样。当时天太暗,灯光把我眼睛都刺花了。"

这下可把她得罪了——他竟然责怪她没有长得像别人。

"原来是这么回事啊!"她说,"真滑稽。"

他们默默地开了一会车。

"你跟明娜·戴维斯结过婚的,对吧?"一个念头无意之中闪过她心头,"抱歉,我不该提起这个。"

他把汽车开得飞快,却一点没引起她的察觉。

"我跟明娜·戴维斯根本不是一类人,"她说,"——如果你是指她的话。你说跟我在一起的那个女孩还差不多。她长得比我像明娜·戴维斯一些。"

他对现在这个话题提不起半点兴趣了。要紧的是把这事了结掉,忘记掉。

"会不会是她？"她问，"她就住我隔壁。"

"不可能的，"他说，"我记得系银腰带的是你。"

"那就是我了，没错。"

他们行驶到了日落大道①的西北端，穿过一条山间的峡谷。蜿蜒的路边矗立着的平房里灯已经亮了，给这些房子带来生机的电流就像无线电广播里的声音一样，吃力地渗入黄昏时刻的空气中。

"你看最高处的最后一盏灯——凯瑟琳就住那儿。翻过那座山头就到我住的地方了。"

过了片刻她说："停这儿吧。"

"我刚才还听你说要翻过这座山啊。"

"我想停在凯瑟琳家门口。"

"恐怕我——"

"是我自己想在这里下车的。"她不耐烦地说。

施塔尔悄无声息地跟在她后面下了车。她开始朝一幢新建的小房子走去，房子几乎全被一棵大柳树罩着，他不由自主地跟着她来到了台阶前。她按了一下门铃，然后转过身来道晚安。

"让你失望了，抱歉。"她说。

现在他反倒有点为她感到难过了——为他们俩感到难过。

"这是我的错。晚安。"

门开了，透出一角灯光，一个女孩的声音问道："谁呀？"施塔尔抬头望去。

---

① 日落大道（Sunset Boulevard），从洛杉矶市中心自东往西一直通到海边，中间穿过西好莱坞明星集聚的比弗利山。

正是她——屋里的灯光映出了她的脸庞、形体和微笑。那是明娜的脸——那仿佛闪着磷光的晶莹剔透的肌肤，那曲线温和而坚毅无比的嘴唇——还有那洋溢周身，迷倒了一代人的勾魂摄魄的欢乐气息。

如同前一天晚上一样，他的心一下子蹦到了嗓子眼，只不过这一次，他的心久久地停留在那里落不下去。

"哦，是埃德娜啊，不能请你进来，"那女孩说，"我在大扫除，屋子里到处是氨水味。"

埃德娜笑了起来，笑声放肆而响亮。"我想他想见的是你，凯瑟琳。"她说。

施塔尔和凯瑟琳的目光相遇，纠结在一起。顷刻之间他们就深深地爱上了，那热烈的程度空前绝后。他们的目光交织得比拥抱更为持久，比呼唤更为急切。

"他打电话给我的，"埃德娜说，"他大概以为——"

施塔尔打断了她，几步就来到灯光之中。

"恐怕我们在制片厂里失礼了，昨天晚上。"

可实际上他当时一句话也没说出口来。她细细地听他说着，毫无羞怯之意。生命之火在他们心里熊熊燃起——埃德娜好像被抛到了遥远的黑暗之中。

"你们没有失礼。"凯瑟琳说，一阵凉风撩起了她额头上的棕黄色鬓发，"我们去那里没什么正事儿。"

"我希望你们俩，"施塔尔说，"有机会去制片厂里转转。"

"你是什么人啊？大人物吗？"

"他是明娜·戴维斯的丈夫，他是制片人，"埃德娜说，好像是在开一个天大的玩笑,"——他刚才跟我可一句这样的话都没说过啊。我觉得他迷上你啦。"

"别胡说,埃德娜。"凯瑟琳连忙说。

埃德娜好像猛然意识到自己失礼了,便说:"给我打电话,行不?"说着便迈开大步朝公路上走去。但是她已经发现了他们的秘密——她在黑暗之中看到他们之间溅起了爱的火花。

"我记得你,"凯瑟琳对施塔尔说,"是你把我们从洪水里救出来的。"

该怎么说呢?另一个女的走了之后她更加不知所措了。只剩他们俩了,而以他们之间发生过的那点事为基础来交流,有点太站不住脚了。他们之间没有交点。他的世界似乎太遥远了——而除了那个佛头和这扇半开半掩的门,她根本就找不到台阶。

"你是爱尔兰人吧。"他说,试图给她搭一个台阶。

她点点头。

"我在伦敦住了好长时间——没想到你还能听得出来。"

黑暗之中,一辆公共汽车的一对粗野的绿眼睛在公路上飞快地爬了上来。他们沉默着,等车子开过去了才开口。

"你那位朋友埃德娜不喜欢我,"他说,"我想大概是因为制片人这个名头吧。"

"她也是刚刚搬到这里来的。她是个傻丫头,心地不坏的。我并不觉得你可怕啊。"

她打量了一下他的脸。跟所有人一样,她觉得他好像有点累——随即她就忘掉了这个,因为他给人的印象是他是寒夜里的户外烤火盆。

"我想女孩子们都追着你求你让她们上电影吧。"

"她们没上成。"他说。

这是一种婉转的说法——他知道她们都还在那里等着,就在他门外,不过她们在那里待的时间太久,她们吵吵闹闹的声音就变得像马路上的喧嚣声一样了。不过他的地位依旧高高在上,胜过国王:国王只能封一个人做王后,而施塔尔却能造就许多王后,至少她们是这么认为的。

"我在想,这样一来你就会看破红尘了,"她说,"你不想把我拍到电影里去吗?"

"不想。"

"那就好。我不是当演员的料。以前在伦敦的时候有人到卡尔顿找过我,他要我去试镜,不过我考虑了一会,最后还是没去。"

他们几乎是一直一动不动地站在那里,就好像他很快就要走了,而她也要进屋去了。突然施塔尔笑了起来。

"我感觉就好像我的脚都已经迈进屋子里去了——就好像我是个收税员。"

她也笑了。

"很抱歉我不能请你到屋里坐。要不我去拿件外套我们在外面坐会行吗?"

"不啦。"他也弄不明白自己怎么觉得应该走了。他也许还会见到她——也许不会了。还是顺其自然吧。

"你到制片厂来吗?"他说,"我不能保证一定能带你去逛,但是如果你来，一定要通知我办公室一声。"

她眉心皱了一下，轻得像一根头发的影子一掠而过。

"我不能肯定，"她说，"但是我很感激。"

他觉得，不知什么原因，她不会去的——转眼之间她就从他身边悄然走开了。他们都感觉到，这一片刻的戏已经演完了。他必须走了，尽管他无处可去，而且什么也带不走。实际上，俗套一点说，他连她的电话号码也没有——甚至她姓什么也不知道；可这时候似乎也不可能去向她索要。

她跟他一起朝汽车走去，她那光彩夺目的美，她那未曾探索过的新奇感，一齐向他袭来；可当他们走出月下的树影时，他们之间却隔着一步的月光。

"就这样了？"他情不自禁地说。

他看到她脸上露出了遗憾——不过只见她嘴唇同时也微微翕动了一下，噘起的嘴唇不知是朝哪个方向微微一笑，恰似一幅通向某个密道的门帘放下一瞬然后又卷了起来。

"希望我们还会见面的。"她近乎礼节性地说。

"要是见不到了我会感到遗憾的。"

那一刻他们离得好远。可是当他开到下面一层车道转过弯来时，她却还站在那里，他挥了挥手朝前开去，他觉得喜滋滋、乐陶陶的。他感到高兴的是这个世界上毕竟还有角色分配部门无法衡量的美。

可是当他回到家里，当他的男管家用俄式茶壶给他沏茶的时候，一种莫名的孤独感油然而生。往日的伤痛又复发了，他觉得沉重而又快乐。他拿起两个脚本（这是他每天晚上必须看完的定额）中的第一本，随即他便在想象中把脚本上的文字一行接一行地搬到银幕之上，这时，他停了下来，心中想起了明娜。他向她解释说，其实这也不算什么，任何人都不可能长得跟她一模一样，他好遗憾。

施塔尔的一天大致就是这么过的。我不知道他病得怎么样，什么时候开始病的，等等，因为他对此守口如瓶，但是我知道他那个月晕倒过两次，因为父亲跟我说过。在餐厅里吃午饭的时候，艾格王子就成了我的消息权威，施塔尔就是在那里告诉他们他要拍一部亏本的片子的——考虑到他要应对的那些人，考虑到他持有大量股份和签过的分红合同，那的确是个惊人之举。

另外怀利·怀特也告诉了我许多事情，我相信他说的都是真的，因为他对施塔尔的感情是嫉妒中交织着仰慕，感受至深。至于我呢，那时候我从头顶到脚跟全身心地爱着他，你们可以相信我说的话句句属实。

第五章

一个星期之后,我怀着跟早晨一样清新的心情前去看他。我想大概是在那天吧;当怀利打来电话时,我已经穿上了骑马的服装,以便给他留下一个我从清晨开始就一直在晨露中骑马的印象。

"今天上午我打算让自己迷倒在施塔尔的车轮底下。"我说。

"这辆车怎么样?"他暗示我说,"这可是莫特·弗雷夏克卖出手的最好的一辆二手车哟。"

"我才不穿你的新娘婚纱呢,"我背书似的回答说,"你在东部是有老婆的。"

"她早已成为历史了,"他说,"你手上有一张王牌,西莉亚——你的自我评价。假如你不是帕特·布拉迪的女儿,你以为谁会看你一眼吗?"

我们可不像我们母亲那一代人一样对别人的辱骂逆来顺受。没什么的——同辈人的评价算不了什么。他们要你明智点,他们娶你就是为了你的钱,换了你也会对她们这样说。什么事情都简单多了。不是吗?

我们那时候经常这么说。

可是当我打开收音机,汽车随着《我的心跳像雷鸣》的节奏冲过月桂谷,我就不相信他说的是真话了。虽说我脸蛋太圆了点,我五官还是挺俊俏的,我的皮肤他们男人好像也喜欢抚摸,腿也长得挺好,而且我也用不着戴胸罩。我性格是不算甜美可人,可怀利算老几,轮得到他来指责我吗?

"你觉得我早上去找他不够明智吗?"我问。

"是啊。对这个加州最忙的人来说就是。他会感激不尽的。你干吗不在凌晨四点把他叫醒来呢?"

"说得很对。他晚上很累的。他白天一整天都在忙着东瞅西瞧的,有的长相还不错呢。我一大早就去,正好给他开辟一条新思路。"

"我不喜欢这样。没羞没臊的。"

"那你有什么好办法啊?说具体点。"

"我爱你,"他说的话连他自己都不大相信,"我爱的是你这个人,而不是你的钱财,尽管你很多。兴许你父亲还会让我当个监制呢。"

"我今年可能会嫁给最后一个入选'骷髅会'①的人,然后搬到南安普顿去住。"

我转了一下调谐器,在收音机里收到了《遗失》和《迷茫》这两首歌——那一年出了些好歌,音乐的质量又有所改善了。我年轻的时候,在大萧条时期,音乐可没这么火热,而且最感人的还是二十年代

---

① "骷髅会"(Skull and Bones,俗称 Bones),耶鲁大学的一个学生社团组织,成立于 1832 年,每年春季从四年级学生中选拔 15 人入会,负责管理校友会财产等。

的那些曲子，比如本尼·古德曼①演奏的《蓝蓝的天》和保罗·惠特曼②的《一天结束的时候》。那时候只有乐队演奏的曲子好听。但是现在我几乎什么东西都喜欢听，唯一不喜欢的就是父亲唱的那首《小姑娘，你忙了一天》，他试图制造出一种渲染父女之情的氛围。

《迷茫》和《遗失》不合我当时的心情，于是我又调台，收到了《看那俏模样》，那歌词正是我喜欢的那种。当我们开过山麓小山丘时，我回头望了一眼——空气真清澈啊，就连两英里之外日落山上的树叶都看得清清楚楚。有时候真让你喜出望外——仅仅因为空气，无遮无拦，纤尘不染的空气。

"看那俏模样，一见就欢喜。"我跟着唱了起来。

"你准备唱给施塔尔听吗？"怀利说，"如果是，插一句进去，夸夸我是个好监制。"

"哦，这是我和施塔尔单独会面，"我说，"他会看着我暗暗地想，'我以前怎么就一直没有见到过她呢？'"

"今年我们不用这句台词了。"他说。

"——那么他就会说'是小塞西莉亚啊'，就像他在发生地震的那天晚上说的那样。他会说他还从没注意到我已经出落得是个大姑娘了。"

"你什么也不用做。"

"我就站在那里花儿一样地开。等他像你吻孩子一样地吻过我

---

① 本尼·古德曼（Benny Goodman，1909—1986），美国著名爵士乐指挥，擅长单簧管，有"爵士摇滚乐之王"的美称。

② 保罗·惠特曼（Paul Whitman，1890—1967），美国著名乐队指挥，有"爵士乐之王"之称。

之后——"

"这些我全都写进脚本里了呢,"怀利抱怨说,"明天我就要交给他看了。"

"——他会坐下来,双手捂着脸,说他从来没有想到过我会出落成这般模样。"

"你的意思是说就在接吻的当儿,你已经快马加鞭了?"

"我花儿一样地开,我告诉过你了。你还要我跟你说多少遍我花儿一样地开啊?"

"这段子听起来有点让我起鸡皮疙瘩了,"怀利说,"到这里打住怎么样——我今天上午还有活要干呢。"

"接着他还说,他好像早就心有此意要如此这般的。"

"真是三句不离本行。到底是制片商的血脉。"他装着发起抖来,"如果把这样的血输到我身上那我会讨厌死。"

"接着他说——"

"他的那些个台词我一清二楚,"怀利说,"我想知道的是你自己怎么说。"

"这时有人进来了。"我继续说。

"于是你从遴选演员的沙发上一跃而起,赶紧弄平你裙子上的皱褶。①"

"你是不是想要我在这里下车走着回家啊?"

我们已经来到比弗利山庄,此时在高耸入云的夏威夷松树的映衬

---

① 暗指演员为了获得饰演某一角色的机会而向制片人出卖色相。

之下显得美轮美奂。好莱坞是一个区域划分十分清晰的地方，上至总裁、董事，下至住平房的技术人员，再到底层的群众演员，一眼望去你就能准确地看出哪种经济条件的人住在哪一个区域。这一带是总裁们住的区域，一片非常奢华之地。这里不像弗吉尼亚或者新罕布什尔那些极为朴实的村庄一样浪漫，但今天早上看上去却还是令人赏心悦目的。

"他们问我如何知道，"收音机里唱道，"——我真爱的人儿对我也真心。"

我心里是一团热火，眼睛里的一切都是一团烟雾，但是我估计我成败的机会大概是对半开。就好比我会径直朝他走过去，有可能我会就这样走过去了，也有可能我会在他嘴上吻一下——然后在离他一尺之遥的地方停下脚步，淡然而勾魂摄魄地道一声"你好"。

后来我还真那么做了——不过事情当然不像我预想的那样：施塔尔那双迷人的黑眼睛注视着我的眼睛，他看穿了——我绝对肯定——我的所有心思——所以他没有半点尴尬。我就这样一动不动地站在那里，我想有个把钟头吧，而他也只是抽动了几下嘴角，双手插在口袋里。

"你今晚跟我一起去参加舞会好吗？"我问。

"什么舞会？"

"大使家里举办的剧作家舞会。"

"哦，对的。"他想了想，"我不能陪你去。我晚一点有可能会去吧。我们在格伦代尔有一场新片预映。"

这一切跟你事先计划的真是差之千里啊。他坐下之后，我走过去

109

把头凑在他的两部电话机之间,就像是摆在他桌上的一件玩意儿,我望着他;他的黑眼睛也望着我,眼睛里除了亲切什么都没有。有的时候女孩子是不费吹灰之力就能弄到手的,可男人却通常不知道。此时我唯一塞进他脑袋里的只有这么一句:

"你为什么不嫁人啊,塞西莉亚?"

也许他又想搬出罗比来,试图给我们做媒了。

"我要怎么做才能让一个有趣的男人对我产生兴趣呢?"我问他。

"告诉他你爱上他了。"

"我应该去追他吗?"

"应该。"他微笑着说。

"我不知道。不该是你的东西,追也白追。"

"我要娶你,"他出其不意地说,"我寂寞得要死了。不过我年纪大了,人也累了,承担不起任何东西了。"

我绕过桌子站到他身边。

"那就承担起我吧。"

他抬起头吃惊地望着我,头一次明白我是情真意切的。

"哦,不行。"他几乎是痛苦不堪地看了我片刻,"电影才是我心中的姑娘。我没有多少时间——"他随即纠正说,"我是说没有任何时间。"

"你不会爱上我的。"

"不是那样的,"他说——这话正如我想象到的,但又有点不同,"我从来没有朝那方面想过你,塞西莉亚。我认识你太久了。有人跟我说过你会嫁给怀利·怀特。"

"可是你呢——没一点反应。"

"不对，我有的。我正准备跟你说这个事呢。等他把酒戒了以后过两年再说吧。"

"我压根儿就没考虑这个事，门罗。"

我们把话扯开了，我就像在白日做梦一般，突然有人闯进来了——不过我非常肯定施塔尔一定揿过某个暗钮。

我会永远将那个时刻铭记在心，就在我感觉到杜兰小姐手拿记事本站在我身后的那一刻，童年时代结束了，从书报中剪出偶像照片的时代结束了。我眼睛里看见的不是施塔尔，而是我一遍又一遍剪出来的他的照片：那双炯炯有神的眼睛里扑闪着一份来不及捕捉的老练和体贴，那宽阔的额头里蕴含着成千上万的布局谋篇；那张年轻的脸上显示着内心的老成，因此，虽然表面上没有因忧虑和烦恼而生的皱纹，却留下了苦行禁欲的印记，就好像在默默地承受着内心的斗争——或者常年的病痛。在我看来，这张脸比西起科罗纳多东到德尔蒙特[①]的那些晒成玫瑰色的脸更漂亮。他就是我的明星照，这一点就像贴在我读书期间那只旧衣箱的内壁上一般确切无疑。我就是这样跟怀利·怀特说的，当一个姑娘把她心中的最爱告诉她第二喜欢的男人时——就说明她恋爱了。

早在施塔尔来到舞会上之前，我就已经注意到那个女孩了。她不算漂亮女孩，因为在洛杉矶是没有什么漂亮女孩的——一个女孩时也许可以算漂亮，一打女孩在一起就只能算合唱队了。也还算不上职业

[①] 科罗纳多在加利福尼亚州，德尔蒙特在宾夕法尼亚州，此处指全美国。

美女——职业美女是要替每一个人呼吸的，最后男人只好跑到外面去呼吸了。不过是个女孩而已，皮肤像拉斐尔画上的角落里的天使，她那做派使你不忍回过头去多看一眼，看她是不是披上了什么伪装。

我注意到了她，随后就把她忘了。她坐在后排的梁柱后面，她那桌出彩的人物是个略有名气但已过气的影星，那影星想引人注目，赚点人气，便站起身来不停地跟一些稻草人似的男人跳舞。这让我想起了我第一次参加舞会时那丢人现眼的情形，当时母亲让我一曲接一曲地跟同一个男孩跳舞，以便让我一直处在聚光灯下。那位半吊子影星想跟我们桌的几个人搭话，可我们正聊得起劲，她根本插不进话来。

从我们的角度看来，他们这些人都各有所需。

"别人都指望你及时行乐，"怀利说，"——就跟过去一样。当他们看到你一动不动时，他们就泄气了。这满屋子勇敢的愁容就是这么来的——保住他们自尊的唯一办法就是效法海明威小说中的人物。可是他们摆出一副凄凉的样子，心底里却在恨你，这你是知道的。"

他说得对——从一九三三年开始我就知道了，只有当有钱人单独聚在一起时才会觉得快乐。

我看到施塔尔来到了宽敞的台阶的最高处半明半暗的灯光之中，双手插在口袋里，在四处张望。时候已经不早了，灯光似乎也黯淡了一些，尽管灯光还是原来的灯光。歌舞表演已经结束了，台上只剩下一个背上贴着海报的男人，海报上写着：索尼娅·赫尼午夜将在好莱坞露天剧场表演热汤上滑冰。随着他的起舞，他背上的海报没那么滑稽可笑了。几年以前这一带还常有醉鬼出没。那位人老珠黄的女演员从舞伴的肩膀上望过去，希望找到他们的身影。我用眼睛跟随着她回到她的桌边——

——突然，我吃惊地发现，施塔尔正在跟另一个女孩说话。他们相视而笑，就好像一个新的世界从此开始了。

就在几分钟前，当施塔尔还站在台阶的顶端时，他并没有意料到会有这样的事情。"新片预映"让他感到失望，后来他又跟雅克·拉·波维兹在电影院门口吵了一架，这时他正在为此难过呢。他已经开步朝布拉迪那一桌走过去，就在此时却看到凯瑟琳独自坐在一张长长的白色桌子的正中央。

顷刻之间一切都改变了。当他朝她走去时，别人仿佛都在向后面退缩，最后都成了壁画中的人物；那张白色的桌子变得更长了，变成了一张祭台，女祭师就独自坐在台边。他体内的精力膨胀了起来，他隔着桌子久久地站立在那里，望着她，朝她微笑。

桌子周围的人徐徐后退——施塔尔和凯瑟琳开始起舞。

当她靠近过来时，他眼中那几个她的形象开始混淆起来；她此刻形如幻影。通常，一个女孩的头颅会使她显得真实，可这一次不是这样——当他们走进舞池里跳舞时施塔尔依旧觉得头晕目眩——他们跳到了舞池的最边缘处，一步跨进了一面镜子里，仿佛进入了另一个舞池中，跳舞的人们面孔熟悉，却又物是人非。来到这个新境界里他才开始说话，语调急促而急切。

"你叫什么名字？"

"凯瑟琳·穆尔。"

"凯瑟琳·穆尔。"他重复了一遍。

"我没有电话，如果你想问这个的话。"

"你什么时候到制片厂来？"

"那是不可能的。说真的。"

"为什么不可能？你结婚了？"

"没有。"

"你还没结婚？"

"没有，从没结过。但是以后也许会结的。"

"跟坐在桌边的某一个。"

"不是，"她笑了起来，"好奇心真强啊！"

嘴上虽然这么说，但她真的对他上心了。她的眼神在诱使他以令人难以置信的热烈开始一场罗曼蒂克的爱情。她好像也意识到了这一点，连忙惊慌地说：

"我得回去了。我答应过你跳完这一曲的。"

"我不想失去你。我们不能一起吃顿午饭或者晚饭吗？"

"那是不可能的。"可她脸上的表情却情不自禁，把嘴里说出来的话变成了"有这种可能吧。门是虚掩着的，如果你使劲推一把自然就开了。不过抓紧点——时不再来哟"。

"我得回去了。"她又大声说。接着她放下手臂，停住了舞步，嬉笑着看着他。

"跟你在一起我有点喘不上气来。"她说。

她一转身，提起拖曳的长裙，从那面镜子走了出去。施塔尔跟在后面，直到她在离桌子不远处停下脚步。

"谢谢你请我跳舞，"她说，"说真的，晚安。"

说完，她几乎是跑着走开了。

施塔尔来到他本应来的桌边，在咖啡夜总会的那些人士中坐了下来——他们来自华尔街、格兰德街、弗吉尼亚州落东县和俄国的敖德萨等地。这时他们正在兴高采烈地谈论着一匹快步如飞的宝马，这些人中马库斯先生当数最热烈的一个了。施塔尔心想，大概那些犹太人如今已经把马换作他们崇拜的图腾了吧——多少年来一直都是哥萨克人善骑马而犹太人善步行的啊。如今犹太人有马了，这让他们觉得自己特别有钱有势。施塔尔坐在那里假装听着，每当有人提到跟他相关的事情时他甚至还点头称是，可他的眼神一刻也没有离开过梁柱后面的那张桌子。假使这些事情都没有发生，假使甚至他没有因为那条银腰带而错认了那个姑娘，他会以为这是一场精心安排的骗局。但是她在躲闪这一点是毋庸置疑的。因为没过多久他又看见她在逃避——她在桌边朝他打了个哑语表示道别。她要走了，她要消失了。

"瞧啊，"怀利·怀特不怀好意地说，"灰姑娘要走了。就把舞鞋送到南百老汇大街八一二号的帝国鞋业公司去吧。"

施塔尔在楼上那个长长的穿堂里追上了她，几个中年妇女正坐在一个用绳子围起来的小隔间里，望着舞厅的入口。

"这都怪我不好吧？"他问。

"反正我要走了，随便了。"但她又几乎是充满怨恨地接着说，"听他们那口气就好像我是在跟威尔士亲王跳舞似的。他们全都瞪着我。有个人想给我画像，还有一个想明天跟我约会。"

"跟我的想法一模一样，"施塔尔文雅地说，"不过我比他更想见你。"

"那随便你了，"她不耐烦地说，"我离开英格兰的一个原因就是那里的男人总是自以为是。我原来还以为这里会有所不同。我都说过我不想见你了，还不够吗？"

"一般来说是的，"施塔尔表示同意，"请你相信我，我都快要从内心的挣扎中摆脱出来了。我觉得自己像个傻瓜。但我一定要再见你一次，跟你谈谈。"

"你没有理由要觉得像个傻瓜，"她说，"你太优秀了，不应该觉得像个傻瓜。但你应该实事求是地看待这个事情。"

"实事求是？"

"你为我而沉沦了——完全沉沦了。你把我装进你梦里去了。"

"我本来已经忘记你了的，"他宣称，"可是在我走进那扇门的那一瞬间又想起来了。"

"也许你已经费尽心思地把我忘记了吧。但是在我第一次见到你的时候起我就知道，你是喜欢我的那种人——"

她自己停了下来。在他们附近，从舞会上出来的一男一女正在道别："代我向她问好——告诉她我很爱她，"那女人说，"——爱你们两个——爱你们所有人——还有孩子。"施塔尔没法用这种腔调说话，可现在大家都用这种腔调说话。当他俩朝电梯走去时他想不出来该说什么好，只说了这么一句：

"我觉得你真的美如天仙。"

"哦，你承认了？"

"不是，我没有，"他又缩了回去，"我是说你的整个言行举止。你说的话——你走路的姿势——你此时此刻的模样儿——"他看到她软化了一点点,心中便升起了希望。"明天是星期天了,我常常星期天上班,但如果你对好莱坞有什么感兴趣的事,如果你想会会或者见见哪个人,就请你让我来安排吧。"

他们站在电梯旁边。电梯门开了,但她没有理会它。

"你很谦虚,"她说,"你总是在说要带我去参观制片厂,要带我去转转。你不是一直都是一个人待着吗?"

"明天我会觉得很孤单的。"

"哦,多可怜的人啊——我真想为他哭泣了。他完全可以让所有明星都来围着他蹦蹦跳跳,可他却看中了我。"

他笑了——他对这个人儿敞开了心扉。

电梯又来了,她示意要电梯等等她。

"我是个弱女子,"她说,"假使我明天去见你,你会让我清静吗?不,你不会的。你会把事情弄得更糟。这样不会有任何好处,只会添堵,所以我还是说声不,说声谢谢你。"

她进了电梯。施塔尔也跟着进去了;他们微笑着,随着电梯下降两个楼层来到了大厅,大厅里开着阡陌似的片片小店。在大厅的门口,只见一群人被警察挡在门外,门外人头攒动,伸头探脑地朝大厅里望来。凯瑟琳不禁颤抖了一下。

"我进来的时候他们那样子太奇怪了,"她说,"——就好像我不是名人也混进来让他们义愤填膺似的。"

"我知道还有另一个出口。"施塔尔说。

他们穿过一家杂货铺,顺着一条小弄堂,来到了停车场边清凉的加州夜色之中。此刻他觉得远离了舞会上的喧嚣,而她呢,也有

117

同感。

"以前许多拍电影的人都住在这一带,"他说,"约翰尼·巴里摩尔[1]和波拉·尼格丽[2]就住在那几幢平房里。康妮·塔尔梅齐[3]就住在那边那幢又高又窄的公寓房里。"

"现在没人住这里了吗?"

"制片厂都搬到乡下去了,"他说,"——那里以前都是乡下。不过,我以前在那边还有过一段快乐的时光呢。"

他没有说十年前他跟明娜和她母亲就住在马路对面的另一幢公寓房里。

"你多大了?"她突然问道。

"我记不得了。快三十五了吧,我想。"

"先前桌上的人都说你是青年才俊。"

"那要等我活到六十岁了,"他不以为然地说,"你明天会来见我的,对吧?"

"我会见你的,"她说,"到哪里?"

突然之间却找不到一个合适见面的地方了。她不愿意去别人家里参加聚会,不愿意去乡下,不愿意去游泳(虽然犹豫了一下),也不愿意去有名的饭店。看来讨她欢心还挺难的,不过他知道这里面肯定有原因。将来他总会弄明白的。他突然想到,她也许是某位名人的姊

---

[1] 约翰尼·巴里摩尔(John Barrymore,1882—1942),美国喜剧与电影明星,外貌俊朗,以饰演哈姆雷特等人物而著称。
[2] 波拉·尼格丽(Pola Negri,1897—1987),波兰喜剧与电影明星,成名于欧洲,后受邀来到好莱坞成为美国电影巨星和歌星,饰演有《西班牙舞女》等。
[3] 康妮·塔尔梅齐(Constance Talmadge,1898—1973),美国默片时代的影星,以在格里菲斯的《巴比伦》系列电影中的饰演而出名。

妹或者女儿，而那位名人又决意不让她露底。他提议他先来接她，然后他们一道做决定。

"那不成，"她说，"就在这儿怎么样？——老地方。"

他点点头，指了指他们头顶上的拱门。

他送她上了她自己的车——那车子要是出售，任何一位心地善良的老板都会愿意开出八十美元的价格——目送着它吱嘎吱嘎地开走了。那边门口传来一阵欢呼，一位当红人物出现了，施塔尔不知道该不该现身去道一声晚安。

接下来的故事由西莉亚亲口叙述。施塔尔终于回来了——当时大约是凌晨三点半，他邀请我跳舞。

"你还好吗？"他问我，就好像那天早上他一直没有见过我似的，"我被一个男人缠住了，聊了好久。"

这还是秘密呢——他把这件事看得很重的。

"我开车带他去兜了一会，"他若无其事地接着说道，"我还不知道好莱坞这一带变化有那么大呢。"

"有变化吗？"

"嗯，是的，"他说，"全变了。都认不出来了。我没法告诉你具体是哪些地方变了，但是真的全变了——一切都变了。就像是一座新城市了。"过了片刻他又夸大其词地说："我以前还真不知道竟然有这么大的变化。"

"那个男人是谁啊？"我试探着问。

"一个老朋友，"他含糊其辞地说，"一个我认识很久了的人。"

我早已叫怀利悄悄地去打探过她的来路。他走了过去,那位昨日影星激动地请他坐下。不,她也不知道那个女孩是谁——是某某某的朋友的朋友——甚至那个带她来的男人也不知道她是谁。

于是施塔尔和我随着格伦·米勒[①]优美的乐曲《我坐跷跷板》翩翩起舞。此时舞池里比较空,很好跳舞了,可心里有点孤独——比那个女孩没离开时更孤独。对我也好,对施塔尔也好,晚会的快乐已随她而去,也带走了我心如刀绞的痛楚——只留下这个空空荡荡,没有一点感情了的舞厅。现在什么都没了,我只是在跟一个心不在焉的男人跳着舞,他竟然还跟我说洛杉矶发生了多么翻天覆地的变化。

第二天下午,他们会面了,就像是陌生国度里的两个陌生人。昨夜已经消失了,那个跟他跳舞的女孩已经消失了。一顶玫瑰色与蓝色相间的神秘女帽,一袭轻薄的面纱,顺着晒台朝他走来,然后停下脚步,搜寻他那张脸。施塔尔的样子一样陌生,身穿一套褐色的西服,打着黑色的领带,与晚宴上穿着正装,或者与那天夜里他们第一次在黑暗中相遇时只见到的那张脸和那个声音相比,显得更加活脱脱的了。

他首先认出来,这就是前一天见过的那个人:脸的上面部分像明娜的,那么润泽,额角白如凝脂,淡黄色的鬈发是那么冰清玉洁。他恨不得伸出胳膊揽住她,用对待家人一般的亲密将她一把抱入怀中——她那颈项上的细软的绒毛,她那脊骨的形状,她那眼角,以及

[①] 格伦·米勒(Glenn Miller, 1904—1944),美国音乐家,作曲家,摇摆乐时代的领袖,名曲有《月光小夜曲》等。

她那呼吸的节奏——甚至她身上的衣服的质料,他都太熟悉了。

"你在这里等了一个通宵吗?"她说,那声音细得像耳语呢喃。

"我脚都没挪动过一下——身子都没晃动过一下。"

可那个问题仍没解决,老地方——实在没什么特别的地方好去。

"我喜欢喝茶,"她提示说,"——如果有哪个地方没人认识你的话。"

"这话说的,好像我们当中有谁名声不好似的。"

"不是吗?"她笑了起来。

"我们去海边吧,"施塔尔提议说,"那儿有个地方我去过一次,还被一头受过训练的海豹追着跑呢。"

"你觉得海豹会沏茶吗?"

"这个嘛——它受过训练啊。而且我觉得它不会说话的——我想它受过的训练还没这么发达。你到底想遮掩什么啊?"

过了片刻她淡淡地说:"也许是未来吧,"这口气好像什么都说到了,又好像什么都没说。

当他们开车离去时,她指了指她那辆停在停车场里的破旧汽车。

"你觉得停在这里安全吗?"

"我有点怀疑。我注意到这附近有一些蓄着黑胡子的外国人在贼头贼脑地晃悠。"

凯瑟琳吃惊地望着他。

"真的吗?"她看到他在微笑。"你说什么我都相信,"她说,"你这么温文尔雅的,我真不明白他们为什么都怕你。"她用赞赏的眼光打量着他——他的脸在下午艳阳的映照下显得愈发苍白,这使得她有点为他担忧。"你工作很辛苦吗?你真的经常星期天还上班?"

他回答了她感兴趣的问题——语气既不亲密也不敷衍。

"不是经常。以前我们有——有一幢房子,游泳池等什么都有——星期天大家都来玩。我以前打网球和游泳。现在不游泳了。"

"为什么不游?对你身体有好处的。我还以为所有美国人都游泳呢。"

"我的腿变得很细瘦了——几年前变的,这让我很难为情。以前我还做别的事情——兴趣广泛:我小时候打手球,有时候就在这地方打——以前有个球场的,后来被大水冲走了。"

"你身体挺结实的。"她一本正经地夸奖他说,言下之意是他虽然瘦了点,但风度还不错。

他摇了摇头,表示拒不认同。

"我最喜欢工作了,"他说,"我这份工作很合我的心意。"

"你以前也一直喜欢拍电影吗?"

"不是。我年轻的时候想当书记长——就是把所有东西都记在脑子里的那个人。"

她微微一笑。

"那就奇怪了。可你现在的位置比那个高多了啊。"

"不,我仍然是个书记长,"施塔尔说,"我就有这么点天赋,如果这还算得上天赋的话。只有到我当上书记长以后,我才发现谁都无法记得每一样东西在什么地方。而且我还发现你还得知道每一样东西为什么放在那个地方,以及放在那个地方是否放对了。他们把什么东西都往我这里扔,所以就把我办公室弄得很复杂了。很快我就掌管了所有的钥匙。如果我把钥匙还给他们,那么就会记不清哪把钥匙是开哪把锁的。"

他们停下车来等红灯,这时一个报童有气无力地冲他喊道:"米老鼠被谋杀啦!伦道夫·赫斯特[1]对中国宣战啦!"

"这份报纸我们得买一张。"她说。

他们继续开车,她扶正了一下帽子,整了整身上的衣服。她看到他在看着她,便微微笑了。

她既机警又镇定——当时这种品质是很难能可贵的。没精打采的人数不胜数——加利福尼亚遍地都是精疲力竭的亡命徒。那些神情紧张的年轻男女,魂还留在东部,人却在这里跟大气候进行着一场输定了的战斗。可是这里有个人所共知的秘密,那就是要在这里保持持久旺盛的精力是困难的——这个秘密施塔尔很少承认。不过他知道,从别的地方来的人会喷出一小股能量的清泉,但一会儿就喷完了。

此时他们俩已经非常友好。她没有做出任何的动作或者姿势来使她的美失去自持,使她花容失色。她的美都是那么恰到好处。他就像审视影片中的镜头一样审视着她。她不是劣等品,她不是含混不清,而是清清爽爽——这个词在他心里有着特殊的含义,意味着和谐、柔美和匀称,一句话,她"好看"。

他们来到了圣莫妮卡,那里有十余位电影明星的气势恢宏的豪宅,用围墙围着,盘踞在一个貌似科尼岛的地方的正中央。他们驶出山中,眼前天蓝蓝,海蓝蓝,一望无际;他们沿着海边继续行驶,一直开到时宽时窄的黄色沙滩在游泳的人们脚下消失的地方。

---

[1] 伦道夫·赫斯特(Randolph Hearst,1863—1951),美国报业巨头。

"我在这边建了一栋房子,"施塔尔说,"——从这里过去还有好远的。我也不知道我为什么要建。"

"也许是为我建的吧。"她说。

"也许是吧。"

"你连我长什么模样都还不知道就为我建一幢大房子,我觉得你这个做法太奇妙了。"

"不是很大。而且屋顶还没建呢。我不知道你想要什么样的屋顶。"

"我们不需要屋顶。别人告诉我说这里从来不下雨的。这里——"

她突然停了下来,他知道她想起了什么。

"都是些陈年往事了。"她说。

"是什么呢?"他追问道,"——另一幢没屋顶的房子?"

"对。另一幢没屋顶的房子。"

"你以前在那里过得快乐吗?"

"我跟一个男人住在一起,"她说,"住了很长很长的时间,太长了。人总是犯这种可怕的错误。我跟他一起住了很长时间,后来我想离开了,可他不肯让我走。他应该让我走的,可他就是不肯。所以最后我逃出来了。"

他在听着,掂量着,但没作出判断。那顶玫瑰色与蓝色相间的帽子下依旧面色不改。她大概二十五岁的模样。这个年龄她要是没有爱过和被爱过,那简直是虚度光阴了。

"我们关系太密切了,"她说,"我们本来可以要孩子了的——那样就把我们绊住了。可是房子没有屋顶就没法要孩子。"

很好，他总算对她有所了解了。这可不比昨天晚上絮絮叨叨个没完，就像在剧本讨论会上："我们对这个女孩一无所知。我们用不着知道得太多——可是我们总得有所了解啊。"她身后有一个影影绰绰的背景在铺展开来，比月光下的湿婆头像显得更为真实。

他们来到餐馆，那里挤满了前来度周末的汽车，令人不快。当他们走出汽车，一头受过训练的海豹似乎认出了施塔尔，冲他嘶叫起来。海豹的主人说它从来就不肯坐在汽车的后排座位上，总是要爬过来坐在前排。很显然，这个男人被这头海豹捆住了手脚，尽管他自己还没有承认这一点。

"我想看看你在建的房子，"凯瑟琳说，"我不想喝茶——喝茶是以前的事了。"

凯瑟琳喝了一瓶可乐，他们又朝前开了十英里，来到一片灿烂的阳光之中，阳光太耀眼，他便从一个储物箱里取出两副墨镜。他们又朝前开了五英里，拐进一个小海岬，便来到了施塔尔正在建设的房子前。

一股逆风从太阳方向吹来，卷起的浪涛撞击着礁石，溅起的水花飞到了汽车上，落到了岩石上。混凝土搅拌机、黄桑木料、施工用的石料全都堆放在海边，就像海景上的一道疤痕，就等星期天过去再来施工。他们绕到工地的前面，那里矗立着一些巨大的石头，那是用来建观景台的。

她望着屋子后面低矮的群山和晨光下微光闪烁的荒山，皱了一下眉头，施塔尔看在眼里——

"本来就没有的东西再怎么找也找不到的，"他乐呵呵地说，"你就设想你是站在一个上面画着地图的地球上吧——我还是个孩子的时候就一直想得到这么一个球。"

"我明白你的意思,"她过了片刻后说,"这么做的时候你就能感觉到地球的转动,对吧?"

他点点头。

"是的。否则的话一切都只是 manana①——等待着早晨或者等待着月亮。"

他们从脚手架下走进屋子里。其中一间用作主客厅的房间已经完工,甚至嵌入式的书架、窗帘杆和地板上准备用来安装电影放映机的活门都已经安装好了。让她吃惊的是,这间客厅外面的门廊里已经摆好了配好了靠垫的椅子和一张乒乓球桌。门廊外刚铺好草皮的草坪上还摆着一张乒乓球桌。

"上星期我已经在这里提前举行过一次午餐会了,"他承认道,"我叫人运了一些道具来———些草皮之类的东西。我想看看这地方感觉如何。"

她突然笑了起来。

"那不是真的草皮吗?"

"哦,是的——是真草皮。"

将要铺设的草坪外面挖了一个大坑,那是准备建游泳池的,此时里面正栖息着一群海鸥,海鸥一见到他们便飞了起来。

"你打算一直孤身一人住在这里吗?"她问他,"连那些跳舞的姑

---

① 西班牙文,意为"明天,未来"。

娘也不带到这里来?"

"很可能。我以前习惯造计划,现在不了。我觉得这里是个看脚本的好地方。制片厂才是我真正的家。"

"这正是我听人家说起的美国生意人的样子。"

他从她口吻里听出了一丝冥落之意。

"你做什么事情都是天生的,"他温和地说,"大约每隔一个月就会有人试图来改造我,告诉我当我将来老了不能工作时我的晚年会多么凄凉。可是事情没有这么简单。"

起风了。该走了,他从口袋里掏出车钥匙,心不在焉地抓在手里把钥匙晃得叮当响。这时一声清脆的电话铃声从对面的阳光下传来。

声音不是从屋子里传来的,他们围着花园来回奔跑,就像小孩子玩捉迷藏游戏似的——最后终于在网球场旁边一个放工具的工棚里找到了。那挂在墙上的电话机就好像是因为等得太久而恼火了似的,疑心重重地朝他们大声嚷叫。施塔尔犹豫了一下。

"我是不是该让这破玩意一直响下去?"

"我做不到。除非我能确定是谁打来的。"

"要么是找别人的,要么就是乱打的。"

他拿起了话筒。

"喂……从哪儿打来的长途?是,我就是施塔尔先生。"

他的态度明显地变了。十年都难得有几个人看到一次的情形让她看到了:施塔尔竟然毕恭毕敬了。这种变化没有半点造作,因为他经常装着毕恭毕敬,可这时的表情却使他一时间显得年轻了一点。

"是总裁。"他对她说,几乎舌头都僵硬了。

"你们公司的总裁?"

"不,是美国总统①。"

他尽力显得随意一点,这是为她着想,可他声音中却露出了心中的迫切。

"好的,那我等着,"他朝话筒里说,然后对凯瑟琳说,"我以前跟他通过话。"

她在一旁看着他。他朝她又是微笑又是使眼色,以此表明即使在他最需要全神贯注的时候,他也没有忘记她。

"喂。"过了一会儿他说,接着听着,然后又"喂"了一声,皱起了眉头。

"您声音能稍微大一点点吗?"他很客气地说,然后又说,"谁?……是谁啊?"

她看到他脸上露出了一股厌恶的神情。

"我不想跟他说话,"他说,"不!"

他朝凯瑟琳转过脸来。

"说出来你都不敢相信,竟然是头大猩猩。"

有人给他解释了好长时间,他只好等着;临了他重复说道:

"我不想跟它说话,路。我没有什么话会让大猩猩感兴趣的。"

他朝凯瑟琳招了招手,她凑拢过来时,他把话筒拿起来,以便让她听听那个古怪的呼吸声和嘶哑的嚎叫声。然后一个人的声音说:

"这个不是假话,门罗。它真的会说话,声音跟麦金利的像极

---

① "总裁"和"总统"在英文中为同一个词"president"。

了。霍勒斯·威克沙姆先生就在我旁边,他手里还拿着麦金利的照片呢——"

施塔尔耐心地听着。

"我们有过一头猩猩,"电话那头过了一会儿接着说道,"去年它还咬掉了约翰尼·吉尔伯特一块肉呢……好了,让它再跟你说两句。"

他一本正经地像跟一个孩子说话。

"你好啊,大猩猩。"

他脸色变了,转过头来对凯瑟琳说:

"它说'你好'。"

"问它叫什么名字。"凯瑟琳提示说。

"你好,大猩猩——妈呀,这算怎么回事啊!——你知道你自己叫什么名字吗?……它好像不知道自己叫什么名字……听着,路。我们不是在拍《金刚》那样的电影,而且《毛猿》里也没有猴子……当然,我敢肯定。对不起,路,再见。"

路把他惹得很不高兴,因为他原来以为真是总统,因而语气都变了,言行举止都变了。他觉得有点滑稽可笑,凯瑟琳觉得有点难为情,心里却更喜欢他了,这全都是因为那只大猩猩。

他们背对着夕阳,沿着海岸开始了回家的路。到他们离开的时候,这房子变得亲切了,似乎他们的来访给了它温暖——假如这个地方的如血夕阳像月亮熠熠生辉的表面上的那些人影一样是固定不变的,那么这夕阳就会驻留更久了。顺着弯弯的海滩回望过去,他们看到那尚未定型的房屋后面的天空已经透出了粉红色,而那凸显出来的一小块土地好像是个友善的岛屿，不无对来日良辰美景的美好期待。

过了马利布那些花里胡哨的小棚屋和捕鱼的驳船之后，他们又来到了人类的喧嚣之中，路边上车挤车，车堆车，海滩就像杂乱无章的蚂蚁窝，唯有海面上零星露出的黑色礁石还有点定型。

一路上只见从城里运来的货物越来越多——毛毯啊，席子啊，雨伞啊，炊具啊，装满衣服的网兜啊——在这片沙滩上囚徒们已经把束缚他们的枷锁悉数摆了出来。这片大海本可以归施塔尔所有的，如果他有那个愿望或者知道该如何管理的话——而其他人则只有在获得他的许可之后才能到人类世界里这个蛮荒而清凉的大水池里来打湿他们的脚尖与手指。

施塔尔将车驶离了海边的公路，进了一个山谷，上了一条山间公路，离开了喧嚷的人群。这座山已经成了城市的郊区。停下来加油时，他站在车边。

"我们都可以去吃晚餐了。"他几乎是渴望地说。

"你还有工作要去做呢。"

"没有——我没安排什么事情。我们可以一起吃晚饭吗？"

他知道她也没什么事情要做——晚上没有安排什么活动，也没什么特别的地方去。

她妥协了。

"你要不要去对面的杂货店里买点什么东西？"

他犹豫地望着那店子。

"你真的想去那里？"

"我喜欢在美国的杂货店里吃东西。这好像有点稀奇古怪。"

他们在高脚凳上坐下，一起喝着土豆汤，吃着热三明治。此情此景比他们之前做过的任何事情都显得更为亲密，而且他们都感受到了一种危险的孤独感，而且还感受到了对方心中的孤独。他们一起呼吸着店子里各种各样的气味，苦的、甜的、酸的都有；他们都觉得那个外面一层头发染过色里面一层却还是黑色的服务员有点神神秘秘；吃完之后他们的空盘子里留下了同样的静物——一根土豆条，一片泡菜和一个橄榄核。

街上已经黑了，当他们钻进车里，好像就没有任何东西朝他微笑了。

"非常感谢你。今天下午过得很愉快。"

这里离她家路程不远。他们感觉到车在开始爬山，汽车越来越大的噪音预示着这场戏的结尾已经开始了。随着汽车的爬升，山上的平房里亮起了灯——他也打开了车灯。施塔尔觉得胸口里沉沉的。

"我们再找时间出来吧。"

"不，"她连忙说，就好像她一直在等着他说这句话似的，"我会给你写信的。很抱歉我一直这样神神秘秘——你这么说真是恭维我了，因为我太喜欢你了。你应该尽量别工作得这么辛苦。你应该再找个人结婚。"

"哦，这话不该你说的，"他心有不甘，话就冒了出来，"今天我是和你在一起。这对你来说也许算不了什么——可对我来说很重要。我会让时间来证明给你看的。"

"我得走了。我真的有约会。我事先没告诉你。"

"这不是真话。不过不要紧。"

他跟她一起走到门边，站在那天夜里他曾经站立过的台阶上，而她则将手伸进包里找钥匙。

"你找到了吗？"

"找到了。"她说。

这时候她该进去了，可她想再看他一眼，于是她把头侧向左边，然后又侧向右边，想借着这最后一线黄昏记住他那张脸。她把头伸得太远，伸的时间太久，于是他的手很自然地伸过去触摸到了她的胳膊和肩膀，将她揽到了自己黑暗中的喉咙边。她闭上眼睛，觉得自己将钥匙边上的棱角紧紧握在手心里。她"啊"了一声，叹了一口气，接着，当他将她揽得更近，用下巴轻柔地摩挲着她的脸颊时，她又"啊"了一声。他们的脸上都只是露出了一丝淡淡的微笑，她还皱了一下眉头，随后，他们之间那一英寸的距离就消融在了黑暗之中。

他们松开之后，她又摇了摇头，但这摇头中好奇多于拒斥。事情就是这样发生了，起于你自己的过失，此刻回头看来，那又是哪个时刻呢？事情发生之后，每一刻，她越是想将自己从他们俩的关系中，从这个事情中摆脱出来，心中的压力就变得越发沉重，越发无计可施。他兴致盎然；她却心有怨气，可又不能责怪他，可她又无法与他一道兴致盎然，因为她败下阵来了。至少到目前是败下阵来了。她转念一想，假使她就此打住，败了就败了，转身就进屋去，那还是败了。这样还是于事无补。

"我没想到会这样的，"她说，"我绝没想到会这样的。"

"我可以进去吗？"

"哦，不——不可以。"

"那咱们就上车，开车去兜兜。"

她心中一阵释然，这话正合她心意——立即离开这个地方，这样就虽败犹成了，至少听上去如此——就好像她是在逃离作案现场一样。接着他们又上了车，车沿山而下，习习凉风吹在他们脸上，她徐徐地镇定了下来。这样一来他们之间就黑白分明了。

"我们回你海滨的房子里去吧。"她说。

"回那儿？"

"是的——回你那房子里去。咱们别说话。我只想兜风。"

当他们再次来到海滨时，天空阴暗了下来，到达圣莫妮卡时，一阵大雨倾盆而下。施塔尔将车停在路边，穿上雨衣，支起帆布车篷。"这样我们就有屋顶了。"他说。

挡风玻璃上的雨刷像老爷爷的座钟似的在温顺地刮得嚓嚓响。闷闷不乐的汽车纷纷离开湿漉漉的海滩，踏上了回城的路。再往前开，他们来到了一片浓雾之中——公路两边的路界都看不清了，前面朝他们驶来的车灯都好像是静止的，直到驶到他们跟前才看见一道强光一闪而过。

他们撇下了部分的心事，此刻在车上觉得轻松自在了。雾气从一道细缝里钻了进来，凯瑟琳静静地、缓缓地取下头上玫瑰色与蓝色相间的帽子，这使得他不由得定睛望着她；她将帽子放在后座上的一块帆布下。她甩了甩头，将头发抖落下来，见施塔尔正看着她时，她微微一笑。

只看得见那家养着训练过的海豹的餐馆有一丝灯光射向大海。施塔尔摇下车窗来查看路标,但过了几英里之后雾罩就散开了,再往前一点,一拐弯就通向他那幢房子了。此时一轮明月躲在云后忽隐忽现。海上天光未尽月光又升起了。

房子在昏暗之中显得小了一点,只看得见轮廓。他们发现门廊上的横梁上有水滴落下来,便摸索着穿过齐腰高的神秘障碍物,来到那唯一一间已经完工的房间里,锯木屑与湿木头的气味扑面而来。当他将她揽入怀中,半明半暗之中他们唯一看得见的就是对方的眼睛。不久他身上的雨衣便落到了地上。

"等一下。"她说。

她需要片刻的时间。她不知道这么做能有什么好处,尽管这并不妨碍她感到幸福和渴望,她需要片刻的时间来弄清楚这到底是怎么回事,来回想一下一小时前的事情是怎么发生的。她依偎在他怀中,像先前一样微微地摇着头,只不过比先前摇得更缓慢,而且眼神从没离开他的眼睛。接着她发现他在颤抖。

在此同时,他也发现了这一点,于是便松开了手臂。她立即用粗鲁和充满挑逗的口气跟他说起话来,将他的脸拽下来贴在自己脸上。接着,她奋力用膝盖将一样物件拽了下来,然后将它踢到了雨衣旁边,她一直保持着站立的姿态,用一条胳膊搂着他。此时他不再颤抖了,重新又搂住了她,同时,他们双双跪下,朝地上的雨衣移去……

事后他们一言不发地躺着,此时他心中充满了对她的柔情蜜意,把她紧紧地搂在怀里,竟然把她裙子上的接缝都扯裂了。这一细小的声音将他们带回了现实之中。

"我扶你起来吧。"说着他便拉起了她的手。

"别着急。我刚才正在想事情呢。"

她躺在黑暗之中,心里不着边际地想着他是一个多么聪明而不知疲倦的乖宝贝,可过了片刻她还是让他扶了起来……当她回到房间里时,里面已经亮起了一盏电灯。

"一个灯泡的照明系统,"他说,"要我把它熄了吗?"

"不用。这样很好。我想看看你。"

他们在窗台的木框上坐下,鞋跟贴着鞋跟。

"感觉你好远的。"她说。

"你也是。"

"你觉得奇怪吗?"

"奇怪什么?"

"奇怪我们又成了两个人了。你不是一直在想——在希望你能合二为一,然后你却发现你还是两个人吗?"

"我觉得离你很近的。"

"我觉得你也离我近。"她说。

"谢谢你。"

"是谢谢你。"

"你想要的就是这个吗?"她问,"我是说昨晚的事。"

"不是有意的。"

"我在想那是什么时候发生的,"她凝思说,"有一阵子你不想要,后来又有一阵子好像这世界上什么都阻挡不了你,于是就发生了。"

这话里有种经验之谈的味道，可让他奇怪的是，他更喜欢她了。在他的心目中，这就是用激情去重复而不是再现过去，这就对了，理应如此。

"我的确是个风骚娘们，"她顺着他的思路说，"这大概就是搞不懂埃德娜的原因吧。"

"埃德娜是谁？"

"就是你误认为是我的那个女孩。你还跟她打过电话的——她当时就住马路对面。现在已经搬到圣巴巴拉去了。"

"你是说她是鸡？"

"好像是。她去了你们管那叫皮条站的地方。"

"真有意思。"

"假如她是英国人，那我立马就能认出来了。可是她样子跟任何人都没什么两样啊。她是在离开之前才告诉我的。"

他看到她在瑟瑟发抖，便站起身来，将雨衣披在她肩膀上。他打开一个壁橱，只见一摞枕头和沙滩垫滚了出来掉在地上。里面还有一盒蜡烛，他在房间四周点上蜡烛，将电暖器插在原来插电灯泡的地方。

"埃德娜为什么怕我？"他突然问。

"因为你是制片人嘛。她，也许是她的某个朋友有过一段可怕的经历。另外，我觉得她简直蠢死了。"

"你是怎么认识她的？"

"她找上门来的。可能她以为我也是个沦落的姐妹吧。她似乎挺开心的。她一个劲地说'叫我埃德娜吧''请叫我埃德娜吧'，于是我最后就叫她埃德娜,还跟她交上了朋友。"

她从窗台上站了起来,让他在窗台上她坐和靠的地方垫上枕头。

"我能怎么着呢?"她说,"我是寄生虫。"

"不,你不是的。"他伸开双臂抱住她,"别动。暖和一下。"

他们安安静静地坐了好一会儿。

"我知道你当初为什么会喜欢我的,"她说,"埃德娜告诉过我。"

"她跟你说什么了?"

"说我长得像——明娜·戴维斯。好几个人跟我说过。"

他挪开了一下身体,点点头。

"这儿像,"说着,她用手拍了拍自己的颧骨,脸颊都有点变了形,"这儿,还有这儿。"

"是的,"施塔尔说,"非常奇怪,你的样子比她在银幕上的样子更像她本人。"

她站起身来,做了一个手势要他换个话题,就好像她害怕了似的。

"现在我暖和了。"她说。她走到壁橱前,朝里面瞅了瞅,然后穿着一件上面印着雪景似的水晶图案的小围裙回来了。她用挑剔的眼光四处察看了一遍。

"当然,我们才刚刚搬进来,"她说,"——好像屋里还有回声。"

她打开通向露台的门,搬进来两把藤椅,将它们擦干。他眼睛一眨不眨地望着她的一举一动,又有点害怕她身体哪个地方会出什么差错,失去了魔力。他见过女人试镜,眼看她们身上的美一分一秒地消退,就好像一尊可爱的雕塑开始移动脚步后,只剩下纸娃娃那样瘦骨

137

鳞峋的脚关节了。不过凯瑟琳依旧结结实实地矗立在她那双脚上——他所担心的弱不禁风毕竟只是一个幻觉。

"雨停了,"她说,"我来的那天也下雨。好大好大的雨——太讨厌了——像马拉尿似的。"

他哈哈大笑。

"你会喜欢的。尤其是如果你住到这里来的话。你会住到这里来吗?你那个秘密到底是什么?现在还不能告诉我吗?"

她摇了摇头。

"现在还不行——不值一提。"

"那么你过来。"

她走过去站在他身边,他将脸紧紧贴在那凉飕飕的围裙上。

"你累了。"她说着将手指伸进他的头发里。

"那个不会累的。"

"我不是说那个,"她连忙说,"我是说你这样工作下去会病倒的。"

"别像个老母亲似的。"他说。

做个风骚娘儿们吧,他心里想。他就是要打破他现在的生活模式。假如真如那两位医生所说的,他死期将至,那么他要停下来一会儿不做平时的施塔尔,而要像个没有礼物送人的人一样去追求自己的爱,像个无名小卒一样在黑黢黢的街上边晃悠边寻觅。

"你把我的围裙都解下来了。"她轻柔地说。

"是的。"

"海滩上该不会有人路过吧?要不要把蜡烛熄灭?"

"不,别熄蜡烛。"

事后,她半躺在一块白色的垫子上,仰着头朝他微笑。

"我觉得就像是半开的贝壳里的维纳斯[①]。"她说。

"你怎么想到那个了?"

"你看我啊——不像波提切利的画吗?"

"我不懂,"他笑着说,"你说像那就是像了。"

她打了个哈欠。

"今天过得太开心了。我好喜欢你。"

"你懂得很多,对吧?"

"你指什么?"

"哦,从你说的一些小事情就看得出来。也许还包括你说话的方式。"

她沉思起来。

"不多的,"她说,"我从没上过大学,假如你是指那个的话。不过我跟你提起过的那个人几乎无所不知,而且他很热情地教我。他为我制定了计划,安排我在巴黎大学听课,还去参观博物馆。我学了些皮毛。"

"他是做什么的?"

"算是个画家吧,可凶了。一言难尽。他要我读施宾格勒[②]——一切的一切都是为了这个目的。历史啊,哲学啊,和声啊,一切都是

[①] "半开的贝壳里的维纳斯"指下文意大利画家波提切利(Sandro Botticelli,1445—1510)的名画《维纳斯的诞生》中的画面。
[②] 奥斯瓦尔德·施宾格勒(Oswald Spengler,1880—1936),德国历史学家,对数学、科学、艺术等许多学科都有研究,以其《西方的没落》(1918—1922年出版)而著称。

为了让我读懂施宾格勒，可是我们还没开始读施宾格勒我就离开他了。到了最后，我想他舍不得让我走，主要就是因为这个原因。"

"施宾格勒是什么人？"

"我告诉你了，我们还没开始读呢，"她哈哈一笑，"现在我正在耐心地忘记那一切，因为我再也不大可能遇到他那样的人了。"

"哦，不过你不该忘记，"施塔尔吃惊地说，他对学问敬佩不已，大概是古老的犹太教留下的种族记忆吧，"你不该忘记。"

"搞得像小孩子似的。"

"你可以教给你小孩啊。"他说。

"能吗？"

"肯定能。我可以趁他们小的时候就教给他们。我想知道什么东西的时候，还得去问那些醉醺醺的作家。你可别扔掉了。"

"那好吧，"她说着便站了起来，"我会教给我的孩子们的。可是太无边无际了——你知道的东西越多，不懂的东西就越多，不停地有新东西来。那个人要不是又窝囊又傻的话，他还真能成为一个什么人物呢。"

"可你还是跟他恋爱了。"

"嗯，是啊——诚心诚意地。"她望着窗外，用手挡开灯光。"那边有灯光啊。我们去海滩吧。"

他兴奋得跳了起来，叫道："哎呀，我想那是银汉鱼！"

"什么？"

"正是今晚。所有报纸上都登着呢。"他冲出门外，她听到他开了车门。随即他拿着一张报纸回来了。

"在十点十六分。还有五分钟。"

"是月食还是什么?"

"非常准时出现的鱼,"他说,"把你的鞋子袜子脱了,快跟我来。"

夜空蓝莹莹的。当时正值快要落潮的时分,那些小银鱼正在海滩上随浪翻滚,等候十点十六分的到来。过了那个时间几秒钟之后,它们便随着潮水一齐涌了上来,在沙滩上啪嗒啪嗒地拍打着,施塔尔和凯瑟琳赤着脚从它们身上跨过去。一个黑人顺着海滩朝他们走来,一边像捡树枝似的,敏捷地将银汉鱼捡到两个桶里。鱼儿们三三两两,一个排一个连地游了过来,不停地在闯入者的大赤脚周围欢腾跳跃,根本不把它们放在眼里,跟弗朗西丝·德雷克爵士[①]将自己的姓氏牌钉在海滩上的大石头上时的情形一模一样。

"要是还有一只桶多好啊。"那黑人说着,休息了片刻。

"你是大老远赶过来的吧。"施塔尔说。

"我以前是去马利布的,可他们不喜欢啊,那些拍电影的家伙。"

一个浪打了过来,迫使他们退了回来,很快浪就退了,沙滩上又闹腾起来。

"不虚此行吧?"施塔尔问。

"我不这么看。我其实是想出来读读艾默生的书的。你读过吗?"

"读过,"凯瑟琳说,"一点点。"

"我把书都揣在衬衫里。我还带了玫瑰十字会的书,不过我都读

[①] 弗朗西丝·德雷克爵士(Sir Francis Drake, 1540—1596),英国航海家,曾率船队环球航行并击败西班牙无敌舰队,其船队于 1579 年到达美洲。

腻了。"

风稍微有点转向——远处的海浪更猛了,他们沿着泡沫翻涌的海边走着。

"你是做什么的?"那黑人问施塔尔。

"我是拍电影的。"

"哦,"过了片刻他接着说,"我从来不看电影。"

"为什么不看?"他大声问道。

"没什么益处。我也从不让我孩子去看。"

施塔尔望着他,凯瑟琳则保驾似的望着施塔尔。

"有些还是挺好的。"她说,此时正好海浪溅起水花;他没听见她说的话。她觉得她完全可以对他反唇相讥把这个话再说一遍,可这时他却满不在乎地看了她一眼。

"玫瑰十字会反对看电影吗?"施塔尔问。

"好像他们不知道电影拍了是干什么的。这个礼拜电影是为了这个事,下个礼拜又是为了别的事。"

唯一确定无疑的是那些小鱼儿。半个小时过去了,它们还在不停地涌过来。那黑人手上的两只桶都装满了,他终于离开了海滩朝公路走去,他没想到他已经震撼了一个行业。

施塔尔和凯瑟琳朝房子那边走了回去,她在寻思着怎么驱散他此时心里的阴霾。

"可怜的黑老头。"她说。

"什么?"

"你们不是管他们叫可怜的黑老头吗?"

"我们没给他们取过什么特别的外号。"过了片刻,他说,"他们有他们自己的电影。"

回到屋里,她在电暖器前穿上袜子和鞋子。

"我更喜欢加利福尼亚了,"她深思熟虑地说,"我想我是有点性饥渴了。"

"并不全是这样的,对吧?"

"你知道不是的。"

"跟你在一起的感觉真好。"

她一边站起来一边轻轻叹了口气,声音那么的轻,他根本没听到。

"现在我也不能失去你了,"他说,"我不知道你是怎么想我的,也不知道你是不是想过我。你很可能已经知道了,我的心已经进坟墓了——"他犹豫了一下,不知道这么说是不是正确,"——但你是我遇到过的最迷人的女人,我也不知道从什么时候起,我忍不住地要看着你。我到现在还拿不准你的眼睛究竟是什么颜色的,但是我觉得这个世界上再也没有谁的能比得上你这双眼睛——"

"别介!别介!"她笑着叫道,"你会害得我去照几个礼拜的镜子的。我的眼睛什么颜色都不是——它们就是用来看东西的,我也普通得不能再普通了。对一个英国女孩来说,我的牙齿倒是还算不错——"

"你的牙齿很漂亮。"

"可是我总不能举着蜡烛去照那些我在这里见到的女孩子啊——"

"你得了吧,"他说,"我说的是真心话,我不是信口开河的人。"

她一动不动地站了片刻，若有所思。她看了看他，接着又反思了一下自己，然后又看着他，再然后她懒得再去想了。

"我们得走了。"她说。

当他们踏上回家的路时，他们就像换了个人。今天他们在这海边公路上来回跑了四趟，每跑一趟这一对儿都有了一点不同。此刻好奇、忧伤和欲望都被抛到了他们身后；这是一次真正的回归——回归他们自己，回归他们过去与未来的一切以及曙光渐近的明天。在车上，他叫她挨近点坐，她照做了，可他们并不显得很亲近，因为如此一来你就得刻意显得越来越亲近。没有一成不变的事情。他原来准备叫她去他租的房子里跟他一起过夜的，话都到他舌头上了——可他觉得那样会显得他很孤单。当汽车爬上山坡驶向她屋前时，凯瑟琳在坐垫后面找什么东西。

"你丢什么东西了？"

"可能是丢了。"她边说边在黑暗中的手提包里摸索着。

"什么东西？"

"一个信封。"

"重要吗？"

"不重要。"

可是当他们来到她屋前施塔尔打开内灯时，她又取出坐垫查看了一遍。

"没关系的，"他们一边朝门边走去，她一边说，"你住的地方的确切地址是哪里啊？"

"就在贝尔莱。没门牌号码。"

"贝尔莱在哪里?"

"算是开发区吧,在圣莫妮卡附近。不过你最好打电话到制片厂来找我。"

"那好吧……晚安,施塔尔先生。"

"施塔尔先生。"他吃惊地重复了一遍。

"那么就说,晚安,施塔尔。这样好点了吧?"

他觉得自己被往外面推开了一把。

"随你吧。"他说。他不想让心中的那份傲气在言语之中表露出来。他不停地打量着她,学着她的样子摇了摇头,在心里说道:"我知道我身上发生了什么。"她叹了口气,然后钻进他的怀里,那一刻她又完全属于他了。趁还没横生出什么枝节,施塔尔在她耳边轻轻道了一声晚安,便转身朝汽车走去。

车盘山而下,他倾听着自己内心深处的声音,就好像哪位未知的音乐家谱写的雄浑、神奇而有力的乐曲即将第一次奏响。乐曲的主题即将呈现出来,不过由于曲作者常换常新,他无法立即辨认出来这就是主题。这主题会以各种形式呈现出来,比如下面色彩绚烂的林荫大道上汽车喇叭的轰鸣声,或者月亮这面蒙住了的鼓上的突突声,轻得几乎听不出来。他竭力倾听,他只知道乐曲已经开始奏响,他喜欢这新的乐章却又无法听懂。人对于能够完全掌握的东西是难以产生反应的——而这首乐曲却是新颖而又令人困惑的,令人无法听到中间就中断,然后从老曲子里拿一段来充数。

另外,跟这乐曲交织在一起在他心中挥之不去的还有另一样东西,那就是沙滩上那个黑人。他在家里等着施塔尔,还有那两桶银鱼,早上他还会去他的制片厂里等他。他曾经说过,他不让他的孩子们去听施塔尔编的那些故事。他这是偏见,是错误的,必须想个什么办法来向他证明这一点。必须用一部片子,用许多片子,用十年的片子来向他证明他错了。自从他说了那句话以来,施塔尔已经从他的制片计划里砍掉了四部——其中有一部是这个礼拜就要摄制的。从趣味的角度上说,它们都还算马马虎虎,但不管怎样他还是遵循了那个黑人的意见,发现这些马马虎虎的片子一文不值。此外他还将一部难拍的片子重新排入了计划之中,这片子他原本已经扔给了布拉迪、马库斯等一帮饿狼,以便自己能放手去做别的事情。由于那位黑人,他又将它救了回来。

当他开车来到门前时,门廊里的灯亮了,他的菲律宾用人走下台阶去帮他停车。在书房里,施塔尔看到有一长串的未接来电:

拉·波维兹

马库斯

哈洛

雷蒙德

费尔班克家

布拉迪

斯库拉斯

弗雷夏克

……

菲律宾用人拿着一封信进了房间。

"这是从车里掉下来的。"他说。

"谢谢,"施塔尔说,"我刚才还在找它。"

"您今晚还要忙片子吗,施塔尔先生?"

"不了,谢谢。你可以去睡了。"

令他吃惊的是,这封信上竟然写着"门罗·施塔尔阁下启"。他正准备将信打开——这时他突然想起她刚才还想找到这封信,大概是她想把信撤回去吧。假使她有电话,他就会在打开信之前在电话里征得她的允许了。他拿着信看了一会儿。信是在他们见面之前写的——想来有点蹊跷,不管里面写的是些什么,现在都已经失效了;他之所以对它感兴趣是因为它是对一份已经过去的心情的留念。

尽管如此,在未经她允许之前他是不会看这封信的。他将信放在一摞脚本旁边,坐下来,把最上面的一本脚本放在腿上。他为自己抵挡住了打开信的冲动而洋洋得意。这似乎证明他还没有"冲昏头脑"。他从没有为明娜而冲昏过头脑,即便是在初恋的那会儿——他们可是天造地设的绝配啊。她一直爱着他,而直到她死之前,尽管有千般不情愿和万般震惊,他的柔情蜜意才如火山爆发,似浪涛汹涌,原来他是那么的爱她。对明娜的爱令他悲痛欲绝——一想到她在另一个世界里形影相吊,他恨不得随她而去。

可是"君子好逑"从没有到过痴迷的程度——他兄弟就是因为追求女色(或者说是一个接一个地追求女色)而身败名裂的。可施塔尔呢,在他年轻的时候也曾有过那么一回,而且仅此一回——就像喝了一杯浓浓的酒。他的心思要留下来进行另一种冒险——那比接二连三地放纵感情寻欢作乐强多了。像许多杰出的男人一样,他生来是个铁石心肠。大概从十二岁开始吧,他就跟那些意志力超常的人一样具备了排斥一切的能力,一句"你瞧瞧:全乱了——一塌糊涂——全是谎话——骗人的——",他就把一切的一切全都扫到一边去了,他这种类型的人就是这样的;长大以后,这些人中的大多数都变成了狗杂种,而他却没有,他环顾了四周留下的一片荒凉,自言自语地说:"这样绝对不行。"于是他在这个大课堂里学会了宽容、仁慈、忍耐,甚至慈爱。

菲律宾男佣端进来一瓶水和几碗坚果与水果,然后道了晚安。施塔尔打开第一本脚本开始审阅起来。

他读了三个钟头——时不时地停下来,用脑子修改一下,而不是用铅笔。有时他抬起头来,一股并不是来自稿子里的莫名的暖意涌上心头,每一次他都要花片刻的时间来回味这种感觉。后来他才意识到那是因为凯瑟琳,于是他看了那封信一眼——有人写信来的感觉真好。

凌晨三点的时候他手背上的一根筋开始跳动起来,这提醒他该歇息了。在这夜阑时分,凯瑟琳其实离他挺远的——她的方方面面凝缩成了一份令人心悸的记忆留存在他心底,他们之间除了短短几小时的交往外还是陌生人。打开那封信来看看似乎最妥当不过了。

亲爱的施塔尔先生:

再过半个小时我就要如期地跟您去约会了。当我们说再见的时候我会把这封信给您的。写这封信是为了告诉您我很快就要结婚了,而且从今往后我再也不能跟您见面了。

我昨晚本该告诉您的,但这似乎跟您没有什么关系。而且,浪费这么一个美丽的下午来跟您聊这些事情,来看到您扫兴,似乎很傻。让这一切全都淡忘掉吧——从今天开始。到时候我会跟您讲许多事情,让您相信我不是任何人的奖品甘薯。(这个词是我刚学到的——从我的房东太太那里,她昨晚来过了,待了一个小时。她好像认为谁都不是任何人的奖品甘薯——您是例外。我想她是希望我把她的这个想法转告给您,所以如果可能的话请给她一份工作吧)

令我受宠若惊的是,一个见过那么多漂亮女人的人竟然——这句话我没法写完,但您明白我的意思的。如果我不马上动身去见您,我会迟到的。

祝万事如意

凯瑟琳·穆尔

施塔尔的第一感觉有点像害怕;他转念一想这封信已经过期失效了——她甚至还想过要把它撤回去。可是接着他又想起了她临了叫的那声"施塔尔先生",还有她问他要过地址——她很可能已经另外写了一封信来向他道别。信中的冷漠和后来发生的事情太不符合逻辑,这让他很是诧异。他又把信读了一遍,可还是看不出任何先兆。然而在房子前的时候她已经打定主意要到此为止,无视已经发生过的任何事情,刻意在心中回避那天下午她全心全意地把他装在心里的这个事实。可是现在,他连这一点也不敢相信了,当他在心里简要回顾过去,整个故事就开始像皮肤似的层层脱去。那汽车,那山冈,那女帽,以及这封信本身,就像他那幢房子石墙上的油毛毡,一件一件地随风飘逝。凯瑟琳走了,将她留在他记忆中的举手投足、她那轻轻晃动的脑瓜、她那结实而热烈的身体、她走在纷扰潮湿的沙滩上的脚丫统统装进了行囊。天已熹微,夜色淡去——风雨交加,有点萧瑟,将那些银鱼又冲回到大海里去了。仅仅过去了一天,而除了书案上的一沓脚本,已经什么都不剩了。

他朝楼上走去。走到第一段梯板上时明娜去世时的样子仿佛又一次出现在眼前,不管他有多么的留恋和痛苦,他一定要忘掉她,便一级一级地走上楼去。空荡荡的楼板朝他四周延伸出去——那些门后的房里却没有人睡。来到自己房间里,施塔尔摘下领带,解开鞋带,坐在床边。除了他想不起来的,所有的东西都已经清出去了;这时他想起来了,她的汽车还停在宾馆的停车场里。他设好闹钟,给自己六个小时的睡眠时间。

下面的故事由塞西莉亚讲述。故事讲到这里了,我觉得还是顺着我自己的思路讲下去最有趣,因为这是我一生中令我难堪的一段时间。而人们难以启齿的事情却往往是编故事的好素材。

我支使怀利去玛莎·多德坐的那一桌打听那个女孩是谁,他没有探出个究竟来,可这事情却突然成了我生活中最感兴趣的事。而且我猜想——果然不错——这也是玛莎·多德最感兴趣的。你桌子上坐着一位在我们这个小封建王国里得到王室的垂青可能会加冕为王后的姑娘——可我们竟然连她姓甚名谁都不知道!

我跟玛莎·多德只不过是照面之交,如果直截了当地去找她就未免太直白了,不过我周一的时候去了制片厂,顺便去拜访了简·梅洛妮。

简·梅洛妮是我的好朋友。我是像孩子看待家长一样看待她的。我知道她是编剧,但我从小到大都认为编剧和秘书是一回事,唯一不同的是编剧身上有一股鸡尾酒味,而且来吃饭更勤些。人家背地里议论她们时说的是同样的话——只有一种人除外,那就是从东部来的剧作家。这些人还是挺受尊敬的,如果他们待的时间不长的话——而如果他们长时间待下去,他们也就像其他编剧一样沦落为普通白领了。

简的办公室在"老编剧楼"里。每个电影厂里都有一幢这样的楼,一排默片时代留存下来的铁女架至今还回响着那些与世隔绝的雇佣文人与要饭编剧的无病呻吟。曾经有这么个故事,说一位新上任的制片人有一天下去检查,然后气冲冲地问总部说:

"这都是些什么人啊?"

"他们应该算是编剧吧。"

"我也觉得是。可是,我观看了他们十分钟,他们当中有两个连一行字都没写。"

简坐在打字机边,正准备停下来去吃午饭。我开门见山地跟她说我遇到情敌了。

"这是一匹黑马,"我说,"我甚至连她的名字都打听不到。"

"哦,"简说,"呃,也许我知道一点点她的情况。我听一个人说起过。"

她所说的人当然就是她的外甥内德·索林格,施塔尔办公室里的勤杂工。他是她的骄傲,也是她的希望。她送他上了纽约大学,当时他还是学校橄榄球队队员。后来在医学院就读的头一年,一个女孩拒绝了他,于是他便将一位女士的尸体上最隐私的部分割下来送给了那个女孩。别问我为什么。因为时运不济又遭人白眼,他便从社会的最底层开始,至今还在原地踏步。

"你知道什么情况?"

"事情发生在地震的那天晚上。她在外景场的湖里落水了,是他跳进了湖里救了他。有人跟我说她是从他阳台上跳下去的,还摔伤了胳膊。"

"她是什么人?"

"这个嘛,说来还挺好玩的——"

简的电话响了,她和乔·瑞蒙德在电话里聊了好久,我等得心烦意乱。他好像是想通过电话来试探她到底有多好,或者是打探她有没有写过电影剧本。而她因为自从格里菲斯发明特写镜头起就一直在剧组里而名声在外了!他说话的时候她默默地抱怨着,扭曲着身体,朝话筒里做鬼脸;她将话筒放在膝盖上,这样她听到的声音就很轻了——她一边还在跟我聊天。

"他这是在干吗——没约会的空当打发时间?……这些问题他每一个都问过我十遍了……全写在我交给他的备忘录里……"

接着又朝电话里说:

"就算这事告到门罗那里去了,那也不是我干的。我做事就要善始善终。"

她又痛苦地闭上眼睛。

"这会他正在分配角色……他在分配次要角色……他一会儿打算用巴迪·艾布森①……我的天,他真是没事干……这会儿他又在考虑沃尔特·达文波特②——他的意思是说唐纳德·克里斯普③……他正把一大本演员名册摊在膝盖上翻呢,我能听得见他翻书的声音……今天上午他可是个大忙人,施塔尔第二,老天爷在上,我在吃午饭前还得写两场戏呢。"

瑞蒙德总算说完了,或者是他那头有事打断了。一位服务员从餐厅里给简带来了午餐,还给我拿来了一瓶可乐——那个夏天我不吃午饭。简在打字机上写完一句才开始吃。有一天我来这里时她刚跟一个小伙子一道从《星期六晚报》里摘录好一个故事——人物之类的都得改掉。然后他们就开始编写,一句对一句的改写,当然啦,那些人物说的话——不管是滑稽可笑的,温文尔雅的还是英勇无畏的,听起来都很像现实生活中人们竭力表达的。我一直在想要看看把他们搬上银幕时的样子,可不知怎么的我还是错过了。

我发现她真是个可爱的廉价旧玩具。她每周赚三千美元,可她的几任丈夫都是酒鬼,还把她打得半死。可今天我要用她这个砂轮来磨磨我的斧头。

"你不知道她名字吗?"我追问道。

"哦——"简说,"那个啊,他后来不停地给她打电话,但他告诉

---

① 巴迪·艾布森(Buddy Ebson,1908—2003),美国演员,音乐家。
② 沃尔特·达文波特(Walter Davenport,1866—1949),美国演员,歌手。
③ 唐纳德·克里斯普(Donald Crisp,1880—1974),美国演员,导演,服装设计师。

凯蒂·杜兰说那个号码错了。"

"我想他已经找到她了,"我说,"你认识玛莎·多德吗?"

"可是那个小姑娘的运气难道还不够霉啊!"她惊叫道,口吻里带着习惯的演戏一般的同情。

"你明天能约她出来吃午饭吗?"

"哦,我觉得他吃的东西够多的了。有个墨西哥人……"

我解释说我的目的不是乐善好施。简答应配合。她给玛莎·多德打了电话。

第二天我们在比弗利褐色礼帽餐厅吃的午饭,餐厅生意清淡,少有的几个慕其菜肴而来的主顾也是一副恨不得横躺着进来的样子。午餐时分还算有几分生气,因为客人吃饭后的头五分钟会有几个女子出来表演,可是我们是一个没有热情的三人帮。我本来可以把我好奇的事情直言不讳地倒出来的。玛莎·多德是个乡里女孩,发生在她身上的事情她永远也不会弄得太明白,除了眼睛里无精打采的眼神之外没什么出彩的地方。她至今仍然相信她所体验到的人生就是现实,而人生就是漫长的等待。

"一九二八年,我住在一个漂亮的庄园里,"她告诉我们说,"足有二十英亩大,里面有个小高尔夫球场、一个游泳池,景色漂亮极了。整个春天我都屁颠屁颠地在雏菊丛中玩耍。"

吃完饭后我叫她过来玩,来见见父亲。这完全是因为"动机不纯"而悔过,挺令人羞愧。在好莱坞人是不会有不纯的动机的——那样会误事。每个人都明白,气候不饶人。动机不纯纯属浪费精神。

简把我们送到制片厂大门口然后分了手,她对我的怯弱胆小很是讨厌。玛莎在心里对她的职业已经鼓起了一点勇气——尽管勇气还不是很高,而只是一种掺杂着忧心的默认,因为她已经被冷落了七年了;我会向父亲鼎力举荐她的。他们从来没有替玛莎这样的人做过任何事情,而她们却曾经为他们带来过滚滚财源。他们任她们落入苦难之中,靠拼命干活来维持生计——假使将她们遣送到城外去反倒更仁慈一些。而那年夏天父亲为我感到格外骄傲,我得经常提醒他别老在别人面前说他是如何如何把我培养成一颗没有半点瑕疵的明珠的。还有本宁顿学院——哦,多么的绝伦啊!——我的上帝,说得我心都慌了。我对他说相当多天生的勤杂女工和女佣,尽管身上穿的是第五大道那些时髦商城里扔掉的破衣烂衫,仍然是品位不俗的;可父亲越说越激动,就好像他就是那个学院的毕业生。"你已经应有尽有啦。"他经常这样快乐地说。他所说的一切大概包括我在佛罗伦萨留学过两年,尽管时世艰险,我是学校里唯一保持着完璧之身的女生,以及我在马萨诸塞州的波士顿市初涉社交时如何被人追捧。我简直是优雅而古老的浮世贵族中名副其实的闭月羞花。

所以我知道他会答应给玛莎·多德做点什么的,当他走进他办公室时,我还在做着他能为牛仔约翰尼·斯旺森,伊夫琳·布伦特以及所有明日黄花做点什么的美梦。父亲是个有魅力,有同情心的人——只有我在纽约意外遇到他的那次除外。他作为我的父亲,身上的确有感人之处。不管怎么说他都是我父亲——为了我,这个世界上没有他不愿意做的事情。

外面的办公室里只看见罗斯玛丽·施米尔,她正在用波迪·彼得斯的电话通话。她朝我招招手,示意我请坐,但我满脑子想着我的计划，便叫玛莎自便，踩了一下罗斯玛丽桌子下的开门按钮，门一开我就径直朝里面走去。

"你父亲在开会呢，"罗斯玛丽叫道，"不是在开会，可我必须——"

她话还没说完我就已经进了门，穿过一个小门厅和另一扇门，我就看见父亲穿着衬衣，满头大汗，正在打开窗户。天是热了，可我没觉得有这么热，还以为他生病了。

"没有啊，我好好的，"他说，"什么事？"

我便跟他说了。我在他办公室里来回踱步，大谈起关于玛莎这类人的大道理来。他应该如何发挥她们的才能和保证她们的正常就业？他好像很热情地接受了我的观点，不停地点头表示同意，我觉得已经很久没有跟他走得这么近了。我走过去吻了一下他的脸颊。他浑身颤抖，身上湿透了。

"你是身体有恙吧，"我说，"要不就是有什么烦心事。"

"没有的，我挺好的。"

"那是怎么回事？"

"喔，是门罗那家伙，"他说，"这个讨厌的藤街[①]小祖宗啊！他没日没夜地烦死我了！"

"怎么回事啊？"我问道，一下子冷静了许多。

"哦，他就像个稳坐钓鱼台的牧师和拉比，指手画脚地说他要做这个做那个的。这会儿我没法跟你说——我都快被他逼疯了。你怎么

[①] 藤街（Vine Street），好莱坞街道名，近日落大道。

不说下去了？"

"我不想看见你气成这个样子。"

"接着说，跟你说了嘛！"我闻到了一股淡淡的酒味，可他是从来不喝酒的。

"去梳梳头发吧，"我说，"我想要你见见玛莎·多德。"

"在这儿见！那我会永远都甩不掉了。"

"那就去外面吧。你先去梳洗一下。换件衬衣。"

他夸张地做了一个无可奈何的姿势，便进了办公室里面的小盥洗室。办公室里很闷热，好像关门闭户了好长时间似的，也许就是因为这个让他生病了吧，于是我又打开了两扇窗。

"你先去吧，"父亲在关着门的卫生间里说，"我一会儿就到。"

"一定要对她好点，"我说，"不要像施舍。"

我这话就像是玛莎在替自己说的，这时不知从屋里什么地方传来一声又长又低沉的呻吟声。我吃了一惊——一下子蒙了，这声音不是从父亲那盥洗室里，也不是从外面，而是从我对面墙上的一个壁橱里传来的。我不知道我从哪里来的勇气，跑过去一把将门打开，父亲的秘书波迪·彼得斯赤条条地瘫了下来——就像电影里的尸体。随着她身体出来的还有一股令人窒息的浊气。她"啪"的一声侧着身体倒在地板上，一只手里抓着一些衣服，汗流浃背地躺在地板上——就在此时，父亲从卫生间里出来了，不用转身我就知道他是什么脸色，因为此前我已经让他这么吃惊过。

"把她盖起来，"我说着从沙发上抓起一块盖毯把她遮盖起来，"把她盖起来！"

我离开了办公室。我走出来时，罗斯玛丽·施米尔看到我的脸色，惊恐万分。自那以后我再也没有见过她和波迪·彼得斯。当玛莎和我走出去时，玛莎问："你怎么了，亲爱的？"见我一言不发，她又说，"你已经尽力了。可能来得不是时候吧。我来告诉你我打算怎么办吧。我要带你去见一个很好的英国女孩。你见过那天晚上跟施塔尔一起跳舞的那个女孩吗？"

就这样，虽然付出了搅进烦人的家事之中的代价，但我还是得到了想得到的东西。

对我们那次拜访我记得不太清楚。她不在家是原因之一。她家的纱门没有上锁，玛莎走了进去，嘴里一边亲切地叫着"凯瑟琳"。出现在我们面前的房间里陈设简单而整洁，像是旅馆；屋内布置着一些鲜花，不过不像是别人送的。此外玛莎还在饭桌上看到一张字条，上面写道："留下衣服[①]。出去找工作了。明日止。"

玛莎看了两遍，但字条似乎不是给施塔尔留的，我们等了五分钟。人不在家时家是非常安静的。倒不是说我希望他们在屋里蹦蹦跳跳，而是说我观察了这么久应该看出点有价值的东西来。真的非常安静。几乎是刻板，只有一只苍蝇占领着这个地方，对你视而不见，窗帘的一角被风吹得在飘。

"我搞不清楚找什么样的工作，"玛莎说，"上个礼拜天她跟施塔尔去了个什么地方。"

---

① 似应为"留下地址（address）"而非"留下衣服（dress）"。

可我现在已经没有兴趣了。在这儿待下去好像令人难受——身上流着制片人的血,我想起来都害怕。惊慌之中我连忙推着她来到了和煦的阳光之中。仍然不管用——我只觉得眼前漆黑,心中难受。我曾经为我的身体感到自豪——我一度认为它是那么匀称优美,它所做的一切事情都是合情合理的。随便走到哪里,包括教堂啊,办公室啊,神庙啊,哪里都见过人拥抱——可从不曾有人在工作日里将我赤条条地塞进墙上的一个洞里。

"如果你在杂货店里,"施塔尔说,"——正在抓药——"

"你是说在药店里吧?"博克斯利问。

"如果你在药店里,"施塔尔纠正说,"你正在给一位身患重病的家人取药——"

"很重?"博克斯利询问道。

"很重。这个时候不管窗外是什么东西吸引住了你的注意力,不管是什么让你分心了,使你移不开眼神,那很可能就是拍电影的好材料。"

"你是说窗外发生的谋杀案吧。"

"你说得对,"施塔尔微笑着说,"也可能是一只蜘蛛在窗玻璃上织网。"

"当然——我明白了。"

"我恐怕你还不大明白,博克斯利先生。你明白的是用你的表达方式,而不是用我们的。你把蜘蛛留给了你自己,而把谋杀甩给了我们。"

"我还是走人吧,"博克斯利说,"我对你们没一点用处。我在这儿都待了三个礼拜了,可我还是一事无成。我提了不少建议,可没人按我说的去写。"

"我要你留下来。你心里有点抵触电影,不喜欢这种讲故事的方式——"

"烦死人了,"博克斯利暴跳起来。"你别自以为是——"

他还是控制住了自己。他知道施塔尔是舵手,在这惊涛骇浪之中为他寻找机会——就像是在汪洋大海中顶风行驶,而那些人的议论就像逆风拍得船帆索具嘎吱嘎吱地响。或者说——有时似乎是这样的——他们就像在一座巨大的采石场——即便刚刚切割下来的大理石上也留下了古老建筑上的山花纹路,过去的印记是无法完全抹去的。

"我一直在希望你能推倒重来,"博克斯利说,"我是指这种大量生产的方式。"

"这就是方法问题,"施塔尔说,"凡事都得讲究一个讨厌的方法。我们正在拍一部鲁本斯①的传记——假使我要你画的是比利·布拉迪、我、盖里·库珀和马库斯之流的笨蛋富人,而你心里想的却是耶稣基督,你会怎么办?你不觉得你也有方法吗?我们的方法就是选取人们最喜欢的故事,将它乔装打扮一番,然后再还给观众。除此之外的东西就是味精。所以,你能不能给我们加点味精呢,博克斯利先生?"

博克斯利知道今晚他一准又会跟怀利·怀特一道坐在塔洛克酒吧

---

① 鲁本斯(Peter Paul Rubens,1577—1640),弗兰德斯画家,早期巴洛克艺术的代表人物,曾任宫廷画师,宗教是其一个重要主题。

里将施塔尔臭骂一顿的,不过前段时间他一直在读查恩伍德伯爵[①]的书,他已经认识到施塔尔是个跟林肯一样的领袖人物,正在许多战线上进行着旷日持久的战争;十年来他几乎是在单打独斗地推动电影事业大步向前,使"A级片"的内容进入了一个比舞台剧更宽广、更丰富的境界。要施塔尔去当艺术家,那就像要林肯去当将军一样,那肯定是庸人之见。

"跟我一道去拉·波维茨的办公室吧,"施塔尔说,"他们那里肯定需要味精的。"

在拉·波维茨的办公室,两个编剧、一个速记员和一个监制全都神情凝重地坐在烟雾缭绕的房间里一筹莫展,施塔尔三个小时前从这里离开时他们就是这个样子的。他一张接一张地打量他们的脸,却不见任何起色。拉·波维茨用充满敬畏的语气为他的挫败辩护起来。

"角色实在是太多了,门罗。"

施塔尔和蔼可亲地"嗯"了一声。

"这正是这部片子的主要思想。"

他从口袋里抓出一把零钱,望了望头上的吊灯,把一个二十五美分的硬币往上面一扔,叮当一声落在灯碗里。他看了一眼手中的硬币然后挑了一个。

拉·波维茨愁眉苦脸地在一旁看着;他知道这是施塔尔最喜欢玩的把戏,他知道沙漏里的沙都快漏完了。此时此刻每个人都背对着他。突然,他将原来安安静静地放在桌子下面的双手掏了出来,高高

[①] 查恩伍德伯爵(Godfrey Rathbone Benson, 1st Baron Charnwood, 1864—1945),英国作家,学者和自由派政治家,著有《林肯传》《罗斯福传》等。

地朝空中一抛，简直像是要从他的手腕上飞了出去——就在硬币往下落时他干净利落地将它们全部接住。这样一来他感觉好多了。一切都在他的掌握之中。

一位编剧也掏出一些硬币来，接着大伙定下了规则。"掷硬币时硬币必须从灯链的孔里穿过，而且不许碰到链子。这样掷进灯里的算头钱。"

大伙玩了半个小时——只有坐在一边忙着写稿子的博克斯利和帮大家记分的速记员没有参加。速记员算出了四个男人投掷硬币的时间，折算出投掷的总金额为一千六百美元。最后，拉·波维茨以五点五美元的优势获胜，然后一位清洁工搬来梯子将灯里的硬币取出来。

博克斯利突然开腔了。

"你们把什么东西都往火鸡肚子里塞。"他说。

"什么！"

"这简直不是电影。"

大家目瞪口呆地望着他。施塔尔则在一边偷着笑。

"这么说我们这里来了一个真正的电影人啦！"拉·波维茨惊叫道。

"许多对话写得很漂亮，"博克斯利直言不讳地说，"但是缺少了情景。你们要知道，这毕竟不是小说。而且太长了。我没法确切地把心里的感受说出来，可就是觉得有点不对头。看完之后让我觉得冷冷的。"

他接受了三个礼拜的训导，这会儿他要投桃报李了。施塔尔转过身去，用眼角的余光望了望其他人。

"我们需要的不是角色少一些，"博克斯利说，"我们需要的是多一些角色。在我看来，这才是中心思想。"

"是这个意思啊。"编剧们说。

"不错——是这个意思。"拉·波维茨说。

博克斯利见引发了大家的关注，心中颇受鼓舞。

"让每一个角色都从别人的角度来审视自己，"他说，"警察正要逮捕小偷时，突然发现那小偷竟然长着一副跟他一模一样的脸。我的意思是说，要用这种方法来表现。你们将这种方法称为'设身处地'也无妨。"

他们立即重新开始工作——他们一个接一个地采纳了这个主题，就像爵士乐队里的乐手们随着音乐起舞，而且写得神速。也许他们到了明天就会把这个办法抛弃，但至少此时此刻他们恢复了生机。掷硬币的游戏和博克斯利的新方法起到了同样大的作用。施塔尔又一次营造出了良好的氛围——但他从不自认为是一个左右他人的主宰者，而是在感觉上、在行动上，有时甚至是在表情上，都像是一个将大家组织起来演个节目的小男孩。

施塔尔从他们身边走了，走过博克斯利身边时拍了拍他肩膀——悄悄表示赞赏——他不想其他人拉帮结伙来对付他，让他那股精气神一时三刻就垮了。

贝尔医生在他里面那间办公室里等候。他身边站着一个黑人，还有一台像只巨大的手提箱的便携式心电仪。施塔尔管它叫测谎仪。施塔尔脱去上身的衣服，每周一次的检查便开始了。

"你这段时间感觉如何?"

"哦——跟平时一样。"施塔尔说。

"工作辛苦不?睡眠好吗?"

"不算好——五个小时左右。如果我上床早了,就躺在那里睡不着。"

"吃点安眠药吧。"

"吃了那黄色药片我就头痛。"

"那就吃两片红色的。"

"那是睡魔王。"

"那就一样的服一片——先服黄色的。"

"那好吧——我试试看。你过得好吗?"

"这么说吧——我自己照顾自己,门罗。自己拯救自己。"

"骗鬼去吧——有时候你通宵不睡。"

"然后我第二天就睡一整天啊。"

过了十分钟,贝尔说:

"看上去还不错。血压升高了五个点。"

"不错,"施塔尔说,"挺不错的,对吧?"

"不错。今晚我把心电图冲洗出来。你什么时候跟我一起去医院?"

"哦,到时候吧,"施塔尔轻快地说,"过六个礼拜以后事情就不会这么多了的。"

贝尔用打心眼里喜欢的眼神望着他,三年来这种喜欢与日俱增。

"你三十三岁那年卧床休息一段时间后身体还挺好的,"他说,

"尽管只休息了三个礼拜。"

"我会休息的。"

他才不会呢,贝尔心里想。几年以前,在明娜的协助下他曾强行要施塔尔短暂地休息过几次,最近一段时间他在四处打探,想找到施塔尔心中那个最亲密的朋友。谁能令他心驰神往,让他忘记工作呢?几乎可以肯定那是没用的。他过不了多久就会死了。绝对不会超过六个月的。冲洗心电图还有何用?像施塔尔这样的人你没法劝他停下手中的工作,劝他在床上躺六个月仰望天空。他宁肯死。尽管嘴上不是这么说的,但是他话里的意思肯定有一种像以前一样生命不息工作不止的冲动。疲劳既是良药也是毒药,施塔尔显然从疲倦得昏厥的工作中获得了某种近乎生理上的快感。这种情况他以前见过,这是生命力量的倒转,但他几乎没再采取任何措施来进行干预。他曾经治愈过一两个这样的病人——但仅仅留住了他们的躯壳,所以虽胜犹败。

"你要挺住啊。"他说。

他们相互看了一眼。施塔尔明白他的意思吗?大概明白吧。不过他不知道什么时候——他不知道还有多久。

"如果我自己挺得住,那我就别无所求了。"施塔尔说。

那个黑人已经将心电仪收拾停当。

"下周还是同一个时间?"

"好的,比尔,"施塔尔说,"再见。"

关上门之后,施塔尔打开了传话机。立即传来了杜兰小姐的声音。

"您认识一位叫凯瑟琳·穆尔的小姐吗?"

"你是什么意思?"他惊问。

"一位叫凯瑟琳·穆尔的小姐正在线上。她说是您要她打过来的。"

"哟,我的天啊!"他惊叫道。气愤与欣喜的激流交织在一起,立即传遍了他全身。已经过去五天了——依旧根本无法忘怀。

"她现在还在线上吗?"

"是的。"

"哦,那接过来吧。"

她的声音一会就传到了耳边。

"你结婚了吗?"他用低沉而阴郁的声音问。

"没,还没有。"

他脑海中隐约浮现出了她的音容笑貌——当他坐下来时,她就好像站在他桌前,倾着身子,眼睛瞪着眼睛。

"你是怎么想的?"他用同样愠怒的语气问道。用这种语气是难以谈话的。

"你已经找到那封信了吧?"她问。

"是的。那天晚上它自己冒出来了。"

"我打电话来就是要跟你说这个事。"

他的脾气终于上来了——他怒了。

"那还有什么好谈的?"他质问道。

"我本打算另外给你写一封的,可是没写成。"

"这个我也知道。"

一阵沉默。

"喂,高兴点!"她出其不意地说,"这话听起来不像是你说的。

你是施塔尔，对吗？是那个和蔼可亲的施塔尔先生吗？"

"我觉得有点生气，"他近乎自负地说，"我看不出来打这个电话还有什么意思。我以前至少对你还有一份美好的回忆。"

"我不相信这是你，"她说，"接下来你要祝我好运了。"她突然大笑起来，"你是成心要这么说吗？我知道，如果你成心要说什么话，那是很可怕的——"

"我从没料到还会跟你有什么联系。"他一本正经地说；可还是没用，她又笑了——女人的这种笑声就像个孩子的，只有一个单音，一声欢呼，一声快乐的叫喊。

"你知道你给我的感觉是什么吗？"她问道，"就像伦敦闹毛毛虫灾时，有一天，一只热乎乎、毛茸茸的东西落在我嘴里。"

"对不起。"

"哦，你振作点，"她央求道，"我想见你。有些事情电话里说不清。我也不是闹着玩的，你明白的。"

"我很忙。今晚在格伦代尔还有一场新片预映要参加。"

"这是在邀请我吗？"

"英国作家乔治·博克斯利要跟我一起去。"他嘴里说出来的话却吓了自己一跳，"你想一起去吗？"

"那我们怎么说话啊？"

她想了想。"那放完之后你给我打电话不行吗？"她提示说，"我们可以开车去兜风。"

坐在传话机那庞然大物旁边的杜兰小姐试图将一位摄影导演的电话接进来——这是唯一一次他允许别人打断他打电话。他迅速地撅了一下按钮，不耐烦地朝那机器说了一声"等会儿"。

"十一点左右怎么样？"凯瑟琳自信地说。

"兜风"这个想法似乎不是那么明智，假如他想得出什么托词来拒绝她的话他会说出来，可是他不想做那条讨厌的毛毛虫。突然之间，他心中的火气全消了，只觉得至少这一天过得挺完整。他度过了一个完整的夜晚——有开头，有中间，也有结尾。

他轻轻敲了敲纱门，听到她在里面应了一声，便站在露台下坡处等候。下面传来割草机的嗡嗡声——一个男子在半夜里给他的草坪割草。月光将四周照得通明，那人在下面一百尺开外的地方，施塔尔也能看得清清楚楚，只见他停了下来，先是把手搁在扶手上歇了一会，然后就推着机器出了他家花园。外面仲夏的夜空中充满了躁动——八月初会发生草率的恋情和冲动的犯罪。夏天已经来日无多，人便会焦躁不安地抓住现在及时行乐——假如没有行乐的机会，那就创造一个。

她终于出来了。她像换了个人似的，兴高采烈。她身着裙装，当他们朝停在下面的汽车走去时，她一直用手提着裙摆，那副勇敢、快乐、兴奋、毫不在乎的神态让人想起了那句歌词："系好安全带，宝贝，走嘞！"施塔尔开来了他那辆带司机的豪华大轿车，汽车在黑暗中飞快驶过一个弯道，车内的亲切感立即将一切陌生感一扫而尽。就旅程本身而言，这次短暂的旅程是他一生中度过的最美好的时光之一。假如他知道自己行将去世，这样的快乐时光肯定不会降临在今夜。

她将自己的身世告诉了他。她冷静而光彩照人地在他身边坐了一会，然后便兴奋地诉说起自己的往事来，带着他随同自己造访遥远的地方，会见和结识自己认识的人。起初这个人生故事还有点模糊。她将她爱过并且一起生活过的那个人称为"这个男人"，将那个在流沙中救了她命的人称作"这个美国人"。

"他是什么人——这个美国人？"

喔，名字啊——名字有什么关系呢？他不是施塔尔这样的大人物，也不富有。他以前在伦敦住过，现在准备就在这附近住下来。她会做一个好妻子，一个真正的人。现在他正在办离婚——不全是因为她——但这却把事情耽误了。

"但是第一个男人呢？"施塔尔问，"你是怎么陷进去的？"

呃，一开始那还算是福气。从十六岁到二十一岁，吃饭问题是头等大事。有一天，她继母带她出庭，为了不饿得发晕，只好用口袋里唯一的一个先令买了吃的。每人买六便士，可是她继母只在一旁看着她吃。几个月后，继母死了，她本想去把自己卖了换回那个先令的，可她实在没有力气上街。伦敦真难熬啊——唉，真难熬！

没有任何人相助吗？

爱尔兰的朋友送过黄油。在一个施粥所里喝过稀粥。去过一个叔父家，她刚填饱肚子他就想占她便宜，她死活不从，以告诉他妻子为要挟从他那里弄到了五十英镑。

"你不能工作吗？"施塔尔问。

"我工作过。汽车销售。有一次我卖掉过一辆。"

"可是你就不能找个稳定点的工作吗？"

"挺难的——那不一样。总觉得我这样的人是在挤掉别人的工作似的。有一次我在一个宾馆里做清理房间的女工，结果被一个女人揍了。"

"那你怎么被带到法庭上去了?"

"是我那位继母要我这么做的——去碰碰运气。我什么也不是。我父亲在一九二二年被爱尔兰皇家特警开枪打死了,当时我还是小孩子。他写过一本叫《最后的祝福》的书。你看过吗?"

"我不看书的。"

"我真希望你把它买下来拍成电影。那本小书挺不错的。我到现在还能拿到版税呢——每年十先令。"

后来她就遇到了"那个男人",他们一起周游世界。所有施塔尔拍过电影的地方她都去过,还有她生活过的一些城市,施塔尔连名字都没听说过。后来"那个男人"便开始不检点了,酗酒啊,跟女佣睡觉啊,还试图强逼她跟他那些朋友乱来。他们都劝她跟他待在一起。他们说她既然以前挽救过他,现在就应该待在他身边,永远不要分离。这是她的义务。他们给她带来了巨大的压力。可是后来她遇到了那个美国人,所以最终还是逃跑了。

"你早就应该逃的。"

"不过,你要知道,这挺难的。"她犹豫了,沉思起来,"你要知道,我是从一个国王身边逃走的。"

他心中的道德观念一下子坍塌了——她想方设法地压过他一头。各种想法杂乱无章地在他头脑中奔突——其中之一就是一个隐隐约约的旧观念,即所有王族都是不健康的。

"那不是英国国王,"她说,"正如他自己以前经常说的,我那位国王失业了。伦敦有各种各样的国王。"她笑了起来——然后她又几乎蔑视地说,"他是一个很迷人的人,后来却开始酗酒胡闹了。"

"他是什么国王啊?"

她便告诉了他——施塔尔在脑海中回忆起了以往新闻节目中出现过的他的形象。

"他是一个很有学问的人,"她说,"他能教各种各样的课程,不过他不大像国王。还不如你像。他们谁都没你像。"

这次轮到施塔尔笑了。

"你明白我的意思。他们都觉得太老派了。他们大多数人都拼着老命赶潮流。总会有人劝他们赶潮流的。比如说,有一个是工团主义者[1],当他参加网球锦标赛的半决赛时,他总是携带着两份锦标赛的剪报。那样的剪报我都见过十几次了。"

他们开着车穿过格里菲斯公园,经过博班可那些黑黢黢的制片厂,路过飞机场,掠过沿路夜总会那些五彩缤纷的霓虹灯,朝帕萨迪纳[2]驶去。尽管他在心里想要她,可天色已晚,就这样跟她兜兜风就已令他乐不自胜了。他们手牵着手,有时她还会依偎在他怀中说:"啊,你真是太好了,我好喜欢和你在一起。"不过她心有旁骛——今夜她不像那个星期天下午一样完全属于他。她的心思放在自己身上,兴奋而专注地讲述着自己的那些冒险经历;他不禁在想,自己听到的这些故事她原来是不是准备留着说给"那个美国人"听的。

"你跟那个美国人认识了多久?"他问。

---

[1] 工团主义者(syndicalist)是一种激进的政治派别,主张通过政治斗争、罢工等直接行动将工业和政府控制在工会手中。
[2] 帕萨迪纳(Pasadena),洛杉矶北部城市,为旅游胜地,以每年举办的玫瑰花车游行著称。

"喔,我认识他好几个月了。我们以前经常见面。我们相互理解。他经常说,'看来从现在起已经水到渠成了。'"

"那么你干吗还给我打电话呢?"

她犹豫了一下。

"我想再见见你。再说——他原来计划是今天到的,可昨晚他又发电报来说还要等一个星期。我想找个朋友聊聊——不管怎么说,你毕竟是我朋友嘛。"

此刻他非常想要她,不过他心中依旧保持着一份冷静,不停地在对自己说:她想知道我是不是爱上她了,我是不是想娶她。然后她就会考虑是不是把那个男人甩了。在我没有表态之前她是不会考虑的。

"你爱那个美国人吗?"他问。

"嗯,是的。这绝对是天意。他救了我的命,又救了我的理智。他为了我跑遍了半个世界。我坚信这就是天意。"

"但是你爱不爱他呢?"

"嗯,是的。我爱他的。"

这句"嗯,是的"告诉他,她并不爱他——告诉他,他可以为自己争取——她还会考虑。他将她揽入怀中,不慌不忙地亲吻着她的嘴唇,久久地拥抱着她。这拥抱真温暖。

"今晚不了。"她轻声说。

"好吧。"

他们走过刚装上高高的钢丝护栏的自杀桥[①]。

[①] 自杀桥,此处指帕萨迪纳的科罗拉多街桥,因常有人在此跳河自杀而得名。

"我知道这是怎么回事,"她说,"真愚蠢。英国人是不会因为没有实现自己的愿望就自杀的。"

他们来到一家旅馆前的路口处掉了头,开始往回走。那是一个漆黑的夜晚,没有月光。欲望之潮已经退去,两个人都沉默了片刻。她刚才说的那些关于国王的话奇怪地让他回想起了他十五岁那年在宾夕法尼亚州伊利市白光大街时的情景。那里有一家餐馆,橱窗里摆放着龙虾和绿色水草,一个贝壳状的小洞里射出耀眼的灯光,再往里面望去,红色的布帘后面人语与提琴声交织在一起,汇成一幅光怪陆离、神秘可怖的场面。那是他即将动身去纽约的前夕。眼前这个女孩让他想起了那个橱窗里的冰冻鲜鱼与龙虾。她是个漂亮洋娃娃。明娜从来都不是漂亮洋娃娃。

他们相互看着对方,她眼睛里在问:"我该不该嫁给那个美国人?"他没有回答。过了一会儿他说:

"我们去找个地方一起过周末吧。"

她考虑了一下。

"你是说明天吗?"

"算是吧。"

"呃,我明天会告诉你的。"她说。

"今晚就告诉我,我担心——"

"——担心在车里发现一张字条?"她大笑起来,"不会的,车里不会有字条的。你现在差不多什么都知道了。"

"差不多什么都知道?"

"是的,差不多。只有些小事情了。"

他倒是想知道是些什么事。明天她会告诉他的。他怀疑——他刻意要去怀疑——这里面是不是布下了玩弄女性的迷局,那个被称之为国王的男人竟然这么牢牢地、久久地将她迷住。三年来,他们之间的关系极不正常——一只脚踏在王宫里,另一只脚踏在现实中。"你必须多笑点,"她说,"我就学会了多笑。"

"他早就该娶了你的——就像娶辛普森夫人①一样。"施塔尔打抱不平地说。

"哦,他已经结婚了。而且他也不是浪漫的人。"她点到为止。

"那我是吗?"

"是的。"她不情愿地说,就好像她是在亮出自己的王牌似的,"你身上有些方面是的。你有三四个不同的侧面,但每个侧面都是坦荡荡的。跟所有美国人一样。"

"别这么毫无保留地相信美国人,"他微笑着说,"他们表面上是坦荡荡的,但他们变化起来也非常快。"

她显得有点忧心。

"是吗?"

"很快而且很突然,"他说,"而且什么也无法让他们回到过去。"

"你吓死我了。我向来以为跟美国人在一起是非常安全的。"

她好像一下子变得孤苦伶仃了,他便拉住了她的手。

"明天我们去哪里呢?"他说,"也许是去北面的山里。明天我有好多事情要做,可是我什么都不想做。我们可以凌晨四点出发,下去

---

① 沃利斯·辛普森(Wallis Simpson,1896—1986),威尔斯亲王爱德华的情妇,爱德华继任王位后为了与这位心爱的女人结婚不惜退位,婚后她被称为"温莎公爵夫人"。

就能到那里了。"

"我说不定。我心里好像有点犯糊涂了。这好像不大像一个到加利福尼亚来开始新生活的女孩子应有的做派。"

这时候他本来也应该这么说的,告诉她"这就是新生活",因为他知道这的确是新生活,他知道他现在无法让她离开;可是另一个他却在说,要像个大人,明天再说,别孟浪。明天再跟她说吧。她一直在望着他,她的眼神从他额头移到他下巴,然后又回到额头,然后再由上到下打量一遍,同时脑袋在奇怪地、缓缓地摇动着。

……你的机会来了,施塔尔。赶紧抓住啊。这女孩是你的。她能拯救你,她能让你忧心让你重回生活。她会需要你的呵护,让你因此而变得坚强。现在就拥有她——告诉她,带她走。你们俩还都不知道,昨天夜里那个在远方的美国人已经改变了计划。此时此刻,他乘坐的火车正在加速驶过阿尔伯克基;火车正点到达。火车司机很准时。明天早上他就会到达这里。

……司机开着车盘山而上来到凯瑟琳的屋前。即使在黑暗之中它也显得温馨——无论他曾经去过些什么地方,对施塔尔来说这个地方的一切都显得分外迷人:这辆豪华轿车,那幢在海滩上矗立起来的屋子,他们一起走过的盘行在这个城市里的这段路程。他们此时爬上来的这座山焕发出一种光彩,发出一种声音,不停地撞击着他欣悦的灵魂。

在他跟她说再见的时候他再次感觉到他不可能离开她,哪怕几个小时也不能。他们俩年龄差距只有十岁,可他觉得他对她的爱就像一个老之将至的男人对一个年轻女孩的爱一样疯狂。这是一种深沉而又时不我待的需要，就像一座时钟在他心里滴答滴答地响，催促他走出自己的全部生活逻辑，此刻就从她身边走进屋里对她说："现在就是永远。"

凯瑟琳等待着，自己心里也在彷徨——粉红色与银白色的冰霜在等待春天来融化。她是欧洲人，在权势面前是卑微的，可是内心中强烈的自尊心只允许她走到这一步了。她心中并不抱有撼动公子王孙的幻想。

"我们明天到山里去。"施塔尔说。成千上万的人仰仗他审慎的判断——然而你二十年来赖以为生的一种优良品质可能在顷刻之间就化为乌有。

第二天是礼拜六，上午他十分繁忙。下午两点当他吃完午餐回来时，有一沓的电报在等着他——公司一艘船在北极失踪了；一位明星出丑了；一位作家索赔百万美元。大洋彼岸犹太人惨死。最后一封电报令他目瞪口呆：

我已于今日中午结婚。再见。

电报背面的标签上写着：

回电由西部电信联盟转。

第六章

我对这些事情一无所知。我去了路易斯湖，回来以后也没去过制片厂。我想，假如不是施塔尔有一天打电话到家里找我的话，我可能在八月中旬就动身去东部了。

　　"我想请你帮我安排个事情，塞西莉亚——我想见一位共产党员。"

　　"见哪位？"我有点吃惊地问。

　　"哪位都行。"

　　"你那边不是多的是吗？"

　　"我是说他们的组织者——从纽约来的。"

　　去年夏天我全身心地投入了政治之中——就算安排他与哈里·布里奇斯①会面也是非常可能的。可是我回到学校后男友在一次车祸中身亡，我便跟这些事情断绝了联系。我听人说起过附近有个来自《新群

---

① 哈里·布里奇斯（Harry Bridges，1901—1990），美国劳工领袖，曾先后担任西海岸码头工人联合会主席、国际码头工人与仓库工人联合会主席等职，但并未加入共产党，只是支持其观点。

众》①杂志社的人。

"你能保证不染指他吗?"我开玩笑说。

"哦,那是,"施塔尔严肃地说,"我不会伤害他的。找个能聊得来的——要他带一本他写的书来。"

他那说话的口气就好像他要会见的是一位"拜我教"②的教徒。

"你想见金发女郎还是褐发女郎?"

"不,找个男的。"他连忙说。

听到施塔尔说话的声音让我乐了起来——自从我搅进了父亲的私事那潭深水以来,其他的一切都好像是浅水荡轻舟。施塔尔改变了与此类事情相关的一切——改变了我看待事情的角度,甚至改变了氛围。

"我觉得没必要让你父亲知道,"他说,"我们就假装这个人是保加利亚音乐家之类的人怎么样?"

"哦,他们现在不穿奇装异服了。"我说。

这次会面比我预想的要难安排——施塔尔与剧作家工会的谈判持续了一年多,眼看就要谈崩了。他们也许是怕受到腐蚀吧,就问我施塔尔的"立场"。后来施塔尔告诉我说,为了准备这次会面,他把家里所有关于俄国革命的电影都看了一遍。此外他还看了《卡里加里博士》③和萨尔瓦多·达利的《一条安达鲁狗》④,也许是他觉得这些影片

---

① 《新群众》(The New Masses),1926 年至 1948 年间发行的一本左翼杂志,观点激进。
② 拜我教(I am cult),1930 年左右由居伊·巴拉德(Guy Ballard)夫妇创建的一个神秘宗教组织,崇拜所谓"天赋能量"与财富,1938 年前后在美国极为盛行,至今仍有人信奉。
③ 《卡里加里博士》,全名为《卡里加里博士的小屋》(The Cabinet of Doctor Caligari),一部拍摄于 1920 年,由罗伯特·韦恩执导的表现主义默片,当时非常有影响力。
④ 《一条安达鲁狗》(Le Chien Andalou,1929),是一部由西班牙导演布努埃尔和萨尔瓦多合拍的超现实主义短片。

与这次会面有什么联系吧。二十年代拍摄的那些俄国电影令他震惊，根据怀利·怀特的建议，他还叫剧本部给他找到了两页"经过处理"的《共产党宣言》。

不过在这件事情上他的思想是密不透风的。他是个理性主义者，他的逻辑思维是不受书本影响的——他从一千年的犹太传统中爬出来，而且刚进入十八世纪晚期。他不能容忍眼看理性就这样灰飞烟灭——他心中充满着那种暴发户对想象中的辉煌历史的无限忠诚。

这次会面是在我称之为"锦皮斋"的房间里举行的——这是几年前斯隆公司的装潢设计师给我们装饰的六间房子之一，我灵机一动就取了这么个名字。这是一间装修得最具匠心的房间：晨曦般的安哥拉羊毛地毯，那灰色是人能想象出来的最精美的——精美得使你甚至不忍心踩上去；银色的镶板、皮套桌椅、乳白色的图画、精巧的玻璃器皿，看上去是那么的容易污损，来到这个房间里，我们甚至连粗气也不敢喘一口，然而，当窗户打开，微风吹得窗帘如诉如泣地飘起，从门外朝里面望去，这房间里是多么的美轮美奂啊。这是直接按照只有周末开放的老式美国客厅的式样改装的。不过用来举行这样的会谈这个房间最合适不过了，我希望无论会谈的结果如何都会赋予这个房间独特的格调，也使这种格调成为我们这幢房子的一部分。

施塔尔先到了。他脸色苍白，神情紧张不安——只有声音还是一如既往地温柔和体贴。他与人见面的方式果敢而富有个性——他会径直走到你跟前，如果有东西挡路就把它挪开，在这个过程中他就好像是情不自禁地了解了你。我找了个理由吻了他一下，然后就带他来到了锦皮斋。

"你什么时候回学校？"他问。

我们以前曾经谈起过这个令人心驰神往的话题。

"假如我长得矮一点点，你会喜欢我吗？"我问，"我可以穿低跟鞋，可以把头发朝下面压平点。"

"我们今天一起吃晚饭吧，"他建议道，"别人会把我当成你爸爸的，不过我不在意。"

"我就爱老男人，"我宽慰他说，"除非男人可以拄拐杖了，不然我会觉得那像是少男少女过家家。"

"你谈过很多次了吗？"

"蛮多的。"

"人都是在恋爱和失恋中度过的，对吧？"

"大约每三年一个轮回吧，范妮·布莱斯[①]说的。我在报纸上看到的。"

"我不知道他们是怎么做到的，"他说，"我知道这是真的，因为我亲眼看到了。可是他们每一次都显得那么真心实意。然后突然之间他们又不真心实意了。可接下来他们又真心实意了。"

"你拍电影拍得太多了。"

"我不知道他们到了第二次，第三次或者第四次恋爱的时候是不是还会真心恋爱。"他坚持说。

"每谈一次都会更真心，"我说，"最后一次最真心。"

---

① 范妮·布莱斯（Fanny Brice，1891—1951），美国著名喜剧演员、电影明星。

他想了一会儿，好像是同意了。

"大概是吧。最后一次最真心。"

我不喜欢他说这句话的那种口气，突然之间我看到他那平静的外表下饱含凄苦。

"讨厌死了，"他说，"这个事过去后会好点的。"

"别急嘛！也许是正确的片子到了错误的人手里。"

门房通报共产党员布里默到了，我踩着一块质地轻薄的小地毯，一个箭步就滑到了门前去迎接他，差点跟他撞了个满怀。

这位布里默是个相貌堂堂的男子——长相有点像斯宾塞·屈塞[①]，不过要刚毅一些，表情更丰富。当他与施塔尔相视一笑，握过手，摆好姿态，我突然想到，这两人算是我见过的人中最警觉的了。他们一见面就立即察觉到对方的分量——不过当两个人转过来跟我说话时，都对我极为彬彬有礼，连话锋也温婉了。

"你们那些人到底想做什么啊？"施塔尔质问道，"你们把我这里的年轻人都搞得心神不定了。"

"这样让他们提高觉悟了，对不对？"布里默说。

"起初我们让五六个俄国人来厂里学习，"施塔尔说，"把这里当作一个学习的样板，你明白的。可你们的人来这里破坏团结，生生地把一个样板毁了。"

"团结？"布里默重复说，"你说的就是所谓的企业精神？"

---

① 斯宾塞·屈塞（Spencer Tracy，1900—1967），美国电影演员，因其表演以含蓄自然著称，被誉为"演员中的演员"。奥斯卡历史上第一位连庄影帝。他和凯瑟琳·赫本是好莱坞最有名的银幕情侣，共同出演过9部电影。

"哦，不是那个，"施塔尔不耐烦地说，"你们好像是追着我来捣蛋。上个礼拜一个编剧走进我办公室———一个醉鬼———一个在这里晃荡了好几年，只差两步就进了疯人院的家伙——居然开始教我怎么做生意了。"

布里默微微一笑。

"我觉得你也不大像是个别人教得了的人，施塔尔先生。"

他们俩都想喝杯茶。当我回到房间时施塔尔正在给他讲华纳兄弟的趣事，布里默则跟着他哈哈大笑。

"我再给你讲个故事吧，"施塔尔说，"俄国舞蹈家巴兰钦[①]把他们两兄弟跟里茨兄弟[②]搞混了。他搞不清哪几个兄弟是他的徒弟，哪几个兄弟是他老板。可是他到处嚷嚷，'这帮华纳兄弟跳舞简直没法教。'"

那天下午看起来静悄悄的。布里默问他，那些制片人为什么不支持反纳粹联盟。

"因为你们这帮人，"施塔尔说，"你们就是这样去骚扰那些作家的。从长远眼光来看你们是在浪费自己的时间。作家都是孩子——即使在正常时间他们都不能把心思集中到工作上去。"

"他们是这个行当里的农夫，"布里默乐呵呵地说，"他们种出了粮食，却不能去宴会上享用。作家对制片人的感情就像农夫对城里人一样充满怨恨。"

[①] 乔治·巴兰钦（George Balanchine，1904—1983），俄裔美籍舞蹈家，纽约市芭蕾舞团的创立者之一，对20世纪芭蕾舞的发展产生过重大影响。
[②] 里茨兄弟（The Ritz Brothers），美国喜剧电影表演小组，由艾尔（Al）、吉姆（Jim）和哈里（Hary）三人组成，活跃于1925年至1960年之间。

我当时正在想着施塔尔和他那个女孩的事——不知道他们是否完全结束了。后来，凯瑟琳冒雨站在一条叫古德温大道的破破烂烂的马路上，把事情的来龙去脉都告诉了我，我想那大概是在她给他发电报的一个星期之后吧。她发那个电报也是万不得已。那个男人出其不意地从火车上下来，就带着她径直去了婚姻登记处，压根儿就没怀疑过婚姻正是她求之不得的。当时是早上八点，凯瑟琳心中一片茫然，大部分心思都在想着如何把电报发给施塔尔。在理论上你可以停下来说："听着，我忘记告诉你了，我遇到了别的男人。"可是这条道路已经铺设得如此完好，心中如此信心满满，经历了如此多的努力，如此的如释重负，这样一路走来，如要突然改走另一条道路，她发现自己就犹如一节挂在车头上的车厢。那男人看着她写的电报，隔着桌子直盯着她写的，她真希望他倒着看不认识那些文字……

当我的思绪回到这房间里，他们已经将那些可怜的编剧数落得体无完肤——就连布里默也承认他们"不安分"。

"我有过那种经历。"

"我不得不说，'唯其如此，别无他法'——哪怕是你自己也拿不准。这种情况我每周都会遇到十几次。出现这种情况是没有任何真实原因的。你装作有原因。"

"所有做领导的都有这种感觉，"布里默说，"工会领导如此，军队领导当然也是。"

"所以在编剧工会这件事情上，我得表明态度。我觉得这就是一种权力斗争，而我将要做的就是多给编剧们钱。"

"你给其中一部分人的钱太少了。一周才三十美元。"

"谁拿那么点啊?"施塔尔惊问。

"那些被当作商品,轻而易举就被别人顶替的。"

"不是在我厂里。"施塔尔说。

"哦,在的,"布里默说,"你们短片部有两个人,每周只拿到三十块。"

"谁?"

"一个叫兰塞姆——一个叫奥布赖恩。"

施塔尔和我一起笑了。

"这两个人不是编剧,"施塔尔说,"他们是塞西莉亚爸爸的表兄弟。"

"其他制片厂里有的。"布里默说。

施塔尔拿起茶匙,从一个小瓶子里给自己倒了点药。

"什么叫工贼?"他突然问。

"'工贼'?就是那种破坏罢工的人,或者在公司里的卧底。"

"我想也是,"施塔尔说,"我手下有个周薪一千五的编剧,他每次从餐厅里走过时都会在其他编剧坐的椅子后面念叨'工贼!'如若不把他们吓得魂都飞了,那就怪了。"

布里默哈哈大笑。

"我倒是想瞧瞧。"他说。

"你跟我一起到那里去过一天试试怎么样?"

布里默真的被逗得哈哈笑了。

"不了,施塔尔先生。不过我一点不怀疑那会给我留下深刻印象。我听说你是整个西部工作最勤奋、效率最高的人。有机会看到你工作是我的荣耀,不过我恐怕去不了。"

施塔尔看了看我。

"我喜欢你这位朋友,"他说,"他有点疯狂,但我喜欢他。"他仔细地打量着布里默说,"西部出生的吗?"

"哦,是的。好几代了。"

"他们很多人都跟你一样吧?"

"我父亲是浸礼教牧师。"

"我是说他们很多人都是左派吧。我想见见那个想轰掉福特汽车厂的大个子犹太人。他叫什么来着——"

"弗兰肯斯汀[①]。"

"正是这个人。我想你们有些人相信他的话吧。"

"相当多。"布里默硬生生地说。

"你不信。"施塔尔说。

布里默的脸上掠过一丝不快的阴霾。

"哦,信的。"他说。

"不,不信,"施塔尔说,"也许你以前信过。"

布里默耸了耸肩膀。

"也许是靴子穿错了脚,"他说,"在你的心底里呢,施塔尔先生,你知道我是对的。"

"不,"施塔尔说,"我觉得那是一堆废话。"

"——你在暗暗地想,'他说得对,'但你又觉得这个旧制度会比

[①] 理查德·弗兰肯斯汀(Richard Frankensteen,1907—1977),美国汽车工业工人联合会首任主席。

你这辈子还长久。"

"你并不真的认为你们会推翻政府。"

"是的,施塔尔先生。不过我们认为你们也许会的。"

他们这样相互攻击着——就像男人有时用针刺去捣别人一下。女人也会这么做的,不过女人是群起攻之,不依不饶。可是看到男人这么斗让人心生不快,因为谁都不知道接下来会发生什么。当然对我而言,这样的争斗并没有给这间房子增光添彩,于是我便领着他们从落地窗出来,来到了金光灿灿的加州花园中。

当时正值仲夏,但从喷水龙头里喷出来的丝丝活水将草坪浇灌得像春天般绿莹莹的。我能看到布里默看着草坪时眼中露出一股惊叹的神色——他们都是这样的表情。他来到户外显得更高了——比我原来以为的还要高几英寸,肩膀也更宽。他摘下眼镜时的样子让我觉得他有几分像"超人"。我觉得他作为男人是很有魅力的,只不过他这种男人是不会在乎女人的。我们打了一场乒乓球循环赛,他球拍运得很活溜。我听见父亲进屋了,嘴里唱着那首讨厌的《小姑娘,你又忙了一天》,后来又突然停了下来,好像他突然记起来我们俩已经不说话了。六点半了——我的汽车停在房前的车道上,于是我便建议我们一起去特洛卡德罗餐馆吃晚饭。

布里默的神色有点像以前在纽约的时候的那位奥奈伊神父,那时候他经常竖着衣领,跟父亲和我一起去看俄罗斯芭蕾。他不大应该到这种地方来。当摄影师伯尼(他大概是在那里等着捕捉什么重大新闻吧)朝我们的桌子走来时,他显得手足无措——施塔尔便将他赶走了,而我心里却想得到那张照片。

接着，令我吃惊的事情发生了，施塔尔一杯接一杯连喝了三杯鸡尾酒。

"现在我知道你失恋了。"我说。

"你凭什么这么认为呢，塞西莉亚？"

"凭鸡尾酒。"

"哦，我从来不喝酒的，塞西莉亚。我消化不良——我从不喝得醉醺醺的。"

我数给他看。"一杯——两杯——三杯。"

"我没想到这个。我以前是滴酒不沾的。我还以为出了什么事呢。"

他眼里闪过一丝呆滞的目光，随即就消失了。

"这是我一个礼拜以来第一次喝酒，"布里默说，"我以前在海军里时是喝酒的。"

那种眼神又回到了施塔尔的眼中——他呆呆地朝我使着眼色说：

"这个在街上搭台演说的杂种竟然还在海军里干过呢。"

布里默听了这句话一时不知如何反应是好。显然他决定今晚忍着点，因为他一笑置之了，我看到施塔尔也微笑了。我看到这场争吵以伟大的美国传统方式安全地收场了，心中如释重负；我试图掌握住这次谈话，可是施塔尔却好像猛然恢复了过来。

"说说我个人的经验吧，"他非常简明扼要地对布里默说，"好莱坞有一位最佳导演——我从不干涉这个人的工作的，他有这样一个癖好，喜欢在每一部电影里插进一个同性恋故事，或者诸如此类的东西。这事挺恶心的。他就像打水印似的深深印在了每一部电影里，我没法去掉。他每拍一部电影，道德联盟①的紧箍就会收紧一圈，中规中矩的电影就要牺牲掉一些内容。"

"典型的机构难题。"布里默表示同意。

"挺典型的，"施塔尔说，"这是一场无休无止的斗争。所以现在这位导演就对我说，没关系，因为他有了导演行业工会，我不敢欺压穷人。你们就是这样给我添麻烦的。"

"这离我们有点太远了吧，"布里默微笑着说，"我认为我们不会在导演工会方面有什么大的举措。"

"导演们以前都跟我是朋友。"施塔尔自豪地说。

这话有点像爱德华七世吹嘘他在欧洲最上流的社会是如何的如鱼得水。

"可是他们当中有些人一直没有原谅我，"他接着说，"因为进入有声片时代以后，我就把那些舞台剧导演开掉了。这样就让他们人心惶惶，一切都得从头开始学起，但他们从来没有真正原谅我。那时候我们引进了一整套新人马，很多是编剧，我原以为他们都是些了不起的人物，后来却全变赤色分子了。"

加里·库伯走进餐馆，在一个角落里跟一帮人坐了下来，这些人唯其鼻息是仰，就好像他是他们的衣食父母似的，纹丝不敢动。一个女子在房间的另一头四处张望，此女竟是卡罗尔·隆巴德②——令我高兴的是布里默至少可以大饱眼福了。

---

① 道德联盟（Legion of Decency），又称天主教道德联盟，是好莱坞的一个电影审查组织，成立于1933年，其起草的自律性制片条例广为接受，成为限制电影内容的行业规范。
② 卡罗尔·隆巴德（Carole Lombard, 1908—1942），好莱坞历史上最有才华的女影星之一，1936年获奥斯卡女主角奖，饰演过《二十世纪快车》《闺女怀春》等。

施塔尔点了一杯威士忌苏打水，紧接着又要了一杯。他只喝了几匙汤，其他什么都没吃；他对每个人都是恶语相加，说些每个人都偷懒之类的话，不过这些对他来说都无所谓，因为他多的是钱——只要父亲跟他朋友们在一起，你听得多的就是这些话。我想施塔尔是意识到了这些话在圈子以外的人听起来是多么难以入耳——也许他以前从不知道这种话听进耳朵里是什么滋味。不管是哪种情况，总之他闭上了嘴，将一杯清咖啡一饮而尽。我爱他，并不会因为他说了什么话而有所改变，但是我不忍心让布里默带着这样的印象离开。我希望他将施塔尔看作一种技术鉴赏家，而此时此刻他在某种意义上扮演的却是一个可恶的监工角色，假使他在银幕上看到这样的角色他会骂他是渣滓。

"我是制片人，"他说，似乎是想纠正他前面的态度，"我喜欢作家——我觉得我理解他们。如果他们尽到了自己的职责，我是不会解雇他们的。"

"我们不希望你那么做，"布里默和蔼可亲地说，"我们会继续关注你，管好你的。"

施塔尔无动于衷地点点头。

"我真想把你介绍给我那满屋子的伙伴们。他们每个人都能提出十几条理由来让那些比龙·菲茨[①]们将你们那些家伙赶到城外去。"

"我们赞赏你提供的保护，"布里默含嘲带讽地说，"坦率地说，我们觉得你真的不容易，施塔尔先生——确切地说是因为你是个家长

[①] 比龙·菲茨（Buron Fitts, 1895—1973），加州政客，1927—1928 任加州副州长，此后至 1940 年任洛杉矶区级律师，曾被指控接受制片商贿赂。

式的老板,你的影响力很大。"

施塔尔心不在焉地听着。

"我从不认为,"施塔尔说,"我比编剧脑子更灵。但是我一直认为他们的脑子是属于我的——因为我知道如何发挥他们脑子的用处。像罗马人一样——我听说他们从来没有发明过新东西,但是他们知道怎么使用东西。你明白了吗?我不是说这种说法是对的。但我一直就是这么想的——打小时候开始。"

这话引起了布里默的兴趣——这是一个小时以来头一次引起他的兴趣。

"你很了解你自己,施塔尔先生。"他说。

我觉得他是想走了。此前他对施塔尔是哪种人充满了好奇,现在他觉得他已经了解他了。但我依旧希望情况能有所改观,于是就轻率地促请他跟我们一起驱车回家,可是施塔尔路过一家酒吧时便要停下来再喝一杯,这时我才明白我犯了错误。

那是一个温和、平安、平静的夜晚,到处是出来度周末的汽车。施塔尔的手搭在椅背上,触到了我的头发。突然之间我希望回到十年以前——那时我才九岁。布里默那时十八岁,在一所中西部大学里半工半读,施塔尔二十五岁,刚刚继承了这片天地,心中充满自信与欣喜。所以毋庸置疑,我们俩都会对施塔尔崇敬不已。可眼下我们卷入了一场成年人之间的纷争,找不到任何和平解决的办法,再加上疲倦与酒精,就变得更复杂了。

来到我们家门口的私人车道时我们转了进来,我绕了个弯便又开进了花园中。

"现在我得走了，"布里默说，"我约了人见面。"

"别，等一下，"施塔尔说，"我还一直没说我想干什么呢。我们去打会儿乒乓球，再喝一杯，然后决一雌雄。"

布里默犹豫了。施塔尔打开了泛光灯，拿起了他的球拍，而我则进屋去取威士忌——他的话我不敢不从。

当我出来时，他们并没有打球，施塔尔正在将一整盒的新球击到布里默那一边去，而布里默则将它们击到旁边。见我走来，他便停下来，拿起酒瓶走到泛光灯外的一把椅子边，坐在黑暗之中杀气腾腾地观察着。他脸色苍白——他是那么的通体透明，你几乎可以看得见酒精和疲倦这剂毒药在他体内交融。

"星期六晚上是放松的时候。"他说。

"你不是在放松。"我说。

他在进行的是一场跟他走向精神分裂的本能之间输定了的战斗。

"我要打败布里默，"过了片刻后他宣布说，"这个事情我要亲手解决。"

"你就不能出钱请别人来做吗？"布里默问。

我示意他别说话。

"我自己的脏活自己干，"施塔尔说，"我非把你揍扁，然后把你送上火车去不可。"

他站起身来朝前面走去，我伸出双臂将他紧紧抱住。

"求你别这样！"我说，"哎呀，你太不听话了。"

"这个家伙对你影响力蛮大的嘛，"他阴郁地说，"影响了所有你们这些年轻人。你都不知道你在做什么。"

"请你回家去。"我对布里默说。

施塔尔的外套质地光滑,他突然之间一把就从我手里挣脱,朝布里默扑去。布里默围着桌子往后退,脸上露出古怪的神色。后来我才觉得他好像是在说:"就这么两下?偌大个企业就靠这么个弱不禁风、病歪歪的家伙撑着。"

接着,施塔尔靠近了,手举了起来。我看到顷刻间,布里默好像只用左臂一挡就将他推了出去,然后我就移开了眼睛——我实在不忍心看下去。

当我转过头来时,施塔尔已经倒在桌子下面不见了,布里默正低着头看着他。

"请你回家去。"我对布里默说。

"好吧,"当我绕着桌子走过去时,他还站在那里看着施塔尔,"我一直想中个一千万美元的大奖,可我没想到会是这样。"

施塔尔躺在那里一动不动。

"请你走。"我说。

"对不起。我能不能帮——"

"不用。请你走。我理解。"

他又看了一眼,见自己在分秒之间就让施塔尔晕厥得这么深,这令他有点惊恐,然后他快步穿过草坪走了。我跪下摇晃着施塔尔的身体。过了一会,他在一阵吓人的痉挛中醒了过来,一跃而起。

"他在哪里?"他大叫道。

"谁?"我故作不明地问。

"那个美国人。你为什么要嫁给他呀,你这个笨蛋?"

"门罗——他已经走了。我没有嫁给任何人。"

我将他推到一把椅子上坐下。

"他已经走了半个小时了。"我撒谎说。

乒乓球像天上的星星一样撒满了草地。我拧开喷水龙头,打湿一条手帕就往回走,可是却不见了施塔尔的踪影。他肯定是脑袋的一侧遭到了击打。他躲到了树丛后在那里呕吐,我听到他在踢着泥土掩埋。之后他似乎又恢复了正常,但是他不肯进屋,一定要我先去弄点漱口水来,于是我便回去拿来了一瓶威士忌和一瓶漱口水。他这次借酒浇愁总算过去了。我上大学一年级的时候也曾经出去喝过酒,不过仅仅就缺少节制和耍酒疯而言,他这一次无疑发挥到了极致。所有的坏事情都让他碰上了,不过这一切都过去了。

我们进了屋;厨师说父亲和马库斯与弗雷夏克先生在露台上,所以我们俩就待在锦皮斋里。我们俩在几个地方试着坐下来,可好像都太滑,最后我总算在一块毛皮地毯上坐了下来,施塔尔则坐在我身边的一条脚凳上。

"我打到他了吗?"他问。

"哦,打到了,"我说,"很重的。"

"我不相信。"过了一会他接着说,"我不想伤害他。我只是想赶他走。我想他害怕了才打我的。"

假如这就是他对刚才发生的这件事情的理解,那倒是正中我的下怀了。

"你会对他耿耿于怀吗?"

195

"哦，不会的，"他说，"我喝醉了。"他看了看四周，"我以前从没来过这个地方——谁装修的？——制片厂的人吗？"

"好了，我得离开这个地方了，"他用往日那种乐呵呵的口气说道，"到道格·费尔班克牧场去过夜怎么样？"他问我，"我知道他很想得到你。"

就这样开始，他和我一起度过了两个礼拜的浪游时间。劳艾娜只用了其中的一个礼拜就促成了我们的婚姻。

手稿到此就结束了。以下的故事梗概是根据菲茨杰拉德的笔记、提纲以及与他讨论过这部小说的人的记述汇编而成的：

跟布里默会面后不久，施塔尔便去了一趟东部。制片厂一直面临减薪之险，施塔尔便前去跟股东们商谈——大概是想劝说他们通过别的途径压缩开支。他与布拉迪一直在反其道而行，他们之间为争夺公司的控制权而进行的争斗很快就达到了高潮。我们不知道从业务的角度说这次旅行成效如何，不过，不管他是否有业务在身，施塔尔怀着观光的目的第一次游览了华盛顿；估计是这样的，作者在此旨在回到第一章中出现过的主题：电影业与美国理想以及美国传统之间的关系——那时一群好莱坞的电影人来到安德鲁·杰克逊总统的故居，却未能进去参观，甚至连那个地方也没看清楚。而此时正值盛夏，华盛顿闷热难当；施塔尔患了热感冒，在高烧与酷热中游览了这个城市。他未能如愿地了解它。

当他病愈回到好莱坞时，他发现布拉迪乘他不在之时已经通过了减薪百分之五十的方案。布拉迪召集编剧们开会，在会上他一把鼻涕一把泪地说，如果编剧们同意减薪，他和其他高管们也会减薪。如果他们一致同意，速记员和其他低收入人员就不一定要减工资了。编剧们同意了这一方案，后来才知道被布拉迪蒙骗了，速记员们同样被他减了薪。他的这一做法令施塔尔大为光火，他与布拉迪大吵了一架。施塔尔尽管反对工会组织，相信任何一个有事业心的小职员都能像他自己一样爬到顶峰，却是一个有家长作风的老派雇主，他喜欢这样的感觉：在他手下干活的人都心满意足，他跟他们是朋友关系。另外，他跟怀利·怀特也吵架了，因为他发现怀利恶意地跟他唱对台戏，尽管事实上施塔尔个人并不应为减薪之事负责。施塔尔过去对怀特的酗酒、开那些恶作剧的玩笑一直保持着忍耐，令他伤心的是这位编剧竟然并没有像其他编剧一样对他个人怀有忠诚之心——照施塔尔的理解，这是在各种商业关系中唯一稳定的一种关系。"那些赤色分子如今将他视为保守派——华尔街则视他为赤色分子。"可是他发现自己受现状所逼，落入了曾有人提议过而且得到布拉迪热心支持的那种思路中，想要在公司建立一个工会。

至于他自己在制片厂里的地位，还是在华盛顿的时候他就已经萌生了退意；不过，他在这场争斗之中卷入得太深，尽管抱病在身，心情不快，苦闷烦恼，可是要他向布拉迪缴械投降还是挺难。与此同时，他这段时间一直在围着塞西莉亚转。那位姑娘呢，在与她父亲谈到施塔尔显然在注意她时，一不小心竟然让布拉迪知道了施塔尔同时还在跟别人谈恋爱。布拉迪找到了后来又开始与施塔尔会面的凯瑟琳，还试图敲诈施塔尔。施塔尔恶心不已，一气之下便甩了塞西莉亚。而他则好多年前就知道——是从他妻子那位受过训练的护士那里得知的——布拉迪与一位跟他恋爱的女子的丈夫之死脱不了干系。这两个男人相互威胁,却又都没有确凿的证据。

不过布拉迪手里有一件现成的工具。跟凯瑟琳结婚的那个男人——名叫 W. 布朗森·史密斯——是一位在制片厂里工作的技师,此人一直是他所在的工会组织里的积极分子。我们无法确切地说菲茨杰拉德为编这个故事是如何想象好莱坞的劳工活动现状的。在他创作这部作品的时候,包括各种技术工人在内的戏剧界雇员国际联盟已经成立了;显然他的目的是为了通过威廉·毕傲福一案探讨该组织中被揭露出来的欺诈与流氓地痞行为。布拉迪后来去找了凯瑟琳的丈夫,煽动起他对妻子的嫉妒心理。我们不知道菲茨杰拉德是如何安排这两个人来对付施塔尔的。作者原来准备用剪辑师鲁滨逊(有关于这一人物的笔记为证)来谋杀他的;不过从作者的提纲看来,施塔尔更可能是落入了圈套之中,使得凯瑟琳的丈夫有证据以离间他们的夫妻关系为由将施塔尔告上了法庭。在菲茨杰拉德的小说提纲中,第八章中有"官司与代价"之语,暗示出了其主题。显然这一点可以部分地用下一条笔记中菲茨杰拉德计划使用的材料来进行解释,虽然这无法解释这条记录是如何进行修改来满足故事的需要的:"某某兄弟中的一个被一个雇员以诱奸其妻子为由提起上诉。起诉理由是离间夫妻关系。他们试图庭外解决,可原告是劳工领袖,不认钱。他也不愿与妻子离婚。他想采取更为强硬的手段。他付出的代价是某某将出走一年。某某的本能反应是留下来继续战斗,可其他兄弟找来了一位医生宣布他死期将至,迫使其退出。他试图带那个女孩一起离开,但惧怕曼恩法案。她后来追上了他,他们一起去了国外。"

无论是何种情况,施塔尔后来由于摄像师皮特·扎夫拉斯的干预而获救了，在故事的开头，当扎夫拉斯在制片厂失去了立足之地时，施塔尔却将他视为朋友。

与此同时，施塔尔已经病入膏肓。他和凯瑟琳"抓住气喘吁吁的机会"。他们成功地进行了"最后一搏"，那是在九月初的滚滚热浪中进行的。但是他们的会面被证明是不尽如人意的。作者在一份早期提纲中暗示，凯瑟琳"父母非常卑微"——其父是纽芬兰小渔船的船老大；在另外一个地方他还说，施塔尔觉得难以接受她作为他生活中永久的伴侣，因为她"贫穷、不幸、外表上贴着中产阶级的标签，而这不适合施塔尔所追求的那种豪华气派的生活"。她丈夫卷入的那场劳资纠纷可能就是为了使她与施塔尔疏远开来。施塔尔此时被布拉迪，同样也被工会推入了往日的困境之中。以电影业的掌控者们为一方，以各种各样的雇员群体为另一方，双方的鸿沟在日益扩大，不给施塔尔这样真正的业界个人英雄留有任何用武之地，他靠个人成就而取胜，其职业生涯一直带有某种个人英雄色彩。他要对在他手下工作的任何一个人直接负责，他甚至想要亲自上阵打败他的敌人。在好莱坞，他是"末代大亨"。

正如我们在第三章那场会面中所看到的，施塔尔从不惧怕将资金投到那种不受大众欢迎却能给他带来一些艺术成就感的影片。他对电影有着一种匠人般的兴趣，因而他想将它们拍得更好也就是自然的事了。自从那次减薪之后他一直在"卧薪尝胆"，索性连电影也不拍了。后来还有另一系列的场景，我们看到他第二次出现在剧情讨论会、样片审订会以及拍摄现场之上，这与第三、四两章中的场景形成对照，这表明施塔尔在态度与地位上已经发生了变化。

然而，他必须直面布拉迪，因为他知道他是不会善罢甘休的。他显然知道布拉迪要谋杀他，因为他此时决定用其人之道还治其人之身，把布拉迪的搭档谋杀了。这场谋杀是如何进行的尚不得而知；不过为了谋杀时不在场，施塔尔安排了一趟纽约之行。他和凯瑟琳在机场见了最后一面，他还见了塞西莉亚，她将乘另一架飞机回学校。在飞机上他为自己的行径感到恶心不已，他意识到自己堕落到跟布拉迪一样作恶的地步了。他决定取消这次谋杀，准备飞机在下一个机场降落时就发电报。可是飞机出了事故，还没到下一站就坠毁了。施塔尔死了，谋杀被执行了。小说开篇的第一章中斯瓦茨那不祥的自杀从而呼应了施塔尔之死。在斯瓦茨送给他的那张便条中，他试图警示施塔尔提防布拉迪，他早就想把施塔尔踢出公司了。

施塔尔的葬礼原来是准备浓墨重彩地描写的，是一场好莱坞式的充满奴颜婢膝与虚伪的大戏。人人都是涕泪横流，或者是刻意表露出令人窒息的伤感，同时却用一只眼睛盯着心目中的某一个人。塞西莉亚想象施塔尔出现在此时此境，听到他骂了一句"龌龊！"演老牛仔的约翰尼·斯旺森（在第二章的开头提到过他，塞西莉亚去她父亲的办公室遇到他时，他正身处绝境，塞西莉亚还想过为他做点什么）是忙中出错被邀请来参加葬礼的——他的名字与另一个人的搞混了——还被邀请跟这位已故制片人最亲密和最重要的朋友一道抬了棺材。约翰尼郑重其事地履行了仪式，心中惶惑；接着他吃惊地发现自己就这样时来运转了。自那以后，来请他工作的人纷至沓来。

同时，公司里那位野心勃勃的律师弗雷夏克也露了最后一次面，这个既没有半点良知也没有任何艺术细胞的人是被当作整个电影行业在不久的将来的一个缩影来描述的。在快到末尾处还有一段弗雷夏克和塞西莉亚之间的对话，前者上过纽约大学，也许还曾经试图要娶塞西莉亚为妻，此时想跟塞西莉亚进行一次"学问"层面上的谈话。

塞西莉亚在被施塔尔甩了以后一气之下跟一个她并不爱的男人发生了关系——很可能是跟怀利·怀特，他从一开始就在追求她，他正好是个跟施塔尔相反的人。由于施塔尔之死和他父亲的被谋杀，她彻底崩溃了。她得了肺结核，直到小说的结尾我们才知道，她是在肺结核疗养院里将这个故事拼凑起来的。

小说里最后出现的是凯瑟琳站在制片厂外面的画面。她很可能由于那场针对施塔尔的阴谋而与她丈夫分居了。她吸引施塔尔的主要原因之一是她不属于好莱坞这个电影世界，而此刻她知道她永远不会成为其中的一分子了。她一直是个局外人——而这种处境也有其自身的悲剧。

笔 记

第一章

作者在第一章最后一稿的稿纸顶头写下了以下文字：

随性重写。重写就有点不自然了。别看**前面的稿子**。随性重写。

* * *

第二十四页。菲茨杰拉德的第一稿上，该章的末尾部分可能比这一稿更全面地表达出了他心中的想法：

这是建立在我与他进行的一次对话的基础之上的——那是一九二七年我初次与他单独在一起，那天他谈了一件关于铁路的事。我尽量贴近我能回忆起来的写吧，当时是这样的：

我们坐在某地那间旧餐厅里，他说："司各特，假如要修一条穿山的路——修一条铁路，有两份或者三份勘察报告，人们来找你，他们当中有的人你相信，有的人你不相信，但是总的来说，似乎有五六条路可以穿过这些山，而且根据你的判断，每一条都跟其他路一样好。现在，假如你恰好就是那个最高的决策者，此刻你应该体现出来不是基于常识的决策能力，而是仅仅需要武断。你就说，'我觉得啊，我们应该把路修在这里，'你的手指指向哪里就是哪里，这只有你自己心里明白，别人谁都不知道你没有任何理由要将路往这里修，而不是采纳其他的方案，但你是唯一知道你要这样做的理由的人，你必须坚持不懈，一定要装着你知道你这样做是有特殊理由的，即使你时不时深受困扰，甚至怀疑自己的决策智慧，因为另外几个决策方案在你耳边不断地回响。但是当你在描绘宏伟的事业蓝图之时，绝不能让你手下人知道，甚至不能让他们猜测你心中有任何疑惑，因为他们要有根主心骨，必须让他们做梦也想不到你心中还会有疑惑。这些事情是你必须做到的。"

就在这时，另外一些人走进餐厅坐了下来，我首先看到的是四人一伙，把他们谈话的那股亲热劲打破了，但是他话语中的那种精辟——不止是精辟——他的思路是那么的宽广，而他才二十六岁（他当时就这个年龄）就达到了这样的境界，这让我深为折服。

我觉得刚才说到的这件事一点不假，因为这时我看到施塔尔走到了飞机前舱，在机长的旁边坐了下来，机长意识到跟他自己一样，施塔尔这个人在他自己的行当里一定也是这么信心十足，这么意志坚定，这么英勇无畏。施塔尔和机长几乎没说几句话——事实上，这件事情我们完全是透过塞西莉亚的眼睛看到的，是乘务员将她在驾驶舱里看到的情况转述给塞西莉亚听的，也可能是斯瓦茨在到达洛杉矶之前一直在试图影响施塔尔。情况很有可能是这样的，在这个事件中，我们从头到尾都不是和施塔尔单独在一起，但是在行将结束这一章之时，我想谈谈我心中强烈的感受，前面我语焉不详地说到发动机熄了火，飞机开始着陆，下面是洛杉矶的万家灯火，此刻我真想把施塔尔灵魂中强烈的激情、他对生活的热爱、他对他在此创立起来的伟大事业的爱以及他心中的满足感（也许用词不准确）用波澜壮阔的语言描绘出来，而不是他的回到一个属于自己帝国——他亲手创立的帝国时那种回家一般的安定感。

我想将此与那些全靠巧取豪夺建立起帝国之人，比如东海岸那四位铁路大王的感受进行一番鲜明的对比……或者与某某心中的感受做一番比较。他对此不感兴趣，因为他已经拥有了一个帝国。他对它的兴趣就好比是艺术家对艺术品的兴趣，因为他创造了它，心中还交织着巨大的胜利感和幸福感，还不可避免地掺杂着伴随所有大智大勇的行动而来的那种忧伤——这种感受在某种意义上说是一种对完美的追求，是一种对下一步能走多远的疑惑。

当飞机降落之后，也许最好是在那一片灯火中结束这一章——将我降落在洛杉矶时心中的恐惧感，以及那种要去征服的新世界在一九三七年转移到了施塔尔身上的感受重复一遍，也许最好是在一位情敌的刺耳的声音中结束。

第二章

第三十一页。菲茨杰拉德在以"'罗比来了以后会把所有事情都照料好的',施塔尔向父亲保证说"开头的这一段的旁边只写了"太漂亮了"几个字。这是准备描写一个将扮演重要角色的人物的初次出场,以使他给人留下更鲜明的印象。在他最初写的人物简介中可以找到一些关于鲁滨逊的笔记。

第三章

该章的删改和布局并未完全令作者满意。在此将根据手稿原原本本地抄录,只略作修改,以使上下文连贯。

在手稿中,第五十七页上的段落如下:

这场攻击很可能是预先策划好了的,因为那个希腊人波波罗斯接过话头说了一些模棱两可的话,这些话让艾格王子想到了迈克·凡·戴克,只不过这些话试图、而且确实使得话里的意思明白无误了,而不是模糊了。

作者写了一段他自己不满意的场景描写,这当中王子遇到了插科打诨的老演员迈克·凡·戴克;不过迈克·凡·戴克的那段模棱两可的话原来是准备放在别的地方的。那几段话抄录如下:

"你好,迈克,"门罗说,他将他介绍给客人,"艾格王子,这位就是凡·戴克先生。他演的东西都逗得你笑过许多次了。他是电影界最好的喜剧演员。"

"全世界最好的,"那个生着一双杏眼的人严肃地说,"——全世界最逗人的人。你好吗,王子?……"

王子发现自己立即就跟迈克·凡·戴克聊上了。他彬彬有礼地答着话,对他的言外之意却不大明白。他们聊的是餐厅里的事,凡·戴克觉得自己好像在餐厅里见到王子点过一盘叫"猫须鱼卷"的菜,但王子肯定是他听错了。

他想解释说他从没有去餐厅用过餐,可这时他们在这个话题上已经聊得很深了,他觉得最快捷的办法是承认他点过,对凡·戴克先生的错误言论采取避而不答的办法。凡·戴克先生尽管确信无疑,却也没有抓住不放,而且他似乎话说得很快……

王子还被介绍给了斯珀吉翁先生和塔尔顿夫妇,但此时他跟凡·戴克先生争得不可开交,听到自己还结结巴巴地说出了"我很高兴见到我"这样的错话,因为他当时正在向凡·戴克解释他确实没有在葛丽泰彩色见过什么特艺嘉宝[①]。他的名字是叫阿尔伯特·爱德华·布切·亚瑟·艾格·大卫,是丹麦王子吗?

"那是我堂兄。"他正准备说出来,可他已经头昏脑涨了。

这时施塔尔那清脆、使人安心的声音传了过来,将他带回了现实之中。

"够了,迈克。这叫'混搭话',"他向艾格王子解释说,"在我们这里底层百姓认为这样说话很好玩。慢点说,迈克。"

迈克礼貌地进行了说明。

"今天早上在大门入口处——"他指了指施塔尔,"——他有

[①] 此处是凡·戴克故意将一些名词混搭来取笑,本意是在特艺彩色见过葛丽泰·嘉宝。"特艺彩色(Technicolor)"是派拉蒙电影公司的一个后期效果制作室;葛丽泰·嘉宝(Greta Garbo,1905—1990)是瑞典裔美国女影星。

没有？"

这位丹麦人不明就里，又咬了一下嘴唇。

"什么？他有没有什么？"然后他微笑着说，"我明白了。这就像你们那位格特鲁德·斯泰因①的话。"

第四章

菲茨杰拉德在本章开头描写导演的段落做了以下记录：

在写赖丁伍德的那个场面中缺少的是激情和想象等。对赖丁伍德来说，先前还什么都不少，转眼就什么都没有了，真是咄咄怪事。

第五章

第一百一十七页。作者先写了这样一句：就像吃一堑长一智，他学会了宽容、仁慈、忍耐，甚至慈爱，然后又写下了这样一句导语：（现在该写青春与大度了）。

第一百一十九页上那一节的结尾处有一处笔记：

此处写得可能还不够简洁清晰。我的意思是说也许还强化得不够。医生的结论也许该在此处出现。我想让他把话说得更强硬些。

---

① 格特鲁德·斯泰因（Gertrude Stein, 1874—1946），美国女作家和诗人，其文字以含混绕口著称。

两份提纲

从以下书信和提纲可以看出这个故事的发展过程,以及作者初次构思出来以后它是如何发展的。

* * *

一九三九年九月二十九日,菲茨杰拉德给他的出版商和他希望能连载该小说的杂志的主编写过一封信,说明了他这部小说最初的写作计划:

这个故事发生在一九三五年,时间跨度为四至五个月。故事由塞西莉亚叙述,她是好莱坞电影制片商布拉多格的女儿。塞西莉亚是个漂亮、摩登的女孩,既不好也不坏,极通人情。她父亲也是一个重要角色,是个精明的人,是犹太人,是个卑劣的恶棍。他是个白手起家的人,将女儿塞西莉亚培养成了公主,将她送到东部去上了大学,使她变得很势利,不过随着故事的发展,她的性格逐渐发生了变化。也就是说,她叙述的这些事件发生时她二十岁,而当她讲述这些事件时她已二十五岁了,自然许多事件她都以一种不同的眼光来看待了。

之所以选塞西莉亚作叙述者,是因为我非常清楚这样一个人物会对我这个故事作何种反应。她既属于电影界,又不在其中。她大概出生在《一个国家的诞生》[①]预映的那一天,鲁道夫·瓦伦蒂诺还参加

[①] 《一个国家的诞生》(The Birth of a Nation),电影大师格里菲斯拍摄于1915年的一部电影史上的奠基之作。

了她五岁的生日晚会。她就是这样一个人物,聪明伶俐,愤世嫉俗,但又善解人意,对好莱坞的人,不管高低贵贱,都亲切和善。

她将我们的注意力集中在两个主要人物身上——米尔顿·施塔尔和他爱恋的女孩塔利亚。

在本书的开头,我想在他从纽约飞往西海岸的旅途中将我对施塔尔的整个印象一股脑地倾倒出来——当然了,是通过塞西莉亚的眼睛。长期以来她对他爱得死去活来。而她从他那里得到的除了一句柔情的问候之外什么也没有,甚至连这个也还受到了他对她父亲的厌恶情绪的影响。

施塔尔操劳过度,累死累活,脸上焕发出一抹行将入土之人回光返照的红润。有人告诫他说他的身体垮了,但是他无惧无畏,对这种告诫不加理睬。他得到了生活中能得到的一切,唯一或缺的是将自己无私地给予别人的那种特权。这一点他在故事开始几天后那场看似严重的地震(就像一九三五年的那场)发生的晚上就发现了。

就连施塔尔也为此忙碌了一整天——自来水管爆裂了,整个拍摄场都是水,水淹了好几英尺深,这好像把他内心中的什么东西释放了出来。他被叫到外景场去监督抢救发电站(因为偌大一个面包店里每一块馅饼都要他亲手制作),他发现两个女子漂到了外景场里一间农舍的屋顶上,便前去救她们。

塔利亚·泰勒是一个二十六岁的寡妇,我现在的想法是将她塑造成我的所有女主角中最光彩夺目和富有同情心的一位。要光彩得有新意,因为我在内心中认同大众的观点,不喜欢那种无才便是德的女性,那种人物在××等个案中已经被推到了无以复加的地步了。人们对那些全方位突破的人物无法深表同情，所以我将给这个女孩来"一点点不幸"，就像萨克雷的小说《玫瑰与指环》中的罗萨尔芭一样。她和那位跟她在一起的女子（她在给那位女子当女伴），由于那位女子的好奇心，悄悄地来到了外景拍摄场。当那场灾难发生时，她们陷在其中无法脱身。

这时施塔尔和塔利亚产生了恋情，一场迅疾、激烈、不同寻常的肉体之恋——我会写得不影响你出版的。我会把这部分内容寄给你一份，看看出版成书时会是什么样子，语气是否会更强烈。

这场恋情是本书的主要内容——不过，请记住，我会通过塞西莉亚的了解来进行处理的。这就是说，在塞西莉亚讲述这个故事的时候，通过将她塑造成一个聪明伶俐、观察力敏锐的女子，我将像康拉德[①]以前做过的一样，赋予我自己一个特权，让塞西莉亚来想象人物的行为。如此一来，我希望能获得一种类似于第一人称叙述的效果，同时结合上帝似的全知视角来叙述发生在我的人物身上的所有事件。

在讲述这场恋情以外的章节中还有两件事将凸显出来。其一是关于塞西莉亚的父亲布拉多格的，他制定了一个毫不含糊的阴谋，要将施塔尔从公司里踢出去。他甚至还实实在在地想过将他谋杀掉。布拉多格是一个无所不用其极的专横人物——而施塔尔呢，尽管他身上难以避免地有着白手起家的人身上都有的保守的一面，却是一位家长式的雇主。他二十三岁时便少年得志，他年轻时代的某种理想主义思想尚未遭受过创伤。此外，他还是个实干家。他会脱下外套，铆足劲头

---

① 康拉德（Joseph Conrad，1857—1924），英国著名作家，著有《吉姆爷》《黑暗之心》等，其小说以独特的叙述手法和创新而著称。

令人动容地干活，而布拉多格呢，除非有助于给他的银行账户上增添进项，他对拍电影是不感兴趣的。

其二是叙述年轻的塞西莉亚对施塔尔爱得死去活来，如何对他逢迎讨好。见他对自己无动于衷，一气之下便将自己委身给了一个她不爱的男人。这一情节对连载来说并非绝对必须。可以对它进行淡化处理，但将它全部去掉的话可能是最好的。

回过来再说说主题：施塔尔无法下定决心娶塔利亚为妻。这一点不像是他生活中的一部分。他没有意识到她对他来说已经不可或缺了。以前他的名字曾经跟这位知名女演员或者那位社会名流联系在一起过，而塔利亚既贫穷又不幸，全身上下都打下了中产阶级的印记，不符合施塔尔所追求的那种豪华气派的生活。当她认识到这一点时，她立即离开了他，她离开他不是因为她不想跟他订下婚约，而是因为这样让她痛心，这令她想起了她觉得自己不受其染指的社会虚荣。

这时施塔尔全心投入了一场为守住公司的领导权而进行的争斗之中。在他前往纽约会见公司股东的途中，他身体突然垮了。他差点死在纽约，当他回到好莱坞时他发现布拉多格趁他不在已经采取了一些施塔尔认为是没脑子的措施。他重新投入工作，以便理清公司的头绪。

这时他才意识到他是多么需要塔利亚，他们之间的关系得到了一些修复。他们如梦如幻地在一起度过了一两天快乐的时光。他们准备结婚，但是他得再去一趟东部，以便巩固他在公司事务中得之不易的胜利。

接下来发生的是小说的最后一段情节，这一段最能体现这部小说的质量及其与众不同之处。你还记得一九三三年一架运输机坠毁在西南部的大山上导致一位参议员身亡的那场空难吗？这一事件中令我惊愕的是那些当地人竟然掠夺了死者身上的财物。同样的事情发生在载着施塔尔从好莱坞起飞的这架飞机上。这一段是从三个小孩的视角来叙述的，他们星期天外出野炊，首先发现了飞机的残骸。在这一事故中死在施塔尔旁边的还有另外两个我们前面见到过的人物。（在这一简短的概要中我无法谈及一些次要人物）发现他们尸体的三个孩子是两男一女，其中一个男孩抢走了施塔尔身上的财物；另一个男孩抢走了一位破产了的制片商的行李；那女孩则抢了一位女电影演员的。这些孩子所找到的财物象征着他们对各自的盗窃行为的态度。女演员的财物表明那个小女孩自私，占有欲强；那位不得志的制片商的财物让那两个男孩产生了犹豫不决的态度；而那个捡到施塔尔手提箱的男孩则在一个星期之后找到当地法官自首，坦白了一切，从而挽救了他们三个人，并且为他们赎了罪。

  在小说的结尾处，故事再次回到了好莱坞。在故事中塔利亚一次也不曾迈进过制片厂。施塔尔死后，当她站在施塔尔建立起来的那座巨大工厂前，她意识到以后也绝不会踏入半步。她只知道他爱她，知道他是了不起的人，知道他是为他信奉的东西而死的……

  在这部小说中没有任何东西令我担心，没有任何东西不是确定无疑的。与《夜色温柔》不同的是，这不是一个关于堕落的故事——尽管以悲剧结尾，但它并不令人感到压抑，并不是病态的。假如一本书能够"像"另一本书，我只能说它更"像"《了不起的盖茨比》，而不是我写的其他任何书。但是我希望它是完全不同的——我希望它富有

下表系作者制作的最后的提纲

	情节		
A	1. 飞机上。　　　　　　　6月28日 2. 纳什维尔。 3. 上进。差异。　　　　　　6000词	第1章　介绍塞西莉亚、施塔尔、怀特、斯瓦茨	第一部　6月 （飞机上） 6000词 施塔尔
B	4. 约翰尼·斯旺森——马库斯 　　离开——布拉迪。　　　7月28日 5. 地震。 6. 后外景场。　　　　　　3000词	第2章，介绍布拉迪、凯瑟琳、罗宾逊及秘书。夜晚的氛围——维持。	第二部 7月至8月初 （游乐场） 21000词
C	7. 摄影师。施塔尔的工作与健康。 　　取自她写的一些稿子。　7月29日 8. 第一次会面。 9. 第二次会面及以后。 10. 餐厅及无利润电影的理想。 　　样片。电话等。　　　　5000词	第3、4章　相当于客人名单和盖茨比的晚会。将所有东西都放进这部分中，要有选择。不过必须有情节，一直到第13章。	
D	11. 去看样片。 12. 当晚第二次见面。 　　认错了女孩——一瞥。　2500词		
E	13. 塞西莉亚、施塔尔及舞会。8月6日 14. 马利布诱奸。试图得到的多。 　　中途死亡。 15. 塞西莉亚与父亲。 16. 打电话及婚礼。　　　　6000词	第5章　三个事件。第15节中的气氛最重要。暗示那块荒地上的房子建得太迟了。	
F	17. 水坝溢水决堤。　　　　8月10日 18. 宽腰带——市场—— 　　（与本切利去剧院）　8月20日 19. 四人相会。重归于好。帕洛马尔。 20. 怀利·怀特在办公室。　5000词	第6章　这章属于女人。介绍史密斯（初次吗？）	第三部分 8月至9月初 （人间地狱） 11500词
G	21. 在华盛顿生病。退出吗? 8月28日至 22. 布拉迪与施塔尔——相互敲诈。9月14日 　　与怀利·怀特吵架。 23. 抛弃塞西莉亚，她告诉父亲。 　　停止拍电影。剧本讨论会。 　　样片与布景。降薪后等待时机。 24. 老影星们在恩尼可度过热浪。6500词	第7章　施塔尔受打击。到处酷热难当，25日到最高温。	斗争
H	25. 布拉迪找到史密斯。弗雷夏克 　　与塞西莉亚。9月15日至九月30日 26. 施塔尔听计划。摄影师答应。 　　计划停止——重病 27. 解决问题。凯瑟琳在机场； 　　塞西莉亚返校。　　　　7000词	第8章　诉讼与代价	第四部分 （谋杀者们） 7000词 失败

续　表

	情节		
I	28. 飞机坠毁。预示弗雷夏克的未来命运。　　9月30日至10月 29. 制片厂外。 30. 约翰尼·斯旺森参加葬礼。	第9章　施塔尔之死	第五部分 10月（结尾） 4500词尾声 共51000词

新意，唤起新的情感，也许甚至还能从一个新的角度去审视某些现象。我将这个故事安安稳稳地设置在五年以前，以便拉开距离，可是既然欧洲那边的声音不停地在我们耳边回荡，这也算是最好的处理方法了。这也许是在逃避，逃回到那个也许再也不会回到我们时代中来的奢华、浪漫的过去中去。

塞西莉亚

以下有数个片段，第一个原来是准备用作小说的引言的，但菲茨杰拉德决定放弃，因为他担心这会使得小说的开头太压抑。塞西莉亚在肺结核疗养院里的这幅画像后来准备放在故事的结尾。

我们两个男人都被这张年轻的脸迷住了。几个月前我们去科罗拉多大峡谷做过一次短暂的旅行，就好像是为了吸进最后一口生命；现在回到医院里，在落日余晖的映照之下，加之又发烧，这姑娘的脸似乎染上些许那个"自然奇观"的天然的玫瑰色。

"继续跟我们讲吧，"我们说，"我们都不知道这些事情。"

她开始咳嗽，于是便改变了主意——人之常情。

"我倒是不介意告诉你们啊。可为什么要让我们的朋友，这些气喘病人也听到呢？"

"他们会听到的。"我们肯定地说。

我们三个仰着身子把头靠在椅背上，等着护士将一群肯定听到了这句话的心神不定的病人吆喝出去——然后缓缓地朝治疗室走去。那护士回过头来用责怪的眼神望了塞西莉亚一眼，那样子好像恨不得转过身来抽她一耳光——可这眼神很快又变了，护士在那群病人后面悄悄一转身，快步走了进来。

"他们已经走了。现在跟我们说吧。"

塞西莉亚抬头望了望亚利桑那绚丽的天空。她凝望着天空——那蓝蓝的天，它对我们来说曾经代表着充满希望的早晨——倒不是心有遗憾，而是由于这么青春年少就得了这个病，使得过于自信的她困惑不已。这时她才二十五岁。

"随便你们想知道什么，"她保证说，"我不会有半点隐瞒。对了，他们时不时飞过来看我，可是我什么都不在乎了——我人都被毁掉了。"

"我们都被毁了。"我和颜悦色地说。

她坐起身来，裙子上的阿兹特克画像从印着纳瓦霍图案的毯子里露了出来，裙子很薄——在这个充满阳光的国度里入乡随俗了——我想起了在另一个时间、另一个地点看到过的另一个姑娘圆润的肩膀，而在这里我都只能待在阴影之中。

"你别这么说，"她对我说，"我是真被毁了，但你们俩还是好好的，不过是不小心一朝被蛇咬了而已。"

"你别把我们说得像过来人似的，"我们用倚老卖老的嘲讽语气表示不敢苟同，"任何没过四十的人都称不上过来人。"

"我不是那个意思。我是说你们会好起来的。"

"万一好不起来呢？你就说给我们听嘛。你到现在还听人家说起他那些事的。他是什么样的人，电影界的耶稣基督？我认识一些在西海岸干活的伙计，他们都嫉恨他的胆量。你那时候对他很痴迷吧？想开点，塞西莉亚。最好的东西吃多了也舌头发腻。想想一个半小时后我们不得不面对的医院里的这顿晚餐吧。"

塞西莉亚的眼神里先是充满怀疑，然后就全当我们不存在了——不是说我们生活的权利，而是说我们感受任何失落、激情、希望或者极度兴奋等任何重要感情的权利不存在了。她准备讲了，就等喉咙里的一阵干痒消退。

"他从没有正眼看过我，"她气愤地说，"如果你们是这种态度，那我就不会说他的事情了。"

她掀开毯子站了起来，她那在中间分开的头发从毫无血色的额头上散落下来，就像从一座黄色水坝上落下来的水波。她胸脯高挺，身体清瘦，她那年纪的绝色女子的姿色丝毫不减。当她穿过那扇敞开的门走进走廊——我们通往仙境的唯一通道，鞋跟的咔嗒声暗示出一种优越感。显然塞西莉亚现在什么也不相信了，但是她又好像认识另一条路，很早以前曾经走过的一条路。

然而我们相信将来她会说给我们听的——而她也的确说了。以下是我们对她讲的故事的不完美的记叙。

219

＊　＊　＊

以下故事由塞西莉亚讲述。我应该解释一下为什么那个夏天我在制片厂转悠得那么多。好吧，首先，现在我都这么大了，不该让我置身事外了，而且我知道该怎么不打扰别人。第二是，我与怀利·怀特的看法不同，知道谁有权力决定我的身体，于是便出现了一个叫 X 的人，我并没有打算嫁给他，他在演男主角，他几乎把一个同时在三部片子里演女主角的女孩弄到手了，我不得不到这儿来。第三个，这也是最重要的，我没别的事可做。（第四，在好莱坞干活的那些伙计这么说……）

＊　＊　＊

塞西莉亚与凯瑟琳

她穿一件从萨克斯百货大楼里买来的小夏装，价格十八点九八美元左右，一顶粉色和蓝色相间的帽子斜戴在头上。她的指甲白里透红，几乎是自然天成的，她的头发你不能绝对肯定是什么颜色的。他彬彬有礼，相当的低调。X 用了好些时间来解释我是谁，事实明摆着凯瑟琳从没听说过我父亲，可是 X 却磕磕巴巴不承认。

"我一直在找工作。"她说。

"什么样的工作？"

"我在看招聘广告。圣哲是什么？"

X解释了——解释得妙趣横生。

"他最会给人鼓劲了,"凯瑟琳说,"不过我恐怕这样不行——缠在他头上的头巾多脏啊。"

* * *

父亲以前经常为了一些犹太人和爱尔兰人的特写镜头而跟犹太人争吵不休。犹太人说他老是把自己的点子吹嘘得过了头。父亲认为他的想法就是千真万确的。比如说,**他的**哭泣的镜头。

施塔尔

施塔尔的一天通常都是在制片厂里开始的。自从他妻子去世以来,他时常就在那里过夜;他的工作套间包括一个卫生梳洗室和一个沙发床。因为在洛杉矶县里来往距离非常远——一天要在汽车里坐上三个小时的情况也并非少有——住在这里非常节省时间。

* * *

他从不让他的名字出现在影片上——"我不想让自己的名字出现在银幕上,因为功劳这种东西应该归于别人。假如你处在某个位置上就把功劳归给自己,那么你不要它也罢。"

＊　＊　＊

另外我还想说说他在处理与手下比他地位低得多的人的关系上的巨大失败。不过，这也许是与他对自己的健康失去了自信有关，因为二十多岁时他能事必躬亲，然而这势必受到那些积极进取的总监们的掣肘，而非帮助。而他与导演们的关系呢，他把对他们工作的干涉减到了最少，可这样也给他树敌了——这一点很重要——自从格里菲斯拍摄了《一个国家的诞生》之后，在他到来之前，导演一直是电影行业里的老大。所以现在有些导演不满，因为他将他们的位置由一个执掌生杀大权的大王降到了一个联合体里的普通一分子。他对摄制场本身的兴趣很重要，同时他讲究完全民主，在制片厂的普通员工中广受欢迎。

其实，我心中的施塔尔一开始并不是这样的。我得回到他的童年去，记住他母亲说过的那句话："我们一直都知道门罗会不错的。"……要记住尽管他个子矮小——他身高肯定不超过五英尺六英寸半，体重也很轻（这就是他喜欢看到别人坐着的原因之一）——但他是个斗士，记住在威尼斯时这个人为了跟妻子一起放肆，他是如何发脾气跟别人打架的……他肯定从很小的时候开始就是个喜欢打架斗殴的人，很可能横行乡里。还要记住从一开始起他在那些自由散漫的人中是如何吃得开，那就是说，他这个人喜欢跷着二郎腿坐，叼着烟，"是哥儿们中的一员"。从根本上说，他是男人的男人，而不是女人的男人。

在闲聊时他没有半点的自命不凡或者高人一等使得跟他在一起的人觉得不舒服。以前他不时会跟一帮行为不检的导演混在一起——他们当中很多是大酒鬼，尽管他并不是他们中的一员。可他们却以一种"铁哥们，好知交"的义气接受了他——那就是说，尽管在他晚年过度的操劳使他变得日益稳重，施塔尔身上从来不曾有过自大或者胆小，我觉得这是他的真实个性，而不是装出来的。在这方面他有点像拿破仑，而且确实喜欢战斗——正是基于这一点我才猜想他从小就是个喜欢打架斗殴的孩子，后来也一直如此。如果说在他完全掌权之后费尽心机地一意孤行，那是他由于所处的位置而非他的本性导致的。我认为，就秉性而言，他是个非常直接、坦率和喜欢挑战的人。你们从上面所说来分析分析他的童年大概是怎么样的吧。

这一章不能往下写成一种单纯的人物分析。我说的关于他的每一点最后都不过寥寥几百字，用一些有针对性的趣事或者故事来使其显得鲜活。我不想让它有什么分析色彩。我想使它从头到尾就像老拉姆勒自己打电话时一样充满戏剧性。

* * *

施塔尔知道自己有一定的应用技术知识，但是因为他做头头已经那么长时间了，在他的统治时期许多徒弟都已成长起来，所以归结到他身上的知识要比他实际拥有的多。他把这当作一种最便捷的方式接受了，他是一个老练而谨慎的唬人大王。在配音室里——这里对听觉的要求就像剪辑室里对视觉的要求一样强——他全靠自己的耳朵工作，日益新奇的名词和俚语常常令他茫然不知所措。每到停顿之时也是如此。他望着以动画为背景新拍摄的片子——也就是以别的片子为背景拍摄的片子——渐渐暗淡下去，心中像孩子似的暗自称许。当他看到样片上的场面在他面前渐次展开，其实他轻而易举就能明白该如何从感官上去接受它——可他经常宁愿装着不明白。身边聪明的年轻人比比皆是——雷蒙德就是一个，他用他们的话来说道，给别人一个片子里的东西他们全都了然于胸的印象。施塔尔不会这样。当他进行干涉时，他总是从自己的，而不是他们的角度来发表意见。所以他起的作用与早期格里菲斯拍片子时是不同的，格里菲斯所拍成的每一部片子里的一切都是亲手完成的。

* * *

那些头头脑脑一年之中有没有读过哪怕是一部虚构出来的作品都是值得怀疑的。而施塔尔呢，他实在挤不出半点时间来读，只得依靠提要，他便开始怀疑他手下那些监制有没有读得比规定的还要多；他怀疑他手下那些挑选演员的人（此处指根据人物性格挑选）有没有将他要求他们看的东西全都看过。影片会在旧金山播出一年半——只有等片子到了洛杉矶以后特色片子才会为人发现，在这里那些卖弄风骚的小妮子一旦吸引住一些身穿裘皮锦缎的慵懒观众，不出一周这样的特色片子就会在电影市场上大红大紫。这时候就得敞开钱袋子大出血了，而如果早点探出苗头就会一本万利。

　　　　　　＊　＊　＊

　　如果要宽恕施塔尔那天下午做的事情，那就应该记住他是从那个粗野、强横、靠粗暴唬人的旧好莱坞走出来的。他创造出来了毛坯，经过打磨，而且掌控着新的好莱坞，可是他会时不时地将它撕扯开来，为的就是看一看原来的好莱坞现在还在不在。

　　　　　　＊　＊　＊

　　可此时，当他站在那里，管弦乐队开始演奏，舞蹈演员们准备起舞，他心里一个声音说出来的一句话令他大吃一惊："我厌烦得无以复加啦，"那声音说。

　　甚至连这个声音也不像他自己的声音。"无以复加"是戏文，他在想最近是不是读到过这个词。他并不经常出去，不会厌烦的，他也不会这么去想问题。他知道怎么躲避那些令人厌烦的人，他有了足够的经历，知道如何谦恭优雅地接受别人的尊敬与仰慕；而且他几乎从来都是心情畅快。

　　有时有男人朝他走过来搭讪，他会把双手插在口袋里跟他们说话。其中有一个是嫉恨他的经纪人，有人告诉施塔尔说，这个人经常背地里叫他"万安街上的耶稣""活着的奥斯卡""复出的拿破仑"。

* * *

审查制度实行一段时间以后,门罗开始厌恶那种孩子气的片子。写出施塔尔如何在疗养地躲避,或者闭门谢客又不伤害他们。

* * *

像许多男人一样,他不喜欢花,除了养一些草——它们太高级,太娇羞了。不过他喜欢草叶、嫩枝、马栗树,甚至未熟橡子、熟透并长了蛀虫的果子。

* * *

结尾部分施塔尔过得很悲惨,很苦涩。

* * *

去世之前,由《崩溃》[①]引发的思绪。
我喜欢死亡吗?(晚上六点照镜子)

[①]《崩溃》(*The Crack-up*),菲茨杰拉德创作,《绅士》杂志1936年4月发表,后改编为电影于1946年上映。

　　　　　　*　*　*

　　那些被上苍赋予了超常的工作或者分析能力或者其他能力助其取得巨大个人成就的人，一旦发家致富了，就忘记了这样的能力在他的同类人中不是平均分布的。所以当有人由于布拉多格（即布拉迪）的行为而提出成立一个工会组织时，施塔尔似乎改弦更张，加入了其对立面，几乎与布拉多格结为同盟了。注意，在小说尾声部分我将表明，正如施塔尔在身后留下了一些美好的东西一样，他也留下了一些不好的东西。正如他的许多富有价值的作品仍在他身后流传一样，他的一些反动的东西，如"剧作家联合会"，在他死后还长期存在。不过请记住，这在本章中只占很次要的位置，而且肯定会以格言警句式的语言来表达，而且可能是通过一个将在本章离开好莱坞的人物之口说出来（施塔尔在飞机上是最后的告别）。无论如何都不许影响到这一简短的章节的氛围，不论是用近距离特写还是远距离遥望，这一章都属于塔利亚（即凯瑟琳），要让塔利亚久久停留在读者的心中。

　　　　　　　　　　凯瑟琳

　　凯瑟琳认识到，人生之路不通向任何目的地，就好比飞机的飞行轨迹；也没有人知道路在何方，因为现在没有了丹尼尔·布恩[①]来砍

[①] 丹尼尔·布恩（Daniel Boone，1734—1820），美国早期拓荒者之一，肯塔基州的主要开拓者，独立战争时期为军官，是美国人心目中的英雄。

树铺路；这个世界照样会转，它不会转到她心里来，可那些轨迹却又是存在的。人生是一次孤单可怕的旅程。

* * *

她想起了橱窗里摆着冰镇龙虾的那些小饭馆里的电风扇，想起了珍珠色的招牌在昏暗的城市天空下，在炎热和黑暗的天空下闪光和转动。一切都笼罩着一股可怕的陌生感，屋顶上、空荡荡的公寓里、公园小路上的白裙子上、摘星星的手指上、月亮般的脸蛋上，都笼罩着一股神秘感，人与人是那么的陌生，鲜有人知道别人的名字。

* * *

镜子里那无用的亮丽美色仍然令她深感苦恼。

* * *

凯瑟琳与其丈夫？

他在小屋里找到她时她正呆呆地站在那里思考。她思考时他觉得害怕，他知道在她内心里那块他最不曾触动过的地方，她一直在无休无止地进行着自我辩解，与其纠结在一起的是一种生活的不公与不满之感，而她表面上却让人觉得非常冷静。他知道她心里正在想着"？"，可是一直令他吃惊的是这总是以莫名其妙的抗议结束，而他就像她自己一样，所能想得出来的只有被逼和无助一种因素。这样比她说一句"这是你的错"——她经常是这么说的——令他更觉得害怕，因为这使得他无法琢磨当时的情况和她心里的想法。在这方面，他的心情比她的更显阴柔——他觉得轻飘飘的，有点站立不住——有点像狄更斯笔下那位责怪妻子诅咒自己的人物。

施塔尔与凯瑟琳

目标：我要诱惑一次——很有加利福尼亚特色，然而又有新意——很有好莱坞特色，应该说。如果他没有幻想，那他也至少很有同情心，以及兴致、友情、激励和吸引力。

这其中温馨又从何而来呢？他为什么觉得她充满温馨？比《永别了，武器》里的那个声音更温馨。我这里的姑娘们都是这么的温馨和充满希望。我该怎么做才使得这个事儿显得诚实而与众不同呢？

夜幕下的海。科莫。圣珀尔教堂（《夜色温柔》中用过的）。为什么那些法国罗曼司本质上是冷漠和忧伤的？——为什么威尔斯[①]却温馨？

* * *

大致情绪。一阵暴风骤雨般的激情之后，他们动身回家，她仍然

[①] 赫伯特·乔治·威尔斯（H. G. Wells，1888—1946），英国小说家，以《时间机器》《隐形人》等科幻小说著称。

以为她能够抽身。她不忍心去想。就在今夜。那是一个黑暗的黄昏，下着雨，一天都是阴沉沉的（平日此时正是日落时分）。他们是三个多小时前离开宾馆的，可是好像已经过了很长时间。他们俩到得很快。这地方产生了一种日落似的奇特效果。这种心境应该属于两个人的——自由自在。他对那姑娘有一股无法遏制的冲动——她给他带来了重新回到生活中去的憧憬——虽然他至今还从不曾考虑过结婚——她是希望与新鲜感的核心。他诱惑了她，因为她自己失足了——她由于强烈的仰慕之心（那次通电话产生的）而任凭自己受到诱惑。一旦确定下来，事情变得那么的放纵，气喘吁吁，直截了当，然后才会柔和与温情片刻。

* * *

她非常情愿，这是没错的。在任何时候这都是有利的，但是第一次就能如此，仍然大大出乎他的希望或者意料之外。虽然不像少男少女了，但依旧是那么的风情，令人欢喜和窒息的甜美，犹如他当年跟明娜小别胜新婚。他去了一百英里之外的地方，她要去见他，可他不让她去见。

* * *

这个女孩有她自己的生活——他遇到过的人中很少有谁的生活不是多多少少要依赖他或者希望依赖他的。

鲁滨逊

这些关于鲁滨逊的段落均与这部小说的一个早期计划有关。作者放弃了原来准备使凯瑟琳跟鲁滨逊产生恋情的那个计划,不过当布拉迪选人去除掉挡道的施塔尔时,作者心中考虑的杀手可能还是鲁滨逊的形象。凯瑟琳在此名叫塔利亚。

我想用这段故事来刻画一位剪辑师,摄影师,或者制作诸如《冬日嘉年华》[①]之类的片子的二级部门的经理的工作,强调鲁滨逊的工作速度是何等之快,他的反应,为什么他就是他,而没有成为一个凭借其技术技能获得高薪的职员。我也许可以运用一些达特茅斯的气氛,雪景,等等,不过我得谨慎点,不要影响了沃尔特·瓦格纳可能会在《冬日嘉年华》中运用的材料,或者我曾经向他建议过的材料。

我可以通过塞西莉亚的眼睛来开始这一章,她是应邀前来参加嘉年华的嘉宾,迅速跳到鲁滨逊身上,可能会让他们在一个发报柜台前相遇,她看到他时他正在给塔利亚发电报。可是到这时为止,通过我选择的材料——摄像以雪景为背景——我应该不仅仅展现鲁滨逊这个人物的真实性格,还应该为将来刻画他走向堕落留下一个楔子。通过一个很短的过渡或者蒙太奇,我将这群人全部转到西部。塞西莉亚

[①]《冬日嘉年华》(*Winter Carnival*),1939 年发行的一部影片,描写了达特茅斯学院里的爱情故事,该片由查尔斯·里斯那执导,理查德·卡尔森和安·谢丽丹饰演男女主角,沃尔特·瓦格纳(Walter Wagner,1894—1968)为该片的制片人。

（也许是跟她自己的朋友一道）对带队的制片人（不管用的制片人）和鲁滨逊连哄带骗。

那个被试探性地选来除掉施塔尔的人便是剪辑师鲁滨逊。鲁滨逊的性格必须加以发展，这样才有这种可能——那就是说，鲁滨逊的性格有三个方面。最大的可能是他是一个中士之类的人物——性格按计划好的写。他的世界观是传统型的，而且相当的老套和陈腐；正是这一新的因素使得他可能受到环境的影响而走向堕落，从而被卷进这个事件中来并且被布拉多格利用。为此，有必要一开始就在鲁滨逊身上设计某种缺陷，尽管他勇敢，机智，有技术专长，还当过中士——这是我准备赋予他的优良品格。某种不为人知的缺陷——也许是性方面的。这也是有可能的，但如果我这样写，那么他就不可能跟塔利亚有任何关系了，她肯定是不会接受一个糟糕的情人的。也许他身上有某种缺陷，不是性方面的——不是不像男人，不管怎么样，暂时还没有特别的想法，这还得靠编。无论如何，他爱着塔利亚，这自然使得他成了布拉多格手上可以利用的一件工具，能利用他争风吃醋的本性来对付施塔尔。

* * *

塔利亚断断续续地有过一些风流韵事，对此她内心里不无羞愧，其对象是我称之为鲁滨逊的那个剪辑师，此人在他的（这一点很重要）职业生活中是个非常有趣而且细腻的人物，这个形象是建立在一位中士之上的——在部队中服役过，或者是艺术家联合公司那位令我敬佩不已的剪辑师，或者是任何一位解决难题的高手或电影技师——我想将这一点与他在所谓城市文化面前显得十足的循规蹈矩和甘于平庸形成鲜明的反差。女人只需动动小手指就能将他搓来揉去的。哪怕是在暴风雪刮得睁不开眼睛的漆黑夜里，他爬上六十英尺高的电线杆子，哪怕是任何缠绞得厉害的电线，他都能迎刃而解，而他所用的工具不过是从靴子上取下的钉子，权当是老虎钳了，可是当他面对这种哪怕最无知和最没用的人也能彬彬有礼地解决的情况时，他却显得那么的无能与笨拙——甚至会给人留下这样的印象：一个巴比特式的市侩①，一个愚蠢、笨拙、无能的家伙。

这一反差在小说中的某个节点上被施塔尔识破了，他这个人只要有机会，无论何时何地都能洞穿表象看到真实。

她对这个人的态度一直是这样的，即便是在做爱这样美好的时刻，她也要做他的主人，而他对她既有深深的感激之情，也有浓浓的爱恋之意，在整个故事中他一直觉得她注定就是他的人上人。施塔尔在某个时刻向她指出这是胡说，在此我想指出男人与女人在观点上的不同：具体地说，就是女人在性格上比男人更倾向于抓住自己的优点，而不是显得更为豁达，我是说她们眼界没那么宽广吗？

* * *

施塔尔点着头，走在他那帮人的最前面。鲁滨逊几乎就紧挨在他

---

① 巴比特（Babbitt），美国作家辛克莱·刘易斯（Sinclair Lewis）同名小说中的主人公，是典型的市侩实业家的形象。

旁边，只稍微靠后一点点，是个紧绷着腮帮的技师——据说是好莱坞最好的剪辑师。我没有接触过这个阶层的人，不过我知道鲁滨逊的剪辑技术非常高超，时常有人请他去导演电影。他尝试过一次，那是在默片时代，却失败了。像杰克·鲁滨逊这样的人是绝对不会想去掌管一项事业的，如果说我对我在谈论的情况有足够了解的话。他被从密歇根州雷鸣电闪的电线杆顶上他的工作岗位上叫下来，充当了一名中士，接受了与他所在的步兵师所属的炮兵部队建立起可靠联络这样一个复杂的任务。这时他发现一个没受过教育的故障检修员抵得上六个无头苍蝇似的少尉，官名叫"信号官"，他对那些上司丧失了信心，从那以后他就从没想过要做别的什么官，只想当好传达上司命令与汇报下属行动的联络员。

他身上有一股暖意让施塔尔喜欢。有时候他会侧着身子走近施塔尔，去感受一下某个故事是真是假——但实际上他的建议被当作了耳旁风，"哦，真见鬼——这些人知道什么啊？很好，说下去。这些线从哪儿走？好，这个办法太好了。"

飞机坠毁

对于孩子们发现那架坠毁的飞机这一情节，菲茨杰拉德草拟过一些细节，他在给出版社的信中提到过。他曾经一度想过要放弃这些内容，因为他觉得用施塔尔的葬礼结尾会更好些；但后来写的一则笔记显然表明他仍然在考虑使用这些细节。

我要用一个精巧的过渡来开始这一章，这很重要，因为我不会描写飞机的坠落，而是仅仅给出一个飞机起飞时施塔尔最后一次出现的画面，简要描写一下在机场即将起飞时坐在飞机上的乘客。然后飞机就飞往纽约，当读者翻到第十章时，我必须确保他不会因为场面与情况的突变而不知所云。在此我能做到的最好的过渡是在开头第一段就告诉读者，塞西莉亚讲述的故事到此结束，下面的情况是作者自己发现的，是将他在俄克拉荷马州一个小镇上打听到的情况和他从当地一位法官那里听到的内容拼凑起来的。这些事情是飞机坠毁并将施塔尔与所有乘客全部坠入一片白色的黑暗之中一个月后发生的。告诉读者大雪如何将飞机的残骸掩盖住了，尽管经过了多方查找，飞机仍然被认为是失踪了，然后才开始讲下面的事情——第二年三月冰雪开始消融时一块窗帘首先露了出来。（我得将所有章节梳理一遍，将时间衔接好，以便让施塔尔的第二次纽约之行，也就是他身亡的那一次，正好发生在落基山脉上第一次开始下雪的时间。我想使这架飞机像那架真的失踪了的飞机一样，失踪整整两个月后飞机和幸存者才被找到）仔细考虑一下，是否有可能通过某种技术手段将飞机坠毁事件掩盖起来，在那些孩子发现之前不让读者知道，这样做是否明智。问题在于不能让读者读到第十章时一下子蒙了，但另一方面，如果读者在读到第十章开头之时仍不知道飞机坠毁一事，这样戏剧性效果更强一些，哪怕他在刚开始读的那几分钟不知所云也行。事实上，几乎可以肯定就应该用这种方式进行处理，我必须找到一种办法按这种方式进行处理。第十章应该用一个插曲开头，以保证让读者感觉到他在读的是同一个故事，但是这个插曲可以做得含糊一点，让读者将思路岔开一点，觉得这一段仅仅说明故事的下面部分不是由塞西莉亚讲述的，而不要让读者知道飞机已经撞到了山顶，消失了好几个月了却无人知情。

　　在我已经给了读者一种过渡的感觉，让他做好了场面与情景转变的准备之后，就用一段空白之类的将原来的叙述断开，再开始讲下面的故事。讲述一群孩子开始徒步旅行。讲述在这个山区的州里早春时节冰雪开始消融。挑选好这群孩子，其中有三个我们称之为吉姆，弗朗西丝，以及丹。描写出俄克拉荷马州漫长的冬季过去后开春时节的那种独特气氛。那种气氛必须写得严冬肃杀，几乎是一股突然降临的暴力将紧裹的严冬断裂开来——就像一块浮冰在剧烈的扭曲之下不情愿地裂开来似的。阳光明媚。三个孩子离开了由老师，童子军指导员或者其他什么人监护的远行队伍，那个叫弗朗西丝的女孩偶然间发现了那架坠毁的飞机的发动机碎片和飞轮。她不知道那是些什么东西。这东西让她感到非常纳闷，此时她正忙着跟吉姆和丹这两个男孩打情骂俏。但是她是个十三四岁的聪明孩子，虽然她不认识这是飞机上的零件，但她知道在这大山里发现机器零件是件奇怪的事。一开始她以为是什么采矿用的机器。她先后叫来了丹和吉姆，他们开始寻找这架坠毁的飞机的残片，忘记了他们那些青春少年的小游戏。他们的第一个本能反应就是把队伍里的其他成员叫过来，因为他们中最聪明的孩子吉姆（两个男孩都在十五岁左右）认出来这是一架坠毁的飞机——尽管他并未将它与去年十一月失踪的那架飞机联系起来。就在这时，弗朗西丝找到了一个小包和一个打开的行李箱，这是那个女演员的行李。里面的东西对她来说是做梦都想不到的奢侈品。里面有个首饰盒，盒子还完好无损——它是先被树枝挂了一下再落下来的。里面还有长颈瓶装的香水,这是在她住的那个小镇上从来没有见过的,这也许是我能想到的一个女演员随意携带的玩意儿,却绝对是电影界的优雅奢华的最终遗言。小女孩完全被迷住了。

　　与此同时,吉姆找到了施塔尔的手提箱——手提箱一直是他梦寐以求的东西,而施塔尔的手提箱还是皮质的上等品——以及其他一些施塔尔随身携带的物件。这些东西显然是属于富人的。我眼下还没有想出来具体是些什么东西,但我想得出一个非常富有、装备齐全的人出远门时可能会随身携带些什么东西,这时丹向大家提议说,"这件事我们为什么要告诉别人啊?我们可以等一会再叫他们上来,很可能还能找到钱的,什么都有——这些人已经死了,他们永远也用不上这些东西了。然后我们再告诉别人飞机的事,让他们去找好了。谁也不会知道我们来过这里。"

　　丹说话的言辞腔调隐约有点像布拉多格。这一点要处理得很细腻,不能写得像寓言或者道德说教,但这种印象必须传达出来,不过小心点提一提就行了,不要反复强调。如果读者忽略了,那就随它去——别重复。要使弗朗西丝显得容易受环境的影响而不要考虑道德方面的问题,但是对吉姆的道德品质就一定要表示出怀疑,甚至一开始就要怀疑他这么做即使对死者而言是否公正。这一情节以这三个孩子重新回到大伙之中结束。

　　此后几个星期中这几个孩子几次来到这山上,将这里所有值钱的东西都洗劫一空。丹对自己发现的东西尤其感到自豪,这其中还包括朗西曼那些破破烂烂的行李。弗朗西丝则忧心忡忡,非常害怕,她倾向于站在吉姆一边,吉姆此时正因为整个这个事情而惶惶不可终日。

他知道寻找失事飞机的几个小组已经去附近的山里搜寻过了——知道飞机的踪迹已被寻到,等到春暖花开之时这个秘密就会被抖搂出来,感到每上一次山危险就增加几分。不过暂且不谈弗朗西丝的感受,因为此时吉姆已经翻阅了施塔尔手提箱中的东西——他是夜深人静的时候将藏匿在木料间里的手提箱取出来的,对施塔尔这个人产生了崇拜之情。自然,故事发展到这个时候,三个孩子全都知道了那是一架什么飞机,飞机上乘的是些什么人,以及他们拿的是谁的行李。

有一天他们还找到了那些人的遗体,不过我不想具体去描写这个可怕的场面,六七个遇难者的遗体还有一半仍然被掩埋在冰雪之中。不管怎样,吉姆在那天深夜里读了施塔尔的一封信后决定去找法官自首——把整个事情和盘托出,尽管他因此而受到了个头比他大的丹的威胁,还有可能会因此而挨揍。关于这几个孩子我们就写到这里为止,希望他们落在了善良人的手里,不会受到惩罚,希望他们拿到的东西已全部物归原主,毕竟在法庭上他们可以只知道"捡到归我"为由请求法庭从轻发落。这三个孩子中任何一个都不会受到任何惩罚的。要给人这样一个印象:吉姆平安无事——弗朗西丝多少受到了坏影响,大约一年之后可能会出去冒险,从淘金客到卖淫女,转变成什么样的人都是可能的,而丹则完全堕落了,此后一生之中一直在等待机会空手套白狼。

我无法做到那么的谨慎小心而不重复提到这些,难免会给这个故事增添一些道德说教的实质内容或者感觉。我应该肯定地说明吉姆不会有事的,最终有可能还会跟弗朗西丝走到一起,让读者希望弗朗西丝也会平安无事的,然后在我们最后一次看到弗朗西丝时,要写出她梦寐以求的奢华生活好像就在下一个山谷里等着她，她心中的这种想法总挥之不去，使读者心中的那份希望破灭，从而给这个事件一个苦涩和辛辣的结尾，去除可能在不知不觉中已经进入小说中的那种感伤和道德说教的成分。这一事件肯定要以弗朗西丝结尾。

* * * *

对孩子们思想上产生的影响仍在持续。也可以让飞机在洛杉矶郊区坠毁。他以为是一些小山丘，可灾难就在眼前——他有助于营造出一种凄凉感。

好莱坞及其他

跟你们讲述施塔尔的日常生活是不可能的，那会有乏味之虞。东海岸的人假装对如何拍电影感兴趣，但是如果你真的跟他们讲什么东西，你会发现他们感兴趣的只是科尔伯特的服装和盖博[①]的私生活。他们从来不会剖开会讲腹语的人的肚子看看里面藏着什么洋娃娃。即便是那些见多识广的知识分子，他们也喜欢听那些装腔作势、夸张无度和庸俗不堪的话——跟他们谈论电影得私下里谈，就像谈政治，汽车产品或者社会一样，你瞧，他们脸上都变得一片茫然了。

我可以举个例子试试，你们知道施塔尔说"不错"这个词时他有

[①] 克拉克·盖博（Clark Gable，1901—1960），美国男影星，曾饰演《乱世佳人》《一夜风流》中的男主角。

什么特别的意思吗？他的意思跟圣西门说"la politesse"①的意思差不多，而你们会将我说的话归到品位讲座的类别里去。

* * *

华纳兄弟公司的剧本情节写作和大都会的剧本创作会上，一大摞——将施塔尔送来的剧本删了又改，改了又删。

* * *

施塔尔与艾格王子

"好了，我们去吃午餐吧。"他接着随口说道，"在好莱坞布罗卡是除了刘别谦②和维多③之外最好的人了。可是他年纪大了，这让他挺苦恼的。他还没弄明白如今并不是电影里的一切都靠导演了。那是他们在手掌拍的年代留下来的方法。"

"手掌拍？"

他们开始走出门口。施塔尔笑了一声。

"那时候认为导演应该将电影的情节记在手掌上。那时候是没有剧本的。编剧都被叫作搞笑人——通常是记者，都是些醉汉。他们站

---

① 圣西门（Louis de Rouvroy, duc de Saint-Simon, 1675—1755），法国军人、外交家，"la politesse"，法文，"礼貌"之意。词语典出不详。
② 恩斯特·刘别谦（Ernst Lubitsch, 1892—1947），德国喜剧演员兼导演，1922年到好莱坞，演艺与导演均广受欢迎。
③ 金·维多（King Wallis Vidor, 1894—1982），美国导演、制片人和剧作家，曾五次获得奥斯卡最佳导演奖提名。

在导演的背后提建议,如果他喜欢这个建议,而且又符合他手掌上的记录,他就叫人演出来拍摄下来。"

　　大拍摄场上的情况是,每位制片人、导演和脚本作者都能举出例子来证明他是个赚钱的人。最初是企业对电影这个行业的不信任,为了追求速度而将一些优秀人才像杂草似的剔除了,而且就像是在矿工棚里一样,无才便是德;后来由于技术的日益复杂以及由此而产生的漂浮多变——可以肯定地说,只有那些靠自己或者靠别人而生存下来了的人才赚到了钱——不过事实上,在东海岸能够赚钱养活自己的制片人还不到三分之一,而编剧还不到十分之一。但是这些人中没有一个,不管这家伙层次有多低,也不管其能力有多差,不能说他没有为这个行业取得的巨大成就做出了贡献。这样一来就难以对他们进行区分了。

* * *

　　记住我在《疯狂星期日》里做出的总结——不要给别人一个这些人是坏人的印象。

* * *

　　女演员——介绍得如此缓慢,如此详细,如此真实,你不得不相信她。不知怎么的,起初她坐在你身边,不大像女演员,只是具备所有的素质,声音在你耳朵里洪亮刺耳。后来写她真的是演员,不过不要偏离了主题去写她演艺生涯的细节。贴近写她。不要只用她的名字。一直用独特的风格开始写。

* * *

胡子。蒙蒂·伍利的胡子。百分之五十是王婆卖瓜。全家靠这胡子为生。七个星期没活干了。在《飓风》这部片子里表现出色。周三表现差。因为一个编剧要把那段删掉——我没活干了。多么的显赫啊,虚荣心。损失达三万美元。假胡子被剪了。

* * *

蒂莉·洛施担心异国情调意味着什么。

他作为一个脚本作者还太嫩了,当代理人进来时他还以为是要他给报社写稿子。(此处指好莱坞那些专业报刊甩掉那些新入门的广告撰写人员的习惯,威胁要败坏他们的名声或者根本不让他们出名)

* * *

有人(好莱坞专业报社里来的)建议我不要读那本书。

* * *

第十章中的人物,可怜的制片人。

——后来有人说他还在默片时代就死了。

我们需要一种新思路。

* * *

任何广为接受的想法如果用漂亮的反话说出来，对某些人来说可能价值连城。

* * *

一个说"两面开拍"的玩笑。

* * *

"我们可以拧开龙头放掉一些，"她说——就像一个混血女佣说的，"我准备把你的袜子漂洗干净，"这样就把工作减到最少。

* * *

地板上堆着大堆大堆的电线——通过传话机能听到每个人说的话。

* * *

她那灰黄色的头发好像是不畏风霜，只有一小绺刘海获得了允许，甚至受到了期待，在微风之中轻轻飘动。她身上明白无误地散发出一股气息，表明她是谋定而后动的。她那淡淡的柳叶眉下，眼睛，等等。她的牙齿在褐色皮肤的衬托下显得格外白净，嘴唇是那么的红润，跟她湛蓝的眼睛相映成趣，霎时令人惊诧不已——就好像绿色的嘴唇搭配着白色的瞳孔一般令人惊奇。

* * *

她唯恐有黑色的锥子从铁臂里砸下来，不停地尖叫着穿过阳光灿烂的房间。叫声停顿了片刻，取而代之的是她的心跳声；然后叫声又起来了。

* * *

好莱坞的孩子。跳娃娃的身子上长着一副生意兴隆的街头妓女的紧绷着的小脸，清脆文雅的哀鸣声。

* * *

我们大多数人从出生的那一天起到死亡的那一天都是可以上照片的，而电影里放映出来的，除了厌倦与憎恶，不会产生任何其他感情。这一切看上去都像是猴子挠痒。你觉得你朋友家里那些记录孩子成长和他们旅行的片子怎么样？不也令人厌倦死了吗？

　　　　　　　＊　＊　＊

　　烈日炎炎的七月天里的一支橄榄球队。两支热门球队为了每天赚到五百美元而四处搜索。演员、群众演员，以及拍摄组。高耸的露天运动场里空荡荡的，施塔尔和他的姑娘。

　　　　　　　＊　＊　＊

　　比如说，某一天上午在餐厅前，有个人煞有介事地请他帮个忙，施塔尔边说"你好啊，蒂姆"，边在他背上猛拍了一巴掌。施塔尔便叫人将此人跟拍下来，然后在他背上猛拍一巴掌。这个人便上了天堂。

　　这话近乎大实话，因为他被招入了一家最好的单位——当乔治·格什温①说"你能弄到手的话那活很不错的"时，他说的就是这个。今天他就坐在那里，墙上贴着他妻子和孩子们的照片，他的指甲在比弗利山酒店里修剪过。他的人生就是一个漫长的，幸福的梦。

　　　　　　　＊　＊　＊

　　施塔尔记得他们在一九二七年时是如何利用那三个嬉皮士的。X当时正被一个真的很可怕的女人纠缠着。在案子进入庭审的前一天，

---

① 乔治·格什温（George Gershwin，1898—1937），美国著名作曲家和钢琴家，代表作有《蓝色狂想曲》《美国人在巴黎》等，在20世纪30年代在美国是个家喻户晓的人物。

他叫一个小矮人和**另外两位嬉皮士**给她带去了口信。他的辩护律师一开始陈述就说那个女人是疯子。她站在原告席上描述着那些去看望她的人——陪审员们摇着头,彼此眨了眨眼睛便宣布原告无罪。

* * *

塞西莉亚的叔叔跟 ×× 的兄弟一样是个白痴。

"——汤米·曼维尔,芭芭拉·赫顿,以及沃利·多纳休粗野的个人主义行为。"他支持兰登时怀利竟然顶撞,绝不饶恕他。

* * *

有个地方可以提示有一家大公司,这样就全面了。

* * *

一个身材高大,肩膀圆阔的年轻人,鹰钩鼻,温和的褐色眼睛,一张有灵性的脸。

* * *

乘飞机旅行

我有一个蓝色的梦,梦见自己在一个篮子里,像风筝一样用一根绳子拴着迎风飘扬。

* * *

在此展开翅膀翱翔蓝天的感觉真好,展开蔚蓝的双腿冒险去。

女孩就像一张唱片,有一面是空白的。

* * *

在美国人的生活中不存在第二幕。

* * *

这些人的悲剧在于,在他们的生活中从来不曾真正有过痛彻心扉。

海明威式的孟浪人物。

* * *

狡猾的剽窃者。

急需最高统治权。

这场阉割中无一人幸免。

* * *

别唤醒了塔金顿[①]笔下的那些鬼怪。

* * *

行动就是性格。

[①] 布思·塔金顿（Booth Tarkington，1869—1946），美国小说家和剧作家，著有小说《高贵的安波森家族》《爱丽丝·亚当斯》等，多描写大家族的衰落。他曾两次获得普利策奖。

一部振聋发聩的旷世之作
——评菲茨杰拉德长篇小说《末代大亨》

一

《末代大亨》是菲茨杰拉德有生之年所创作的最后一部长篇小说。这部小说的写作动意由来已久,在他二十年代末期进入好莱坞影业界时就已形成(菲茨杰拉德一直想以他在好莱坞的亲身经历为题材,创作一部以好莱坞影城为背景的长篇小说)。他真正开始创作这部小说的时间为一九三九年一月,即在他中止了与MGM影业公司的片约合同之后。一九三九年五月,菲茨杰拉德写信给他的好友兼经纪人哈罗德·奥伯(Harold Ober,1881—1959)说:"我已经制定好这部小说完整的写作提纲,小说的基本情节、主要事件和主要人物也都已初步成型。"[1] 一九三九年十月,他在发给美国斯克里布纳出版公司资深编辑迈克斯维

---

[1] Matthew J. Bruccoli, ed. *F. Scott Fitzgerald - A Life in Letters*, New York: Touchstone, 1995, p.393.

尔·帕金斯的电文中说："我认为我完全有能力把这本书写成一部类似于传记的作品，因为我了解这个人物的性格特征。"[1] 他所说的这个人物，就是好莱坞影业圈内大名鼎鼎的电影制作人，"MGM 影业公司"的副总裁欧文·泰尔伯格（Irving Grant Thalberg，1899—1936）。菲茨杰拉德早在一九二七年一月就与他相识，并与他有过一段不同寻常的交往，对他的气质、才华和人品颇为赞赏，小说中的主人公门罗·施塔尔，就是以泰尔伯格为原形创作而成的。

　　从小说气势宏大的框架结构，十七个完整的篇章，以及经过反复修改和润色的其余片断来看，菲茨杰拉德显然对这部作品寄予了很高的希望，并且倾注了极大的心血和热忱，目的是想藉此来重振雄风，恢复他在文学界的威望，使自己不落后于正如日中天的海明威等后起之秀。他在写给大型文学刊物《煤矿工人》(Collier's) 的小说编辑肯尼斯·李陶尔（Kenneth Littauer，1894—1968）的信中说："我希望这是一部面貌焕然一新的作品。希望它能够激发起人们新的情感，提供给人们新的观察社会现象的方法。为稳妥起见，我把故事的年代设定在五年前的这一历史时期，以便能更加超然地描写它。由于欧洲社会的剧烈变动已在我们的耳边回响，这或许也正是文学事业得以发展的良好契机。"[2] 然而，他未能实现长存在他胸中的这一宏愿。在写完小说第六章第一个片断之后，他便因心脏病突发而不幸与世长辞。

---

[1] Matthew J. Bruccoli, ed. *F. Scott Fitzgerald - A Life in Letters*, New York: Touchstone, 1995, p.414.
[2] *Ibid*, p.412.

菲茨杰拉德在他生命的最后两年里在好莱坞影业界的切身体验和耳闻目睹，为他最后阶段的小说创作提供了全新的视野和丰富、翔实的素材。他在搜集了大量第一手资料，制定了周密的写作计划之后，毅然拒绝了电影制片商们的稿约，开始了他雄心勃勃、规模宏大的第五部长篇小说的创作，并把它定名为《末代大亨的情缘》(*The Love of the Last Tycoon*)。他感到只有小说创作才可以使他痛快淋漓地直抒胸臆，畅所欲言地表达他在剧本创作中无法表达的思想和观点。他可以充分利用他在好莱坞生活期间所了解和掌握的诸多材料，可以免受制片商的监督或合作者的干预，可以得心应手地充分施展他的才华，发挥他的艺术天赋和丰富的想象力，写出他的真情实感。虽然由于贫病交加，偶尔还得赶写一些短篇小说和剧本维持生计，这部小说的创作常被迫不得已地中断，但他把主要精力和时间都花在了这部小说的构思和写作上，想以此重返文坛，恢复往日的赫赫名声。他在写给女儿斯科蒂的信中说："我已经着手写这部将来也许会成为经典之作的小说了，准备花四至六个月的时间集中精力来完成它。……在经历了那一切的艰辛、压力、耻辱、挣扎、苦斗之后，我总算恢复了元气，能够继续写作了……等你看到这部作品时，你就会发现，我对你们年轻人的世界的理解有多透彻——虽然谈不上广博，因为我已是疾病缠身，无力到处走动了。"[1]

由于过度辛劳，加之疾病缠身，菲茨杰拉德的健康每况愈下，《末代大亨的情缘》的创作时断时续，进展缓慢。一九四〇年九月，

---

[1] Matthew J. Bruccoli, ed. *F. Scott Fitzgerald - A Life in Letters*, New York: Touchstone, 1995, p.419.

在美国女作家多萝茜·帕克为他举办的一次鸡尾酒会上，剧作家克利佛德·奥德兹（Clifford Odets，1906—1963）注意到菲茨杰拉德令人担忧的身体状况："他脸色苍白，体质虚弱，仿佛极度紧张的生活节奏已彻底摧垮了他。"一九四〇年十一月底，他第一次心脏病发作，几乎当场晕倒。此后，为了方便生活和继续写作，他搬入了红颜知己、好莱坞当红女影星希拉·格雷厄姆（Sheilah Graham，1904—1988）位于一楼的公寓。这年的十二月二十日，他陪同希拉看完一场电影回来后，心脏病又再度发作。在希拉的悉心照料下，他的病情刚有稍许好转，便又继续握笔疾书。第二天，一九四〇年十二月二十一日下午，当他仍在伏案写作时，心脏病再度发作。此次发作彻底击碎了他长存胸中的瑰丽梦想，夺走了他年轻的生命。如同罗伯特·斯蒂文森、D.H.劳伦斯等英年早逝的文坛巨星一样，菲茨杰拉德也在风华正茂、年仅四十四时便溘然长逝，为世界文坛留下永远也无法弥补的损失。《末代大亨的情缘》只写到第六章第一个片断便戛然停止，成了这位天才作家留给世人的最后绝章。

菲茨杰拉德猝然去世后，美国文学评论家、斯克里布纳出版公司资深编辑麦克斯威尔·帕金斯力排众议，主张将他的未竟之作《末代大亨的情缘》加以整理、出版。但他又担心，在当时的形势下，读者很可能不会对以单行本形式出版的这部未写完的作品产生浓厚兴趣。于是，他决定将《了不起的盖茨比》和他精心选出的菲茨杰拉德的若干短篇小说，连同这部以好莱坞影城为题材的长篇小说汇集成一册出版，并约请作者在普林斯顿大学的同窗好友、文学评论家艾德蒙·威尔逊担任这部选集的主编。一九四一年，这部小说集以《末代大亨》为名正式出版。与此同时,威尔逊在其主持的《新共和》杂志一九四一年二月号和三月号上连续组稿,发表了一系列纪念文章,悼念这位才华横溢却又不幸英年早逝的天才小说家。撰写这批文章的作者都是熟知菲茨杰拉德,并对他的作品有过高度评价的知名作家和评论家,诸如:约翰·多斯·帕索斯、约翰·P.毕萧浦、约翰·奥哈拉、格兰威·威斯科特、巴德·舒尔伯格等。《末代大亨》的出版和这些名作家对菲茨杰拉德的文学生涯及其作品所作的高度评价,为后来掀起的"菲茨杰拉德复兴"(Fitzgerald Revival)揭开了序幕。

二

英国小说家戴·赫·劳伦斯曾说:"艺术的职责是在一个充满生机的瞬间揭示人与其周围环境的关系。"① 小说在它自己的时间和地点之内,一切都是真实可信的;脱离了它赖以存在的特定的时间、地点和环境,一切就没有那么真实可信了。经艾德蒙·威尔逊整理、编纂,正式出版的《末代大亨》,由六章和菲茨杰拉德生前拟定的全书的写作纲要,以及若干片断和札记所组成,如实体现了菲茨杰拉德当时的创作意图和思路,原样保留了作者本来的艺术风格和叙事手法,因而在今天读来仍具有真实的历史可感性。

《末代大亨》以好莱坞影城为背景,以菲茨杰拉德在好莱坞真实的生活经历为素材,描写著名电影导演门罗·施塔尔如何不顾权贵们

---

① 《劳伦斯读书随笔》,戴·赫·劳伦斯(David Herbert Lawrence,1885—1930)著,陈庆勋译,上海三联书店,2000年版,第28页。

的百般阻挠和反对，蔑视票房价值，坚持艺术标准，坚持做人的准则和尊严，在腐败之风盛行的好莱坞影业界独树一帜、孤军奋斗的故事。小说以凝重的笔力，高度艺术化地塑造了门罗·施塔尔这一浩气凛然的人物形象，表现了他卓越的才干和非凡的气概，他精深的艺术造诣和强烈的独立意识，他超逸的人格魅力和磊落的行事准则，以及他为真正的艺术事业而献身的崇高精神。门罗·施塔尔体现了菲茨杰拉德对传统道德准则和美国理想的诚笃信念。他屡遭陷害，是因为他"胸怀大略，聪明过人"；他的最终毁灭，也标志着对"美国梦"的追求的终结。他是那个特定时代仍在精神世界里坚忍不拔、奋勇拼搏的"最后一位大亨"。

《末代大亨》是以第一人称，通过女主角塞西莉亚之口叙述的。塞西莉亚是一个活泼可爱的女大学生，在与父亲的搭档门罗·施塔尔的交往中，悄悄爱上了他。小说的整个故事情节，以及围绕主题而展开的一系列事件，都是她亲眼所见，并由她讲述出来的。然而塞西莉亚与《了不起的盖茨比》中的尼克·卡洛威却有所不同。尼克以局外人的身份冷眼旁观或阅读了盖茨比的身世来历，见证了盖茨比的活动和最终的毁灭；而塞西莉亚则被作者赋予了更大的自由度和活动空间。她代替作者本人在小说中阐述着各种不同的观点，发表着对诸多人物和事件的评论，并起着恢复读者对故事主题的记忆的作用。她甚至可以将收集到或想象出的各类消息加以整理归类，然后再发布出去，使读者能够从多种渠道和不同角度获取到相关信息。从这部作品的总体构思和布局来看，菲茨杰拉德对"美国悲剧"的忧患意识更加深刻，他一贯的创作思想在这部小说中也得到了成熟、完美的体现，他所特有的写作风格和叙事技巧更是被发挥得淋漓尽致。此外，《夜色温柔》中所表现出的一些不足，在这部小说里也得到了很好的弥补。他在一九四〇年十月二十四日写给泽尔达的信中说："我已完全沉浸在这部小说的创作中，并生活在其间，因为它使我感到无比快乐。这是一部像《了不起的盖茨比》一样结构严谨，情节动人的小说，许多片断都非常富有诗情画意。但是它不像《夜色温柔》那样有很多反刍式的沉思和琐碎的细枝末节，每一个情节都紧扣戏剧化的主题展开。"① 然而，在他生命的最后一年里，他每天至多只能工作几个小时，常常写不了多久就会累得疲惫不堪。他的秘书芙朗西丝·柯洛尔（Frances Kroll Ring，1916—2015）在回忆当时的情景时说："他是躺在床上一笔一画地写作的……一旦他产生了创作的灵感，或构思成熟了某一片断，他便迅速地记录下来。虽然《末代大亨》从素材积累，到谋篇布局，耗费了他好几年的时间，但是这部未竟之作的真正写作时间却只有四个月。"② 他依然恪守着早年养成的字斟句酌的写作习惯和对语言艺术刻意求工的执著精神，"常常每写完一页就让我大声朗读，以便了解这些文句的音韵和节奏。在他看来，词语的抑扬顿挫和词语在纸张上的视觉效果同样十分重要，仿佛盲人要靠听觉来感受，聋哑人要靠阅读来理解一样。"③

如同《夜色温柔》一样，《末代大亨》中的大多数人物形象和重

---

① Arthur Mizener, *The Far Side of Paradise*, Boston: Houghton Mifflin, 1951, p.324.
② Frances Kroll Ring, *Against the Current: As I Remember F. Scott Fitzgerald*, San Francisco: Ellis/Creative Arts, 1985, pp.41—42.
③ Jeffery Meyers, *Scott Fitzgerald: A Biography*, New York: Cooper Square Press, 1994, p.333.

要事件，也都是以真人真事为原型的。如前所述，主人公门罗·施塔尔是好莱坞著名电影导演兼制片人欧文·泰尔伯格的形象再现；小说中的剧作家乔治·博克斯利的创作原型，是英国著名作家阿尔多斯·赫胥黎；施塔尔的恋人凯瑟琳·穆尔，显然是以希拉·格雷厄姆为原型的；制片商帕特·布拉迪的原型，是"MGM"影业公司的执行董事长路易·梅耶（Louis B. Mayer，1885—1957）；他的女儿、故事的讲述者和诸多事件的见证人塞西莉亚，则显然具有斯科蒂和巴德·舒尔伯格的诸多特征和习性；俏丽、妩媚的女作家简·梅洛妮，与菲茨杰拉德的至交、著名女才子多萝茜·帕克极为相像；施塔尔寻找托辞巧妙解雇掉的电影导演雷德·赖丁伍德，会使人联想到好莱坞著名导演约瑟夫·曼基维克兹；劳工组织的负责人布里默，无疑是美国作家唐纳德·斯图亚特的化身，因为小说中的布里默的政治倾向和言论，与斯图亚特的共产主义思想信仰几乎如出一辙……小说中的若干情节，富有戏剧性的重要事件，以及人物之间的对话，也都源自于真实的生活场景，例如"好莱坞联合影业公司"总裁曼尼·舒瓦兹的自杀身亡；洛杉矶大地震；制片厂遭洪水淹没；塞西莉亚在父亲的办公室迎面撞见赤身裸体的女秘书的尴尬场面；施塔尔与布里默的挥拳互殴；飞机意外失事等等，都是以真实的历史事件为依据写成的。与《夜色温柔》一样，《末代大亨》也是以凄婉动人的爱情故事为主线的，然而展现的却是一幅气势宏大的好莱坞影城全景式的社会画面以及各色人物的世态百相图。小说融合了菲茨杰拉德在好莱坞的所见所闻和切身体验，凝结了他在生命的最后几年里的全部智慧和心血，也是他对自己的整个文学生涯所作的最后总结。

《末代大亨》的主题思想与菲茨杰拉德一贯的创作思想也完全吻合，交相辉映。通过对门罗·施塔尔这一人物形象的刻画，以及对他周围世界的如实描绘，菲茨杰拉德更加苍劲有力地揭示和批判了"美国梦"的精神实质，表现了他对美国社会的现状与未来的强烈的忧患意识。菲茨杰拉德似乎把两部不同类别的小说糅合在同一部作品中：它既是一部描写门罗·施塔尔的个人奋斗和心路历程的"心理小说"，又是一部反映好莱坞的真实场面，揭露影业界的黑暗内幕的"社会小说"。菲茨杰拉德以他非凡的文学天赋和对创作素材驾轻就熟的本领，把这两条写作思路和谐地融汇在一起，因而赋予了这部小说以强烈的震撼力和悲剧效应。在创作这部小说的过程中，他曾写信对威尔逊说："我真希望这部小说另有他人来写，可惜如今似乎没有人愿意写这类作品了。"[1]

从小说的篇名和中心内容来看，菲茨杰拉德显然把叙事的焦点放在对门罗·施塔尔这位"末代大亨"的形象塑造上，如同盖茨比是《了不起的盖茨比》的中心人物一样。所不同的是，在《了不起的盖茨比》中，作者强烈的"社会意识"和理想幻灭的感伤情绪，主要是通过对人与人之间的那种难以捉摸的复杂关系的描绘和阐述加以实现的，作者的注意力从来没有离开过作为中心人物的盖茨比；然而在《末代大亨》中，作者更加注重对门罗·施塔尔所处社会环境的描写——通过对一系列典型事件的暴露性的描绘，作者以浓重的笔墨，入木三分地抨击了好莱坞影业圈内尔虞我诈、腐化堕落、暴

---

[1] Harold Bloom, ed. *Modern Critical Views on F. Scott Fitzgerald*, New York: Chelsea House Publishers, 1985, p.82.

力犯罪等社会丑恶现象，强调了施塔尔生存环境的险恶，使得施塔尔这一人物形象显得更加丰满、突出，也使作品的社会意义更加深刻、显著。在腐败之风盛行，邪恶势力猖獗，商业气息浓厚的好莱坞，施塔尔蔑视票房价值，坚持艺术至上，奉行传统美德，代表着正直、道义、胆略、敬业和对事业的献身精神，是个体主义英雄品质的具体体现。在整个小说中，施塔尔自始至终都显示着他过人的才智和高洁的人品。在小说的开始部分，那位飞行员深有感触地说，施塔尔只需十分钟就能学会驾驶飞机。在决定取消四部低劣影片的拍摄计划时，施塔尔显示出了他的个人气魄和卓越的领导才干。他循循善诱地指导博克斯利的剧本创作。他的短短几句话就消除了罗德里格兹对性无能的恐惧。在解雇缺少艺术修养的导演雷德·赖丁伍德时，他表现得多谋善断，同时也显示了自己高雅的艺术品位。他对摄影师扎夫拉斯健康状况的关心，表明他是一个富有同情心和人情味的人。尽管他患有严重的心脏病，随时会有性命之虞，但是他仍旧不辞劳苦地拼命工作着，为了电影厂的利益和电影事业的发展奉献着自己。他强烈反对剧作家工会，并与工会负责人布里默发生了冲突，虽然颇有家长式的工作作风，却也展现了他刚正不阿的性格。施塔尔正是因为太优秀、太聪明，才不能为电影界的上层人物们所容忍。

　　菲茨杰拉德在《末代大亨》中力图表现的一个重要主题，似乎是一个具有"政治"高度的寓言。在这部小说里，他把门罗·施塔尔比作美国第十六任总统亚布拉罕·林肯。这一立意贯穿在小说的整个叙事进程中，因而对施塔尔性格中的诸多方面，乃至整个小说的其他方面，都产生了一定的影响，虽然这一比拟手法似乎有以偏概全之嫌。在小说中，那位对施塔尔的某些做法颇为不满的英国小说家乔治·博克斯利，"不过前段时间他一直在读查恩伍德伯爵的书，他已经认识到施塔尔是个跟林肯一样的领袖人物，正在许多战线上进行着旷日持久的战争；十年来他几乎是在单打独斗地推动电影事业大步向前……要施塔尔去当艺术家，那就像要林肯去当将军一样，那肯定是庸人之见。"在羌伍德所著的《亚布拉罕·林肯传》中，作者称林肯是"一位君王"，是"亚布拉罕王一世"。菲茨杰拉德起初为这部小说拟定的篇名是《末代大亨的情缘》，并在小说中把施塔尔描写成了"最后一位王子"，其意图是显而易见的。从这个意义上说，"大亨（tycoon）"这一语词既含有其旧意，指"地位很高的人"，又有其现代意义，指"人格高尚的人"，是双关语。此外，菲茨杰拉德所塑造的施塔尔与林肯也有诸多的相似之处：两人都出身低微，受正规教育不多，但都具有非凡的才能和远见卓识；两人都平易近人，与下属关系融洽，作风民主；两人都忠于职守，坚定不移地履行自己崇高的职责，但同时也对诸多繁琐的事务性工作颇感厌烦。施塔尔所处的地位与林肯也颇为相似：他也像一位指挥官，每天接受来自第一线的各类报告，向他的将军们（导演们）发布各种命令，检阅别人所做的各项具体工作。他在海滩上与那位黑人老渔民的偶然相遇和交谈更富有其特殊含意——他也想效仿林肯，把他的电影王国转变成黑人所喜爱的天地。最为重要的是，他也像林肯一样，对权力的要求是不容置疑的。他对劳工组织负责人布里默说：

"我不得不说,'唯其如此,别无他法'——哪怕是你自己也拿不准。这种情况我每周都会遇到十几次。出现这种情况是没有任何真实原因的。你装作有原因。"

"所有做领导的都有这种感觉,"布里默说,"工会领导如此,军队领导当然也是。"

施塔尔是他那个特定时代精神世界里的"最后一位大亨"。他是核心,是雄伟的顶梁柱,是菲茨杰拉德为那个特定历史时代所塑造的一位"君王""舵手"和"圣贤"。他自己就"体现着团结"。当他发表自己的观点,或者对别人做出评判时,那就是圣贤发出的谕旨,是无可辩驳、不容置疑的。施塔尔必定永远正确,不是多数情况下正确,而是永远正确——否则整个体系就会像黄油一样渐渐融化、坍塌下来。在那些金钱至上、利欲熏心的好莱坞影业界的"大亨"们当中,施塔尔年龄最轻,然而却具有极其敏锐的经济意识和商业头脑。"他那时候算得上是投资家中的投资家。那时候无论什么投资成本他都在脑子里算得一清二楚,计算的速度和准确度令他们吃惊""而施塔尔呢,正如大家很快就将看到的,已经成熟起来,超越了那种特殊禀赋,虽说那一禀赋永远在他身上留驻。"他是一位优秀的商业人才,但他的志向决不在如何去牟取暴利上。他保持着自己做人的准则,不肯与那些道德沦丧的头面人物同流合污:

当人们在黑暗中从他身边鱼贯而过时,他一边回话一边挥手致意，我想，那样子有几分像拿破仑大帝跟他的近卫军依依惜别吧。这世界上没有了英雄就不成其为世界了，而施塔尔就是这样的英雄。绝大多数人已经在这个世界上活得太久太久——经历了开始肇端，度过了风风雨雨，有声电影来了，三年大萧条来了，他看到那些人毫发无损。现如今，那些长久以来的效忠者开始动摇了，处处都是摇摇欲坠的泥足；但唯独他依然是他们的主宰，是最后一位王子。他们从他身边走过时的招呼声就是一种对王者的低声的欢呼。

这位在浊世里始终保持着自己独立的人格，保持着自己高尚的情操，并矢志为创造一个高雅的艺术天地而不屈不挠地奋斗着的"末代大亨，"体现了菲茨杰拉德对传统的美国理想的诚笃信念，代表着曾经辉煌过的美国历史的迷人魅力。他的最终毁灭也标志对"美国梦"的追求的终结。小说中的门罗·施塔尔与前几部作品中的艾默里·布莱恩、安东尼·帕奇、杰伊·盖茨比、迪克·戴弗等主人公有着显著的区别。施塔尔思想成熟，性格刚毅，行事果断，为人正直，而且疾恶如仇，是一位集高品位的艺术修养、林肯式的工作作风、敏锐的思辨能力和独立意识于一身的有胆识、有魄力的职业电影制片人。他既没有自暴自弃，也没有随波逐流，而是凭借个人的高尚行为，大刀阔斧地与邪恶势力和腐败现象进行着坚决的斗争。他的目标是明确的，他要激浊扬清，为好莱坞的电影事业创造一个真正美好的未来。他是被菲茨杰拉德形象化了的完美的理想人物。他的悲剧是时代的悲剧，历史的悲剧。

三

《末代大亨》在结构布局和人物塑造方法上，与《了不起的盖茨比》也颇有相近之处。这两部小说中的主人公都出身贫寒，但都凭着个人的努力步入了社会的上层。他们身上都笼罩着一层神秘的色彩。读者起初接触的都不是故事的中心人物，而是故事的叙述者。故事的中心人物的真实身份、背景和来历，都是通过对他们显赫的名声的描绘和别人对他们的议论逐渐显露出来，为读者所了解的。两部小说的主人公都是自己所处世界的核心，他们的立场、社会地位和伟大之处，都是由以他们为轴心而运转的那个特定世界所决定的。他们的个人生活都不成功，尤其在人生最为重要问题，爱情和婚姻问题上，他们都是失败者。他们都想重温旧梦，追回失去的美好时光，却都遭到了他们所热恋的美貌女子的精神折磨和无情抛弃（施塔尔追求凯瑟琳，是因为她的容貌酷似他的已故妻子明娜和她超然于世的人生态度）。他们都暴死于非命。他们最后的葬礼都很冷清，都与他们生前的壮观场面形成了极其鲜明的反差对比（在《末代大亨》的结尾处，塞西莉亚在施塔尔的葬礼上遐想着他也出席了自己的葬礼，并骂了一声"废物"）。

《末代大亨》在艺术表现手法上，尤其在叙事技巧上，与《了不起的盖茨比》也极为相似，这是这两部小说之间最为显著的一个共同点。《末代大亨》也是以第一人称，通过一个"既身在其中，又身在其外"的特殊人物来讲述的。故事的叙述者兼诸多事件的参与者和见证人，是活泼可爱的女大学生塞西莉亚·布拉迪。塞西莉亚是好莱坞一家颇具规模的影业公司大权在握的总裁帕特·布拉迪的掌上明珠。她熟悉好莱坞的许多著名人物，并暗恋着门罗·施塔尔。她"既属于电影界，又不在其中"。为了追求施塔尔，她利用一切可乘之机，想方设法地接近他和他周围的人。她的特殊身份使她在小说中扮演着与《了不起的盖茨比》中的尼克·卡罗威几乎相同的角色。但是，塞西莉亚与尼克·卡罗威之间又存在许多不同之处。在《了不起的盖茨比》中，尼克·卡罗威几乎一直处于故事的中心位置，对整个情节的发展起着重要的调节作用。他耳闻目睹或亲眼阅读了盖茨比的身世和遭遇，有关盖茨比的一切情况都是通过他向读者发布或透露的。他是小说整个框架体系中不可缺少的重要构件。此外，他还是小说中进行道德评说的载体，是作者精心安插在故事中的代言人。通过他的观察、参与和内省，读者即可领悟到作者的创作主旨和他所寄予的情感。在《末代大亨》中，故事的叙述者塞西莉亚则被作者赋予了更大的自由度。她因为过于年轻，且又热恋着故事的主人公施塔尔，因而就不可能像尼克·卡罗威那样，对事事都能做出客观的分析和中肯的评判。她以一个年轻有为、涉世不深的女大学生的眼光观察和判断着发生在周围的一切，以一个处于热恋中的新女性的敏感，捕捉、收集、整理，甚至想象着有关施塔尔的一切信息。她的观察结果和她所获得的信息因而也显得更加真切、自然。尽管她并不像尼克·卡罗威那样几乎自始至终都出现在故事的现场，但是她的活动范围和她所亲眼目睹的一系列事件，足以使她能有效地起到恢复读者对故事主题记忆的作用。她的身份和她的特殊的地位，也使她能够代替作者本人阐发对各种不同人物和事件的评价，表达作者本人不便于直接表达的思想感情。诚如菲茨杰拉德本人在写给友人的一封信中所说的："我要给自己创立一种特权，如同康拉德采用的手法一样，让塞西莉亚去想象作品中各色人物的种种言行，这样，我就能达到以第一人称来叙述的情节逼真的艺术效果。"① 这一叙事手法，与《了不起的盖茨比》中的叙事手法相比，显然要更高一筹。

四

菲茨杰拉德的猝然病逝，使他未能如愿完成《末代大亨》的全部创作。虽然经过他生前好友威尔逊的精心整理和重新编纂，读者仍可从中看出，这是一部闪光的艺术杰作。在这部未竟之作里，菲茨杰拉德所特有的写作风格和语言艺术也照样得到了完整的体现。小说笔锋苍劲有力，感情充沛激昂，文字鲜活生动。作者所爱用的象征、比喻、内心独白等艺术表现手法，也依然被发挥得淋漓尽致，熠熠生辉。这部没有写完的作品自发表以来，几乎一直受到文学评论界的高度赞扬，被认为是菲茨杰拉德写得最成熟的一部作品。

威尔逊不仅在这部小说的出版前言里高度评价了《末代大亨》的思想意义，社会意义和艺术价值，而且还在写给普林斯顿大学文学教授高斯的信中高度赞扬了菲茨杰拉德在最后这部作品的写作中所表现

---

① *F. Scott Fitzgerald–A Life in Letters*，p.410.

出的严谨态度和高超技巧:"我认为,从许多方面来看,这是他写得最好的一部作品,是他最成熟的一部作品。他已经重新调整了对生活的看法,在临终前的那一刻还在辛勤耕耘着……在整理他的写作提纲和遗稿的过程中,我已看出,他是一个十分认真、追求完美的艺术家,这一点使我非常感动。"[1] 美国文学界的许多著名作家和评论家都从不同角度发表了对这部小说的评价,全面分析了这部小说的文学性及其包含的社会历史分量。例如,美国幽默小说家和漫画家詹姆斯·瑟伯(James Thurber,1894—1961)在一篇评论中着重分析了这部小说的叙事艺术和文体风格,认为:"这部小说如同《了不起的盖茨比》一样,具有一种神奇的力量,会使人心灵产生阵阵悸动。"他同时也指出,假如菲茨杰拉德能假以天年,他一定能完成他的写作计划,"精湛地描写出好莱坞以及好莱坞的那些大人物和小人物的真实面目。"他还强调说:"据我所知,除菲茨杰拉德之外,还没有任何人能够如此绝妙地描绘出好莱坞的真实画面。"[2] 他的这番评论,对日后"菲茨杰拉德复兴"的兴起,产生了不可低估的影响。

《末代大亨》虽是一部未竟之作,却仍不失为一部旷世之作,是菲茨杰拉德一生经历和创作思想的最后总结和真实写照。他自己也是那个特定时代的"最后一位大亨"。

---

[1] Edmond Wilson, ed. *Letters on Literature and Politics, 1912—1972*, New York: Farrar, Straus & Giroux, 1977, p.343.
[2] Jackson R. Bryer, ed. *F. Scott Fitzgerald: The Critical Reception*, New York: Burt Franklin, 1978, pp.381—382.

五

  《末代大亨》的出版，激发了人们要对这位曾经深受读者喜爱，却沉寂了已长达十余年的大作家重新做出评价的热情，进而引发了"菲茨杰拉德复兴"的蓬勃兴起。埃德蒙·威尔逊认为，这部小说"是菲茨杰拉德最为成熟的作品。小说对门罗·施塔尔这一人物的性格和形象的刻画极为出色。"[①] 美国文学评论界对这部小说的赞誉与威尔逊也不谋而合。例如，文学家兼评论家约翰·多斯·帕索斯曾评价说："虽然这是一部未竟之作，但我相信，书中的这些片断仍具有重要意义，它所涉及的范围和深度，足以将美国文学的创作推向一个新的层次。"[②] 虽然一向对菲茨杰拉德持保守看法的评论家詹姆斯·格雷曾坦言："即使菲茨杰拉德能在其有生之年写完这部小说，如果用他自己所设立的标准来检验，《末代大亨》也很难说不是一部失败之作。"但他还是对这部小说做出了公允的评价："终于有人以严肃的态度来描写好莱坞了……他忠实地再现了好莱坞影城的功能、技术，以及它诗一般的生活风貌。这不失为一件大好事。"[③]

  菲茨杰拉德曾在他的《读书札记》中透露过他创作这部小说的初衷："很久以来，我已经成了当代这批小说家中的最后一个了。"[④] 他

[①] Jackson R. Bryer, ed. *F. Scott Fitzgerald: The Critical Reception*, New York: Burt Franklin, 1978, p. 358.
[②] F. Scott Fitzgerald, *The Crack Up*, New York: 1993, p. 343.
[③] *F. Scott Fitzgerald: The Critical Reception*, p. 359.
[④] Matthew J. Bruccoli, *The Notebooks of F. Scott Fitzgerald*, New York & London, Harcount Brace Jocanovish / Bruccoli Clark, #2001.

的这一思想在作品主人公门罗·施塔尔的身上得到了充分显扬。施塔尔是一位有很强的独立精神的人,他不愿附庸于任何人,他要依靠自己的努力来创造一片真正的艺术天地。他代表着正直、道义、胆识、职责和奉献精神。他体现着菲茨杰拉德对传统的美国理想的诚笃信念。他的最终毁灭也标志着对"美国梦想"的追求的终结。他是那个时代的精神世界里的"最后一位君子"。菲茨杰拉德在《读书札记》中曾描绘过他的"美国意识":"我仔细考察过这一点,因此才认为,这是世界上最辉煌的一段历史。假如我是像希拉一样昨天才踏上这片土地的,我也依然会这样认为。这是一段能够产生一切雄心壮志的历史。它不仅是美国人的梦想,也是全人类的梦想。如果我能追溯到它的尽头,那它必然也是与早期的先驱者们一脉相承的。"[1] 美国文学评论家马休·J. 布鲁柯利教授在其《史诗般壮丽的一生》中说:"菲茨杰拉德已清楚地意识到,三十年代的政治气候和即将爆发的世界大战,必将终结人们对生活的不切实际的浪漫追求。因此,他坚定地将自己看作是描写传统的美国理想和道德准则的最后一位作家,并毫不犹豫地在其最后一部作品里以深情的笔调塑造了最后一位传统的美国人的典型形象。"[2] 在《最后一位小说家——菲茨杰拉德与〈末代大亨〉》(*The Last of the Novelists: F. Scott Fitzgerald and the Last Tycoon*)的前言里,布鲁柯利教授又说:"这是一部成功的小说。小说的内容与标题是一致的。小说具有菲茨杰拉德一贯的特殊的艺术风格。事实

---

[1] Matthew J. Bruccoli, *The Notebooks of F. Scott Fitzgerald*, New York & London, Harcount Brace Jocanovish / Bruccoli Clark, #2037.
[2] Matthew J. Bruccoli, *Some Sort of Epic Grandeur*, New York: Carroll & Graf, 1991, p. 554.

上,作者所刻画的是一个典型的西方人的形象——美国历史上最后的一批边疆拓荒者,美国移民和移民的子孙们对'美国梦'的追寻、界定和阐释。这批末代大亨使美国的电影业越来越趋于西方化。他们是新一代的开拓者。"①

也许不仅是因为《末代大亨》的独特的艺术风格,作者对生活素材的升华处理,以及这部作品所包含的社会历史分量,人们更对这位才华横溢、不幸英年早逝的作家充满了崇敬、缅怀之情。因此,《末代大亨》从出版至今,始终受到评论界的高度重视和肯定。美国文学评论家斯蒂芬·文森特·本奈特的一段话是最常被人们所引用的:"倘若菲茨杰拉德假以天年能写完这本书,我认为,它肯定会为美国文学又增添一个重要的人物形象和一部重要的文学作品,这一点是毋庸置疑的。正如事实所表明的那样,《末代大亨》决不只是一部未竟之作。它充分展现了作者全部的文学天赋,作者高尚的思想境界,以及他完美的艺术风格……先生们,你们该向他脱帽致敬啦。这并不是一个传奇的故事,这是一种崇高的声誉,是用正确的眼光观察并做出分析之后得出的结论,他是我们这个时代享有最可靠的声誉的作家之一。"②

吴建国

---

① Matthew J. Bruccol, ed. *The Love of the Last Tycoon: A Western*, Cambridge: Cambridge University Press, 1993, p. xuii.
② *F. Scott Fitzgerald: The Critical Reception*, pp. 375—376.